Mamma Het Gesê Bly Tuis!
'n Justice Sekuriteit Roman

DEUR

T.M. BILDERBACK

VERTAAL DEUR

MARLETTE TALJAARD

Kopiereg 2010 deur T.M. Bilderback

Opgedra Aan:

Vir my Paps
Want ek het Paps lief.

Hoofstuk 01

CHRIS GUNTER HET OP Wolk Nege gesweef. Hy het 'n kar, 'n nuwe werk, en 'n afspraak vanaand met die mooiste meisie in die hele junior klas.

Chris is mal daaroor wanneer 'n plan uitwerk.

Hy het sy bestuurslisensie van sy sestiende verjaardag af, maar hy kon nie 'n kar kry wat hy kon bekostig nie, tot gister. Sy mense het die duidelik gemaak: hulle sal nie vir hom 'n kar koop nie. Maar, as hy een kry wat hy kan bekostig, sal hulle die assuransie betaal. En, een het hy gekry: 'n 1968 Volkswagen Kewer. Dit was donker blou, perfekte kondisie en het net 57,000 oorspronklike myle op. Dit was besit deur 'n dame (sy ouers se woorde - *ou lesbiese teef* was Chris se beskrywing) in haar sewentigs wat net nie meer kon bestuur nie. Sy wou net 'n duisend dollars daarvoor hê.

Chris het by sy ou toppie geneul tot hy gaan kyk het na die kar. Hy het sy goedkeuring gegee, Chris het die dame die geld gegee, en dit was dit! Of so het hy gedink.

"Grondreëls, seun," het sy pa gesê. "Ek en jou ma betaal die assuransie vir jou nou, maar jy is verantwoordelik vir al die ander uitgawes. Nommer Plate, brandstof, en enige herstelwerk is alles joune. As jy 'n boete kry, sal die verantwoordelikheid van die assuransie ook joune word – geld groei nie op ons rûe nie, jy weet."

"Oukei, Pa. Ek sal nie 'n boete kry nie," het hy gesê.

"Ek dink dit is tyd dat jy ook werk kry. Karre kos eintlik nogal baie geld ... en jy het kollege uitgawes om oor te dink ook."

"Pa, ek is 'n A-klas student. Ek sal beurse kry."

"En dis fantasties, seun. Maar beurse betaal nie vir alles nie. Gewoonlik is dit net die onderrig gelde wat gedek word. Boeke, kos, koshuis kamers en partytjies is alles ekstra. Ons kan help met sommige daarvan, maar dit sal help as jy ook van jou eie geld het."

"Pa-a-a! Ek partytjie nie!"

"Nee, jy partytjie nie. Wag tot kollege. Jy sal sien wat ek bedoel." Hy het geglimlag terwyl hy dit gesê het.

En terwyl Chris dit gehaat het om dit aan homself te erken, was sy ou toppie reg. Hy het geld nodig. Op pad huis toe het hy by McDonald's gestop. Hulle het hande benodig en na 'n kort onderhoud het hulle hom aangestel. Hy sou Saterdag begin, twintig ure per week teen net so bietjie oor die minimum loon.

Toe, vandag by die skool, het hy saam met 'n paar vriende uitgehang. Hulle was in die gang voor sy sluitkas en het gewag om na die laaste klas van die dag te gaan. Hugh het oor sy kar gepraat en grappies gemaak oor Chris se Kewer terwyl Lance teen die sluitkaste geleun en luister het. Hulle het albei gedraai om te sien wat sy aandag afgetrek het.

Die nuwe meisie, Amanda King, het in hulle rigting in die gang af geloop. Amanda was oorgeplaas na Glenwood Hoër aan die begin van die jaar vanaf 'n ander skool in die stad. Sy was 'n baie mooi meisie met lang donker hare en 'n wonderlike glimlag. Al die seuns by Glenwood was gefassineerd met haar en al die meisies het gewissel tussen om haar te haat of te dink sy was heeltemal kief.

Al drie seuns het na haar gestaar. Sy het gelyk asof sy na iemand soek. Sy het in die seuns se rigting gekyk, geglimlag en direk na hulle toe geloop. Sy het voor Chris gestop en skaam geglimlag.

"Is jy nie Chris Gunther nie?" het sy gevra.

"Um, ja, haai," het hy gestamel. Hy kon nie sy oë van haar af wegvat nie.

"Ons het Skeikunde saam," het sy gesê.

"Ja, ons het," het hy geantwoord.

"Luister, my broer het my vertel van hierdie partytjie by 'n vriend se huis more aand. Ek het gewonder of jy saam met my wil gaan."

"E ... ek?"

Sy het gegiggel. "Jip jy. Van al die seuns wat ek so ver gesien het, lyk jy die soetste. En die oulikste." Amanda het so effens gebloos. "Ek sal regtig daarvan hou om uit te gaan saam met jou. Ek bedoel, as jy graag saam met my wil gaan."

"Wel, e...ja, ek sal graag!"

Sy het 'n bladsy uit haar notaboek geskeur en daarop geskryf. "Hier is my foon nommer. Bel my vanaand, dan praat ons. Ek moet gaan of ek gaan laat wees vir klas. Baai-baai!" het sy in die gang af gewaai terug na haar klas.

Chris en sy vriende het gekyk hoe sy in die gang af stap.

"Ma-a-a-n," het Hugh gesê, verwonderd.

"Jy's so gelukkig!" het Lance gesê.

Chris het na die papier in sy hand gekyk wat Amanda hom gegee het. Daarop het sy haar foon nommer neer geskryf. Daaronder het sy 'n hart geteken met 'n pyl daardeur.

CHRIS HET UITEINDELIK die moed bymekaar geskraap om Amanda daardie aand te bel.

"Hallo?" het sy geantwoord.

"Haai Amanda, Dis ek," het hy gesê.

"O, haai Chris! Ek is so bly jy het gebel."

"Ek ook. Ek het net ... wel, vergeet dit."

"Net wat?"

Chris het gehuiwer. "Ek kan net nie glo dat 'n mooi meisie soos jy wil hê ek moet bel nie ... ek bedoel, ek is geen voetbal ster of iets nie. Ek is net 'n gewone ou."

Sy het gegiggel. "En ek is net 'n gewone meisie, Chris. Ek eet, ek slaap, ek doen huiswerk, ek gaan skool toe. Ek ek dink nie ek is mooi nie."

"Maar jy *is!*" het hy geantwoord. "Al die ouens by die skool kan nie ophou kwyl oor ... Ek bedoel, hulle is almal agter jou aan."

"Ek gee nie om oor 'al die ander ouens' nie Chris. Ek gee net om wat *een* ou dink. En dis jy, dommie."

Hulle het die volgende twee ure op die foon spandeer en gepraat oor dinge waaroor meeste sestien jariges praat. Toe hulle die foon neersit, het hulle ooreengestem dat Chris haar sal gaan optel teen ses-dertig die volgende aand en dat hulle iets sou kry om te eet. Dan sal hulle na die partytjie toe gaan. Haar broer, Steve, sal hulle daar kry.

Chris het met die trappe afgedraf om sy ouers te gaan vertel oor more aand se planne. Sy ma was 'n bietjie lugtig om kinders te laat uitgaan na partytjies toe, selfs al gaan Amanda se ouer broer saam met hulle.

"Dit is nie die manier om pret te hê nie, Chris," het sy gesê. "Ek dink nie jy moet gaan nie."

"Ma, dit sal oukei wees!" het Chris gesê.

Verrassend genoeg het sy pa hom ondersteun. "Ek dink hy moet gaan. Ons het hom goed geleer, en hy is 'n verantwoordelike kind." Vir Chris het hy gesê, "Maar moenie na middernag uitbly nie, seun. Jy begin oormore werk en jy sal jou rus nodig hê."

Chris het gegrinnik. "Dankie Pa! Ek sal terug wees teen middernag en ons sal versigtig wees."

DIE VOLGENDE DAG BY die skool het Lance en Hugh heeldag met Chris gespot oor sy Vrydagaand afspraak met Amanda. Hulle het vrae gevra oor waaroor hulle gepraat het oor die foon die vorige aand.

"Het jy haar vertel van die opblaas meisie in jou kas?" het Hugh gevra.

"Wat ek wil weet is," het Lance gesê, "hoeveel jy haar betaal het om te maak asof sy van jou hou gister."

"Julle weet," het Chris gesê, "julle twee is regtig kleinlik."

"Onthou," het Hugh gesê, "moenie sweet oor kleinlikhede nie."

"En moenie die lekker dinge troetel nie," het Chris in Lance saam klaargemaak. Hulle het almal gelag.

Chris het sy sluitkas toegemaak en Amanda was agter die sluitkas deur. Hy het onmiddellik 'n geknoopte tong gekry, en Lance en Hugh het vinnig stil geraak.

"Al wat ek vra," het sy vir Chris gesê met 'n lae, seksie stem, "is dat jy hulle nie vertel wat ek en jy met daardie opblaas pop gedoen het nie. Wil jy my vergesel na Chemie?"

Sy het sy hand geneem en hom in die gang af gelei. Lance en Hugh het gekraai en gemiaau na Chris toe hulle weg is.

"Dit was heel kief, Amanda, Dankie."

"My plesier, meneer."

"Luister, my mense wil my tuis hê teen middernag môreaand. Is dit reg met jou?"

"Ja, Ek moet tuis wees teen elf, so dit behoort mooi uit te werk."

Hulle het die Chemie klas bereik.

"Amanda, dankie dat jy my uitgevra het. Ek reken jy weet ek sou nooit genoeg moed bymekaar kon skraap om jou uit te vra nie."

"Ek weet nie of jy my moet bedank nie, Chris. Ek dink nie ek is so 'n goeie vangs of enigiets nie. Maar, as dit jou beter laat voel, dit het my drie weke geneem om genoeg moed op te bou om *jou* te vra." Sy het oorgeleun en hom op die wang gesoen. "So, dankie dat *jy* my nie soos 'n idioot laat lyk het nie."

Chris het geen idee wat daardie dag in die klas aangegaan het nie. Hy het net die hele tyd aan sy wang gevat en soos 'n gek geglimlag.

TEEN SES-TWINTIG DAARDIE aand, het hy voor Amanda se huis stil gehou en na die voordeur toe geloop. Haar ma het die deur oopgemaak en hom ingenooi na die sitkamer toe. Amanda se pa was daar en het opgestaan om Chris se hand te skud.

"Amanda sal nou afkom," het haar ma gesê terwyl sy die kamer verlaat.

"Amanda vertel my jy begin more werk," het haar pa gesê.

"Ja, meneer," het Chris gesê. "Ek begin more by McDonald's om twaalfuur."

"Wel, seun, al wat ek kan sê is moenie skaam wees oor jou werk nie. Daar is niks verkeerd met werk in die kos bedryf nie. My eerste werk was by Kenzie's Seekos as 'n skottelgoedwasser. Die werk was nie so lekker nie, maar dit het my 'n salaristjek gegee ... en ek het Amanda se ma daar ontmoet. Sy was 'n tydelike kelnerin oor naweke."

"Pappie, hou op om my ou te verveel met goed uit die verlede," het Amanda by die sitkamerdeur gesê.

"Vervelig? Ha!" het haar pa tergerig geantwoord. "Weet jy, ek moes vyftien myl kaalvoet loop na my werk in daardie dae ... deur die sneeu!"

"Terwyl hy na Robert Palmer en George Michael op sy Sony Walkman geluister het," het haar ma bygevoeg terwyl sy by die kamer inloop. Sy het haar man gesoen en gesê, "Nou hoekom bly jy nie stil en laat die kinders vertrek nie?"

Hy het sy oë gerol. "Ja, skat," het hy gesê in 'n sagmoedige stem. Dit het die beide Amanda en Chris laat lag. Aan Chris het hy gesê, "Hou haar veilig en kry haar teen elfuur by die huis. Andersins moet julle twee die aand geniet."

"Ja, meneer," het Chris gesê.

"Kyk nou net, Amanda!" het haar pa gesê. "Die jongman het respek vir ons ou mense!"

"Ag, Pappie, stop dit," het Amanda gesê. Sy het beide haar ouers gedruk. "Ons sal terug wees teen elfuur. Ek belowe niks oor Steve nie. Ek is *nie* my broer se oppasser nie."

"Tata kinders," het Amanda se ma gesê terwyl die jong mense by die voordeur uitloop.

Chris het die passasiersdeur van sy Kewer vir Amanda oopgemaak.

"So 'n heer!"

Chris het gebloos. "Moenie die geheim versprei nie. Ek het my reputasie om aan te dink."

Sy het gegiggel toe hy die deur toemaak. Toe hy inklim het hulle vertrek.

"So, my beskaafde vriend, waarheen neem jy my vanaand om te eet?" het Amanda gevra, met 'n vals hoogmoedige stem.

"Tot my verleentheid, na ... Kenzie's."

Amanda het hard uitgebars van die lag. "O, hene, wag tot ek my Pappie hiervan vertel – hy sal mal wees daaroor!"

Chris het ook gelag. "Dit is die enigste sit-restaurant wat ek kan bekostig totdat ek more begin geld maak. Ek het so 'n gevoel dat ek vinnig genoeg gaan moeg wees van burgers en skyfies."

"Dis oukei, Chris. Ek is nie regtig honger nie. My maag is vol vlinders."

"Myne ook. Maar dis 'n goeie ding."

Hulle het by Kenzie's aangekom. Die parkeer blok was nie heeltemal vol nie, maar daar was baie motors daar. Hulle het ingegaan en is 'n tafel vir twee gegee.

Hulle het ligte etes bestel saam met ystee.

Die atmosfeer by Kenzie's was definitief see-georiënteerd. Visnette het van die plafonne afgehang. Gedroogde seesterre het in die nette gehang asof hulle die vangs van die dag was. Opgestopte marlyne, swaardvisse en selfs 'n ses-voet haai was op verskillende plekke teen die mure opgesit. Onverklaarbaar het daar 'n paar bul horings bokant die kasregister gehang.

"Ken jy die storie agter al die goed teen die mure?" het Amanda gevra.

Hy het sy kop geskud.

"Pappie het my alles vertel. Natuurlik weet jy Kenzie is 'n vrou, nè?"

Chris het geknik en gesê, "Ek het gehoor sy is baie mooi ook."

"Sy is mooi en sy is 'n regte buitelewe meisie, volgens Pappie. Alles teen die mure is dinge wat sy gevang het toe sy probeer het om 'n kommersiële visserman te wees."

"Wat van die horings oor die kasregister?"

Amanda het gegiggel. "Sy het ook 'n bul in die see gevang! Pappie sê dat 'n klein vragboot plaas diere vervoer het en gesink het in die baai 'n paar jaar terug, en dat Kenzie die bul in haar visnette gevang het. Blykbaar het dit na haar visboot toe geswem en sy bene het verstrengel geraak. Dit was een van die laaste goed wat sy gevang het voor sy die restaurant oopgemaak het. Pappie sê dat Kenzie een van die min mense is wat hy ken wat enigiets in iets goed kan verander."

Hulle het hulle kos opgeëet. Chris het vir die kelnerin 'n fooitjie gelos en hulle het by die kasregister betaal. Hulle het hande vasgehou terwyl hulle kar toe loop.

Terwyl hy bestuur het Chris Amanda gevra, "So waar is die partytjie waarheen ons gaan?"

"Steve het gesê dis by sy vriend se woonstel. Hy het my die adres gegee en gesê hy sal ons omtrent agtuur daar kry. Dit is in Vierde Straat."

"Dis net 'n blok weg van die Hollow!" het Chris gesê. "Dink jy dis veilig?"

Hooker Hollow, offisieel bekend as Derde Straat, was gepas benoem. Prostitute, pimps, dwelmsmouse en kriminele van alle soorte het die kroeë, volwasse besighede en goedkoop hotelle wat in daardie straat gesetel is, gereeld besoek.

"Steve het gesê dat sy vriend se woonstel in 'n veilige deel van Vierde Straat is. Jy moet verder in die dorp ingaan voor die Hollow begin oor vloei."

Chris het sy asem ingetrek. "Ek hoop jy is reg."

"Chris, ek moet gaan, ten minste vir 'n paar minute. As ek nie opdaag nie sal Steve my ouers vertel dat ek nooit daar was nie en ek sal in die moeilikheid wees. Hulle sal dink jy is 'n mal verkragter of iets."

Chris het 'n oomblik gedink. "Oukei, Amanda. Maar kom ons gaan uit vir 'n fliek of iets wanneer ons daar vertrek. Ek het regtig 'n baie slegte gevoel hieroor."

"Ek ook. Ons gaan definitief nie lank bly nie."

Chris was in Vierde. Die woonstel se blok was die sewe-en-twintigste blok. Hy het die adres gevind en was gelukkig om 'n parkeer plek reg voor die gebou te kry. Terwyl hy en Amanda uit die kar klim en in gaan het geeneen van die twee die Cadillac met donker vensters gesien wat drie motors verder staan met die enjin wat loop nie.

Die woonstel blok het nie 'n portier gehad nie maar dit het 'n hyser gehad. Hulle het daarin geklim.

"Wat is die woonstel nommer?" het Chris gevra.

"309."

Chris het die knoppie vir die derde vloer gedruk.

Toe die hyser oopmaak, kon hulle harde musiek hoor. Die musiek het harder geword soos hulle 309 nader. Hulle het na mekaar gekyk en Chris het gelate aan die deur geklop. Hy het Amanda se hand styf vasgehou.

Toe die deur oopgaan het die musiek hulle amper met fisiese geweld getref. Dit was 'n CD van 'n populêre alternatiewe orkes wat gespeel is in die musieksentrum tot amper op die distorsie punt. Die ou wat die deur oopgemaak het was in sy vroeë twintigs met 'n klein gevlegte poniestert. Hy het verward gelyk voor besef oor sy gesig gespoel het.

"Jy's Amanda, nè?" het hy hard genoeg gesê om oor die musiek gehoor te word.

Sy het geknik.

"Ek's Jeff. Kom in. Steve is daar oorkant by die bank."

Soos hulle inloop by die woonstel, het hulle die aroma van marijuana gekry saam met 'n reuk wat nie een van hulle kon identifiseer nie. Daar was agt mense wat in die woonstel se klein sitkamer rond gesit het. Amanda se broer het op die vloer gesit by die hoek van die bank, besig om 'n zol te rook. Tafels in die sitkamer was bedek met rol papier, marijuana, pype, tikpype en sakkies wit poeier. Die tieners se oë het gerek hoe meer hulle deur die vertrek kyk, en toe het Amanda haar broer raak gesien.

Kwaad, het sy deur die vertrek geloop en die zol uit sy hand geklap. Chris het gebly waar hy was.

"Wat de hel dink jy doen jy?" het sy vir haar broer geskree. "Jy weet van beter!"

Terwyl Amanda op haar broer geskree het, het Chris 'n klop aan die woonsteldeur gehoor. Jeff, wat agter Chris was en by homself gelag het oor Amanda se woede, het gedraai om die deur oop te maak. Chris het hom amper gekeer, maar Jeff het alreeds die deur begin oopmaak. Skielik het die deur heeltemal oop gebars. Vyf mans in donker leer slootjasse het vinnig binnegekom. Die eerste man deur die deur het Jeff gegryp en 'n outomatiese geweer teen sy voorkop gedruk.

"Hallo poephol," het die eerste man gesê. "Esteban stuur sy liefde." Hy het Jeff geskiet.

Niemand anders as Chris het sy opmerking gehoor nie, en niemand anders het die skoot bo die harde musiek en Amanda se tirade gehoor nie. Die ander vier mans het uitgewaaier en outomatiese pistole onder hulle jasse uitgetrek. Hulle het gemik en die vertrek vol koeëls laat reën. Die kamer het ontplof met gebreekte glas, dwelms, parafernalia, liggaamsdele en bloed. Chris is deur drie koeëls getref. Twee in sy longe en een in sy nek wat sy rugstring gebreek het. Amanda was vier keer in die rug getref met twee koeëls deur haar hart. Haar broer Steve se kop het ontplof as gevolg van die krag van die koeël. Almal in die kamer was vermoor deur die vinnige skote uit die gewere.

Twee laaste gedagtes het deur Chris se kop geskiet terwyl sy lewensbloed uit hom uitsypel. Die eerste was dat hy nie hierdeur kon gaan nie – hy moet môre werk. Die tweede was dat sy moeder vir hom gesê het om nie hierheen te kom nie.

Hoofstuk 02

JUSTICE SEKURITEIT Ingelyf besit 'n gebou in 'n boom ryke straat in 'n beter deel van die stad. Die ses-vloer bo grondvlak gebou het 'n groot deel van die stadsblok geokkupeer, met parkering vir besoekers en 'n pragtige park-agtige groen area aan die suidekant. Die gebou self was gebou met drie-voet-wye versterkte beton mure. Elke venster was koeëlvas, so ook die besoekers ingangsdeur. Die gebou het ook ses vloere onder grondvlak gehad. Die onderste drie vloere was gebruik as voertuig store en het verskeie gepantserde en koeëlvaste voertuie gehuisves vir gebruik as beskerm toerusting vir transportering en beskerming van werknemers en kliënte. Die volgende ondergrondse vloer was die arsenaal. Alle tipes wapens was in die klimaat-beheerde arsenaal gestoor, van rewolwers en outomatiese pistole, tot mortiere, tot grond tot lug missiele en lanseerders, en verskeie gepantserde wapens. Genoeg wapentuig en ammunisie om 'n klein landjie se staat uit te wis, was in die arsenaal gestoor, sou hulle gehuur word vir so iets ... en hulle het dit al twee keer gedoen so 'n paar jaar terug onder 'n hoogs-geklassifiseerde Staat kontrak. Die vloer bo die arsenaal was die rekord stoor. Hierdie vloer het papier lêers, rekenaars, data storing en navorsing areas bevat wat nodig was om kliënt kontrakte uit te voer en klaar te maak. Die finale ondergrondse vloer was die motorhuis vir werknemer voertuig parkering, en was toeganklik vanaf 'n grondvloer deur wat bewaak is deur 'n dik, swaar, staal deur wat in die beton mure van die gebou ingebed was.

Op grondvlak het die eerste vloer die ontvangs area gehad, die kafeteria, gebou sekuriteit en besoekers rus areas. Die tweede en derde vloer was geokkupeer deur werknemer kantore, konferensie kamers, kleiner vergader kamers en klerk dienste. Die vierde vloer het die uitvoerende kantore en die situasie kamer gehuisves. Die vyfde vloer was gaste behuising en die top vloer was residensiële woonstelle vir die top vlak mense van die firma. Die dak van die gebou het 'n helikopter-blad gehad, toegerus met twee harnas versterkte, onopmerklik toegeruste, swart ops helikopters wat altyd gereed was om te vlieg teen 'n oomblik se kennisgewing. Die firma het ook twee privaat straalvliegtuie besit en twee groot vragvliegtuie, wat gehuisves is by 'n private vliegveld net suid van die stad.

Justice Sekuriteit het 'n paar jaar terug ontstaan en is gestig deur vier kollege vriende wat die direkteure en die uitsluitlike aandeelhouers van die firma is.

Joey Justice, na wie die firma benoem is, was 'n onopvallende man. Hy was vyf voet tien duim, het donker hare gehad met intense bruin oë wat gewoonlik niks gemis het nie. Hy het die firma begin met die uitgangspunt om sekuriteitsdienste te verskaf, getemper met geregtigheid, soos sy naam geïmpliseer het. Hy was baie verlief op die vrou in sy lewe, wat ook een van die mede-beginners van die firma is.

Misty Wilhite, die vrou in Joey se lewe, was vyf voet vyf. Sy het skouer-lengte donker rooi hare en groen oë. Sy was ongelooflik aantreklik maar sy het 'n vuishou wat enige persoon twee keer haar grootte kon neervel. Sy was ook baie verlief op Joey, en het sy geloof in sekuriteit en justisie gedeel. Hulle het nie getrou nie, wat nie een van hulle het gedink dis nodig nie, al het hulle gereeld daaroor gepraat.

Dexter Beck is die resident rekenaar foendi. Met net een duim meer as Misty, was Dexter konstant onderskat deur antagoniste. Begrip het gewoonlik gevolg, want Dexter was ook 'n vegkuns meester, en het verskeie selfverdediging metodes gebruik. Die sekuriteit en rekenaar sisteme wat Justice Sekuriteit gebruik was geskep, geprogrammeer en onderhou deur Dexter.

Percival "Koning Louie" Washington is die vierde stigtings lid van Justice Sekuriteit. Louie het vier duim oor ses voet gestaan en het 'n baie imposante gespierde liggaamsbou. Hy is ook baie intelligent en straat-slim. Sy vel is die kleur van 'n sjokolade stafie en hy hou sy kop kaal geskeur. Die ander drie stigtings lede het hom sy bynaam "Koning Louie" gegee in hulle eerste kollege jaar as gevolg van sy ongelukkige gesigs ooreenkoms met die strokiesprent karakter in die Jungle Book fliek. Dit was nie rassisties nie en Louie het dit geweet ... net soos as hy 'n groot neus gehad het sou sy bynaam "Baloo" gewees het. Buitendien was enigiets beter as sy gegewe naam Percy.

Elke week oggend om nege het die vier vennote in die situasie kamer vergader om huidige en herhalende sake te bespreek. Indien, vir wat ook al rede, hulle nie daar kon wees in persoon nie, sal hulle in die vergadering wees deur middel van 'n veilige satelliet konneksie. Dit was 'n vereiste van die vier, omdat dit almal in die firma op hoogte hou met die status van die sake wat deur elkeen van hulle hanteer word, of as iemand anders moet help om die saak af te handel of as 'n veiligheidsnet of reddingsplan nodig word. Vandat hulle sake hulle regoor die wêreld geneem het, sommiges in redelike gevaarlike situasies, was uithaal en red operasies soms nodig.

Die Verenigde State Staat het die firma gereeld gekontrakteer en die meeste van daardie kontrakte was hoogs geheim. Plaaslike kontrakte was oorgesien deur 'n Staats skakelbeampte, 'n agent aangestel aan die plaaslike FBI kantoor. Sy naam was Marcus Moore. Oorsese kontrakte vir die staat was gewoonlik oorgesien deur wie ook al die CIA agent in die area is waarin die sekuriteit firma gaan opereer.

Justice Sekuriteit het nie homself beperk tot Staat kontrakte nie. Om 'n profyt te maak op Staat sake was soms moeilik, so die firma het gereeld hulle dienste aan privaat sake en individue verskaf. Joey het sy vennote, en die mense wat vir hulle werk, herinner dat die firma se kliënte nie klein sake na hulle toe bring nie. Elke saak het mense verteenwoordig en daardie mense het hulp nodig, nie om weggewys te word nie, maak nie saak hoe groot die potensiële profyt nie. Die wat kon betaal, het ... die wat nie kon nie was geensins anders behandel nie. Joey het eenkeer 'n saak vir 'n twaalf jarige seun geneem wat geboelie is by die skool en 'n vyf-lid span ingespan om dit uit te sorteer . Die firma se betaling was verstommende kunswerk deur die seun saam met 'n paar gepoleerde klippe uit die seun se versameling. Joey het die sketse gehou en dit laat raam. Dit hang teen die mure van sy kantoor, en Misty het die gepoleerde klippe gehou en halssnoere laat maak.

By daardie oggend se inligtingsessie was al vier vennote teenwoordig. Ontbyt was op 'n buffet tafel en elkeen het geneem wat hulle wou hê. Terwyl hulle sit by die groot konferensie tafel, het Joey die vergadering begin.

"More, mense."

Hulle het hul antwoord gemompel.

"Ek dink sal ek sal eerste praat. Ons het gister weer 'n internasionale kontrak verloor."

Dexter het na hom gekyk.

"Laat ek raai. Jim Dandy het ons alweer onderduik?"

Joey het geknik. Jim Dandy Sekuriteit was hulle direkte kompetisie. Jim Dandy was 'n vriend van hulle in kollege, maar het bedank om deel van hulle firma te wees. In plaas daarvan het hy sy eie kompeterende sekuriteit diens oopgemaak en het in hulle firma se besigheid ingesny met elke geleentheid. Dexter en Louie het nooit gevra nie, maar hulle het in die geheim gedink dit het iets te doen met Misty, en die feit dat sy op Joey verlief geraak het.

Louie het gesê, "Ek's bly. Ek voel'ie lus om deur een of ander oerwoud te ploeg of om weer deur 'n kameel gespoeg te word nie."

Joey het gelag. "Hierdie was sekuriteit vir 'n Antarktiese wetenskaplike stasie."

"Dan's ek *donners* bly ons het dit nie gekry nie. Laat Dandy sy boude af vries."

"Hene, Louie, jy sal 'n goeie pikkewyn wees." Het Dexter geskerts.

"Nee, hy sal nie," het Misty gesê. "Hy sal 'n beter walrus wees as 'n pikkewyn."

"Ek het jou walrus reg hier, klein meisie," sê Louie, met gemaakte erns.

Hulle het almal gelag.

Dexter het gesê, "Ek het daardie rekenaar sekuriteit werkie vir die bank amper klaar. Ek sal my groep dit vandag laat toets. Ek het ook die honde skou sekuriteit om op te stel, maar dit behoort nie lank te neem nie – 'n paar uur op die meeste. Terwyl my groep toets, sal ek begin met die honde skou."

"Louie?" het Joey gevra.

"Ek het die bokskampioen sekuriteit. Ga' dalk bietjie koppe stamp want ek kan'ie daardie blomkool koppe laat verstaan hoekom hulle dit nodig het nie ... hulle dink hulle kan omsien na enigiets. Ek moe' hulle wys hulle's verkeerd."

"Klink na pret," sê Joey.

"Ek ga' hulle opeet met 'n lepel."

Hulle het weer gelag.

Misty het gesê, "Joey en ek het 'n vergadering om tienuur met Marcus oor die dwelm sindikaat kontrak, dan 'n vergadering om tien dertig met potensiële kliënte. Lyk of hulle kinders vermoor is by 'n partytjie 'n paar blokke van die Hollow af.

"Hoe sal ons betrokke wees?" het Dexter gevra.

"Dit lyk soos 'n dwelm oorlog en die kinders was onskuldige bystaanders. Ons sal meer weet nadat ons die kliënte ontmoet het," het Misty geantwoord.

"Het enigiemand anders enige besigheid?" het Joey gevra.

Almal het hulle koppe geskud.

"Oukei, op 'n persoonlike noot. Ons het 'n brief van Ons Klein Prins af. Hy wil steeds hê ons moet na Afrika reis vir 'n vakansie. Hy belowe dat ons 'n goeie tyd sal hê, hy mis ons en hy stuur sy groete aan almal."

Ons Klein Prins was Prins Charles Kimbrough Ugambe van die klein Afrika nasie Kalumbar. Kalumbar was uit gekerf uit Kenya en Tanzania en was benoem na 'n ou fliek as eerbetoon. Hulle het Ugambe in kollege ontmoet toe Louie afgekom het op koshuis mans wat op Ugambe pik. Die mans was dronk en was besig om moed op te bou om die Afrika student op te dons. Louie "het hulle die fout in hulle maniere gewys", en die vennote het goed bevriend geraak met die Prins. Ugambe was nou die leier van 'n klein nasie, en het gereeld na die VSA gereis om vir sy vriende te kom kuier, maar hulle was nog nooit in sy land nie.

"Klink asof hy regtig wil hê ons moet gaan kuier," het Dexter gesê. "Miskien moet ons daaroor dink."

Almal het algemene instemming klankies gemaak.

"As dit als is, beter ek by die konvensie sentrum kom. Daai boksers ga'nie weet wat hulle tref'ie," het Louie gesê. Hy het opgestaan van die tafel.

Dexter het ook opgestaan. "Ja. Ek moet 'n man gaan sien oor sekere honde."

"Moenie dat hulle agterkom jy hou van halsbande en leibande nie, Dex," het Joey gesê.

"Hak, Fido," het Misty gesê.

"Julle twee is vreeslik snaaks," het Dexter gesê terwyl hy by die deur uitloop.

"Kom af na die arsenaal, Dexter," het Louie gesê terwyl hy volg. "Ek's seker ons het 'n paar vlooi halsbande da' onder. Moet een of ander tipe beskerming hê met 'n hond!"

Joey en Misty het uitgebars van die lag en na hul eie kantore beweeg.

Wanneer die hysbak op die vierde vloer oopmaak is die eerste ding wat jy sien die ontvangs toonbank. Tydens besigheidsure word hierdie toonbank beman deur Jessica Queen, die eksklusiewe sekretaresse van die vier vennote. Jessica was doeltreffend en het geen nonsens gevat nie. Sy het gedien as 'n basis operateur wanneer die vennote nie op kantoor was nie en het haarself as hulle kinderoppasser gesien. 'n Paar jaar terug het die vennote besluit om Jessica 'n volledige vennootskap aan te bied in die firma, maar sy het dit van die hand gewys. Sy het hulle bedank maar wou haar opsies oophou "in geval sy ooit moeg raak om hulle neuse af te vee."

Agter Jessica se lessenaar was die vier kantore. Na haar regterkant was 'n klein wag area en die gang wat lei na die situasie kamer. Toe Joey en Misty uit die gang verskyn, was Jessica voorbereid met hulle boodskappe.

"Goeie more, mense," het Jessica gesê. "Joey, jy het 'n boodskap van Mnr. Dandy."

"Regtig? En wat het Mnr. Dandy om te sê?"

"Ek haal aan, 'Goeie more Joey. Ek sien daarna uit om Antarktika te besoek. Wens jy kon ook.'"

"Bliksem."

Jessica het geglimlag. "Misty, jy het ook 'n boodskap van Mnr. Dandy af."

"Lees dit asseblief vir my, Jessie," het Misty gevra.

"Ek haal weer aan, 'Jy is mooier as 'n meermin koningin.'"

"Dit so lieflik!"

"Ek hoop hy verstik daaraan," het Joey gemompel.

Misty het vir Jessica geknipoog en gesê, "Is die groot Joey Justice 'n bietjie jaloers?"

"Natuurlik nie, Ek hoop sy 'meermin koningin' sleep hom die dieptes in."

Die hysbak klokkie het gelui. Toe die deure oopmaak het 'n man met 'n stylvolle drie-stuk pak uitgestap, met 'n aktetas in sy hand.

Joey het in erkenning geglimlag. "Marcus Moore! En hoe gaan dit met ons gunsteling FBI agent vanoggend?" Hulle het hande geskud.

"Haai Misty. Haai Jessica. Ek is 'n bietjie moeg, Joey. Dit was 'n interessante week."

"Ons het gehoor jy het 'n bietjie opwinding gehad by die spoorwerf verlede week," het Misty gesê.

"Ja, so bietjie. Maar dit het oukei uitgedraai," het Marcus geantwoord.

"Ek sou sê om 'n ontvoerings kring te breek binne die stadspolisie afdeling is meer as net 'n bietjie opwinding," het Joey gesê. "Goeie vangs, Marcus."

"Ek moet al die krediet aan Nicholas Turner gee. Hy het ... wel, hy het binne informasie op 'n klomp goed op die oomblik."

Joey het sy spyt kop geskud. "Ek wens hy het vir ons kom werk. Ons kan iets positief nou gebruik."

Marcus het sy aktetas opgehou. "Miskien kan ek help daarmee."

"Laat ons dan na my kantoor toe gaan," het Joey gesê. "Jessie, hou asseblief vir 'n rukkie alle oproepe vir my en Misty terug."

"Dis deel van my werk, baas," het sy geantwoord.

"Wat sal ons ooit sonder jou doen, Jessie?" het Misty gevra.

"Die manlike lede van hierdie organisasie sal verwelk en sterf," het Jessica gespot.

Die groep het gelag terwyl hulle na Joey se kantoor toe loop.

Marcus het Joey sy kantoor beny. Dit was geleë op die hoek van die sekuriteit gebou en die vertrek was wyd en ruim. Elke meubelstuk in die kamer was nie net vir die mooi gekies nie, maar ook vir gemak. Teen die linker muur was 'n volledige kroeg en aan die regterkant 'n klompie boekrakke. Voor die boekrakke was 'n gemaklike vergadering area, met twee sofas, 'n liefdes stoel, twee gemaklike gemakstoele, en alles omring 'n groot koffie tafel. Die lessenaar was groot en funksioneel met twee rekenaar terminale, 'n bofbalbal geteken deur elke lid van die New York Yankees, en 'n geraamde foto van Joey en Misty. Vier kliënt stoele was geplaas in verskeie posisies rondom die lessenaar. Muur spasie was versier met twee geraamde sketse deur 'n twaalf-jarige oud-kliënt, en 'n klompie oorspronklike skilderye. Al die hout was donker okkerneut. Dit was 'n gemaklike, maar funksionele werk kamer.

Joey het vir Marcus gewys om te sit in een van die kliënt stoele. Joey het agter sy lessenaar gesit en Misty het 'n stoel nader getrek tot langs hom. Marcus het sy aktetas op die tafel neergesit en dit oop gemaak.

"Oukei, mense, laat ek my offisiële 'Staat hoed' opsit" het Marcus gesê. "Alles wat ek nou gaan vertel is geklassifiseer as 'Hoogsgeheim'. Distribusie is beperk tot 'n 'nodig om te weet' basis sou julle die kontrak aanvaar. Indien julle kies om die kontrak te laat vaar, word bekendmaking van die informasie wat met julle gedeel is, gedek in die Nasionale Sekuriteit Ooreenkoms wat julle altwee geteken het."

Die twee vennote het geknik. "Ons verstaan," het Misty gesê.

Marcus het 'n voulêer uit sy aktetas gehaal. "Die Buro is uiters besorg oor onlangse Meksikaanse dwelm sindikaat oorloë. Dit lyk of dit begin het toe 'n heer genaamd Esteban Fernandez een van die sindikate oorgeneem het. Soos julle waarskynlik weet, die Meksikaanse staat moes 'n hele klomp genadelose geweld hanteer, insluitend verskeie onthoofdings. Mnr. Fernandez het sy operasies uitgebrei na VS grond. Daaroor *is* ons bekommerd." Hy het die voulêer oop gemaak en oorhandig aan die vennote. "Hierdie is misdaad toneel foto's van 'n slagting wat plaasgevind het reg hier in die stad. Van wat ons kon agterkom, het vier of vyf geweersmanne 'n woonstel in Vierde Straat binnegegaan en almal met kragtige outomatiese wapens geskiet, seker Uzi's. Soos julle op die foto's kan sien, was dit 'n besondere grusame uitvoering.

Joey en Misty het blikke gewissel.

"Ons het 'n vergadering met potensiële kliënte om tien dertig," het Joey gesê. "Blykbaar is hulle die ouers van 'n paar van die slagoffers by hierdie selfde adres."

Marcus het geknik. "Die Gunters en die Kings. Ek weet. Ek het hulle aangeraai om na julle toe te kom. Die Gunters se sestien jarige seun en beide die Kings se kinders was in daardie woonstel. Aangesien kinders betrokke is, het ek amper vir Nicholas soontoe gestuur, maar toe het die Buro besluit dat die kontrak saam met die ouers se belange val. Ek voel dat julle firma baie beter toegerus is hiervoor. En, aangesien die kontrak nie oop is vir tenders nie, wou ek julle die eerste opsie gee."

"Wat spesifiseer die kontrak?" het Misty gevra. "Presies wat word ons gevra om te doen?"

"Ondersoek die moorde. Bring vir ons konkrete bewyse dat Fernandez die moorde beveel het. Sodra ons dit het, kan die Buro met Binnelandse Sekuriteit, die NSA en die CIA koördineer om hom in te bring."

"Kan julle mense dit nie doen nie?" het Joey gevra. "Ek bedoel, ons sal hou van die werk, maar sal dit nie beter wees as die Buro sy eie bewyse kry nie?"

"Natuurlik sal dit. Die probleem is dat as ons dit self doen sal almal wat ons ondervra toeklap en ons niks vertel nie. Sonder waarskynlike oorsaak of beduidende bewyse sal geen regter 'n lasbrief uitreik vir telefoon afluistering nie. Sonder afluistering apparate of getuienisse van mense is ons beperk tot informasie wat ons visueel kan bevestig. Hierdie ouens sal 'n FBI stertjie 'n myl ver sien ... om nie eers die feit te noem dat mense soos Fernandez dikwels hooggeplaaste mense in wetstoepassing het wat of omgekoop is of omgepraat is om informasie te verskaf. Julle organisasie het nie enige van daardie beperkings nie. Julle het waarskynlik kontakte wat julle in die regte rigting kan stuur. Julle het operateurs wat die sindikaat kan infiltreer sonder om geïdentifiseer te word as wetstoepassers. Julle kan wat ook al middele gebruik wat nodig mag wees om mense te ondervra sonder om bekommerd te wees oor die Konstitusie. Julle het ook die ballas om 'n oorlog met hom te voer, sou dit nodig wees. Die Gunters en die Kings sal julle met 'n rede verskaf om aggressief in julle ondersoek te wees. Niemand behalwe die drie van ons, my Assistent Direkteur en die Direkteur homself, sal ooit weet dat julle eintlik vir die Staat werk nie."

"Marcus, jy weet ons sal Dexter, Jessica en Louie moet inlig. Elkeen het 'n oorsig oor elke saak wat ons neem, net ingeval iemand anders moet oorvat," het Joey gesê.

"Ek het geen probleem daarmee nie, so lank as wat hulle die 'Hoogsgeheim' vereistes verstaan ."

"Wat bied die kontrak as vergoeding?" het Misty gevra.

Marcus het 'n relatiewe hoë som genoem. "Natuurlik is julle uitgawes ekstra. Julle sal 'n geïteminiseerde faktuur ingee by my sodra die taak voltooi is." Hy het 'n pakkie papiere uitgehaal. "Daar is die kontrak. Alles is daarin gespesifiseer."

Die vennote het vinnig deur die kontrak gelees. Hulle het na mekaar gekyk en deur die telepatie wat meeste paartjies ontwikkel, het hulle altwee geteken.

"Ons sal doen wat ons kan, Marcus," het Misty gesê.

Marcus het die kontrak in sy aktetas gedruk. "Sterkte julle. As ek kan help, laat weet my asb." Hy het die kantoor verlaat.

"Liewe bliksem!" het Joey gesê. "Ons het nog nooit agter 'n dwelm sindikaat aan gegaan nie. Ek wens amper ons het nie taak geneem nie ... ek het 'n gevoel dit gaan uber-gevaarlik wees."

"Ek weet. Maar Joey, ons gaan nie regtig agter die sindikaat aan nie. Al wat ons moet doen is om bewyse te vind. Daarna neem die Staat oor."

"Misty, dink jy regtig dat gaan so maklik wees? Ek weet dat ..." Daar was 'n klop aan die deur. Jessica het 'n paar sekondes later ingekom en lessenaar genader.

"Julle tien-dertig is hier," het sy hulle ingelig. Sy het 'n voulêer op Joey se lessenaar neergesit. "Dexter se span het al die relevante informasie opgestuur. Dis in die lêer."

"Dankie Jessie," het Joey gesê. "Gee ons omtrent vyf minute om gou deur die lêer te gaan en dan bring jy hulle in."

"Ja, meneer," het sy met ontsag gesê.

Nadat Jessica uit is het Joey na Misty gedraai. "Hoe kan een persoon "ja meneer" laat klink soos 'fok jou'?"

Misty het gelag. "Sy het ons almal lief, Joey, en jy weet dit. Sy trek net jou been."

Joey het geglimlag. "Ek weet. En sy weet ek sal haar been terug trek ook. Sy weet net nie wanneer nie."

Hulle het gou deur die lêer gegaan. Dit het finansiële informasie bevat, nuus artikels oor die skietvoorval, notas en verslae vanaf die stadspolisie, outopsie uitslae en foto's van beide die misdaad toneel en die drie kinders op gelukkiger tye. Joey en Misty het op die outopsie verslae gelet oor die twee sestien jariges en die twintig jare King seun. Dexter se span was baie deeglik gewees.

"Toksikologie vir die sestien jariges wys geen aanduiding van dwelms in hul sisteme nie, al wys almal anders s'n positief," het Misty gesê.

"Die Gunther kind se kar was voor die gebou," het Joey gesê.

"Die outopsie wys dat die twee omtrent twintig minute vroeër geëet het, miskien Kenzie's, as mens oordeel aan die maag inhoud."

"Twee kinders op 'n aand uit. Het miskien gestop om die King meisie se broer te gaan optel of iets, en hulle was net op die verkeerde plek op die verkeerde tyd."

Iemand het aan die kantoordeur geklop. Na 'n paar sekondes het Jessica dit oopgemaak. Agter haar was vier mense. Soos hulle ingestap het, het Jessica hulle voorgestel.

"Mnr. en Mev. Gunther, Mnr. en Mev. King, hierdie is Joey Justice en Misty Wilhite." Almal het hande geskud. "Sal daar enigiets anders wees, Mnr. Justice?"

"Nee, Jessica, dankie," het Joey geantwoord.

"Asseblief," het Misty gesê. "Kom ons gaan sit in die vergader area." Sy het na die sofa area gewys. Hulle het almal gaan sit.

"Voor ons begin wil ek en Misty ons meegevoel oordra aan almal van julle. Ons betreur die afsterwe van julle kinders en ons besef dat die wond nooit heeltemal gesond sal word nie. Ons is hier vir julle en ons sien uit daarna om julle te help, as ons kan. Ons het 'n sielkundige op ons personeel en almal van julle is welkom om enige tyd sy hulp te vra, teen geen koste vir julle nie."

"Dis regtig baie vriendelik van u, Mnr. Justice," het Mnr. Gunther gesê.

"Dis ons plesier, meneer. Misty en ek het al dikwels daaroor gepraat om kinders te hê, en nie een van ons kan dink waardeur julle gaan nie. Wat kan ons doen om te help?"

King het geknik na Gunther om te wys hy sal leiding neem.

"Ons wil hê julle moet wie ook al dit gedoen het vind," het King gesê.

Joey het geknik.

"Dan wil ons hê julle moet seker maak dat geregtigheid geskied."

"Mnr. watter soort geregtigheid wil julle hê?" het Misty gevra.

Gunther het afgekyk na die vloer. Stilweg het hy gesê, "Ons wil hê julle moet hulle doodmaak."

"Mnr. Gunther, u weet, ons stel nie mense tereg nie," het Misty gesê.

Gunther het geknik. "Ons sal in ons skik wees as julle hulle inbring vir die polisie."

Joey het geknik. "Vertel ons van daardie nag. Hoe het hulle by daardie woonstel uitgekom?"

Mev. King het gepraat. "Dit was hulle eerste afspraak. Hulle sou gaan uiteet en dan my seun by hierdie partytjie ontmoet." Sy het in 'n snesie gehuil. "Ek het nie geweet dat Steve dit vat nie ... Ek het nie geweet dat hy ..." Sy het stil begin huil.

"Ek het vir Chris gesê hy moenie na daardie partytjie toe gaan nie. Ek het vir hom gesê dis nie 'n manier om pret te hê nie," het Mev. Gunther gesê.

"As ek mag," het Joey tussenin gepraat, "verwyte het geen plek hier nie. Dit het gebeur. Niemand kon dit voorspel nie. Dit is ons werk om die skuldiges te vind en hulle in te bring, indien moontlik."

Gunther het vinnig opgekyk na Joey. Joey het na hom geknik.

"Misty is reg. Ons stel nie mense tereg nie. Dit beteken *nie* dat ons nie sal terugskiet as hulle eerste skiet nie. En wanneer ons terugskiet, skiet ons om dood te skiet."

"Agent Moore het gesê julle fooie is billik," het Mnr. King gesê. "Kan ons daaroor praat?"

"Natuurlik," het Misty gesê. "Ons fooi sal ...." en sy het die bedrag genoem, "wees. Ek los dit vir julle om te besluit hoe julle dit wil verdeel."

"Wat van uitgawes?" het Mnr. Gunther gevra. "Meeste privaat ondersoekers vra uitgawes bo-op die fooi."

"Terwyl meeste van ons wel privaat lisensies het, *is* ons meer 'n sekuriteit firma. Uitgawes is gedek in die fooi. Ons wil julle help, nie breek nie," het Joey gesê. "As die fooi aanvaarbaar is vir julle, stap ons uit na ons sekretaresse se lessenaar waar julle vorms moet teken."

"Ons *sal* sê dat ons dalk reeds 'n leidraad het op die skieters. Ons kan nie nou meer as dit sê nie, maar voel gerus met die wete dat ons alles sal doen wat ons kan," het Misty gesê.

Gunther het na King gekyk wat geknik het. "Dit is 'n billike fooi, Mnr. Justice ... Mej. Wilhite. Wat het julle nodig van ons?"

"Net julle handtekeninge. Kom saam met my asseblief. En hier is die foon nommer van ons sielkundige. Indien julle verkies om gebruik te maak van sy dienste, sê asb ek het gesê daar sal geen fooi wees nie.

Hoofstuk 03

Nadat die kliënt weg is het Joey en Misty teruggegaan na sy kantoor toe. Toe die deur toe is het Misty na Joey gedraai.

"So, dis aan. Sjoe, waar begin ons, Joey?"

"Ek is nie seker nie, liefde. Ek wil weer na beide die lêers kyk. Miskien gee dit ons ietwat van 'n vastrap plek."

Hulle het die lêers gaan haal en hulle op een van die banke gaan tuis maak om te lees.

TOE LOUIE BY DIE KONVENSIE sentrum aankom was die eerste ding wat hy sien sy hoof operateur, Turk Wendell, wat buite die ingangsdeur staan.

"Ek dog jy pas die uitdager op, Turk," het Louie gesê. "Wat maak jy hier buite?"

"Bestuurder het my uitgegooi, man," het Turk geantwoord. "Gesê *nie*-mand word binne toegelaat terwyl die man oefen nie."

Kopskuddend het Louie gesê, "Kom saam met my, man." Hy het die deur oopgemaak en na die aantrekkamers gestap. Turk het gevolg. Toe hulle die uitdager se kamer bereik het Louie die deur oop gemaak. Die uitdager het op 'n tafel gelê terwyl sy afrigter hom masseer. Sy bestuurder het op 'n stoel 'n paar voet weg gesit. Louie het 'n geweer met sy hand gemaak en op die uitdager gerig.

"Boem. Jy is dood, man."

Die bestuurder, Chuck Simons, het opgespring en na Louie begin loop.

"Wat de hel doen julle hier binne?"

"Simons, jou gek. Ek kon enigeen van die straat af gewees het, kom hier in met 'n geweer en die kampioen is 'n geveg gespaar. Jy stuur my man hier weg en jy het geen beskerming nie. Kan nie sien hoe vuiste 'n koeël gaan keer nie."

"Wat gaan jou man doen, Washington? 'n Koeël vat vir my bokser?"

"As dit nodig is, kan jy jou agterend daarop wed. Dis waarvoor ons betaal word."

Die uitdager, Mike Swanson, het regop gesit en vir Louie gesê, "Man, ek het nie 'n swak-gat gek nodig om te te keer dat ek geskiet word nie. Ek hou nie van jou nie, Washington. Jy is 'n doos."

Skielik word hy baie kortaf en presies terwyl hy praat en Louie sê, "Ekskuus tog? Doos?"

Net Turk het geweet dat Swanson nou vir Louie koninklik afgesit het.

"Jy is 'n groot ou sletterige doos. Swak-gat moederfokker."

"Miskien wil jy daai sentiment uitspreek op 'n ander plek, Swanson? Die kryt, miskien, vir vyf rondes?"

"Jy's aan, moederfokker. Ek gaan jou so hard slaan dat jou mamma jou nie gaan herken nie."

"Gee my vyf minute om 'n paar handskoene te kry, Swanson." Aan Simons het hy gesê, "Stel dit op, man. Lyk of ek 'n boet gaan laat les op sê. Jy het jouself opgesaal met 'n beskermende vennoot. Turk bly by hierdie arrogante moederfokker, sal jy?"

Louie is daar weg om bokshandskoene te gaan soek.

DEXTER HET BY DIE HOËRSKOOL gimnasium ingeloop waar die honde skou gehuisves word, en kry sy hoof operateur, Charlie Li, besig om deur 'n nogal groot vrou met blou hare te uitgetrap te word. Langs die vrou het haar Engelse Bulhond gesit. Die bulhond het gehyg en het baie gelukkig gelyk.

"En verder," het die blou-haar vrou gesê, "Watse soort sekuriteit persoon is jy? Ek wil weet hoe my hond *dronk* geword het en ek wil nou dadelik weet!"

"Ekskuus tog," het Dexter gesê, "Wat gaan hier aan?"

Blou-haar het Dexter op en af bekyk. "En wie is jy?"

"Ek is Dexter Beck. Ek is in beheer van sekuriteit by hierdie skou."

"Wel ek het 'n paar dinge om vir jou te vertel," het sy gesê.

Dexter het sy hand opgehou. "Net 'n oomblik asseblief. Charlie, is al die kameras geïnstalleer?"

"Ek moet nog die twee in die gimnasium installeer en die kamera in die herberg area."

"Moet dan nie dat ek jou ophou nie."

Charlie het verlig geknik. "Ja, meneer." En weg is hy.

Die bulhond het opgestaan en effens gewieg.

Dexter het na Blou-haar gedraai. "Nou wat is die probleem, mevrou?"

"Iemand het my kampioen Engelse Bulhond *bier* gegee, Mnr. Beck. Ek het nou 'n dronk hond en ek wil weet wat jy daaraan gaan doen!"

"Wel, mevrou, ek kan ...." Dexter het opgehou praat en afgekyk.

Die bulhond het teen sy been gepie.

"KYK HIERNA, MISTY," het Joey gesê, wat deur die polisie onderhoude met die mense in die area gelees het.

Sy het oorgeleun en gekyk waarna hy kyk.

"Ten minste twee inwoners het 'n Cadillac wat voor die gebou geparkeer was met die enjin aan, gerapporteer," het hy gesê. "Hulle beskryf dit as 'n laat-model, of blou of swart met getinte vensters."

"Nommerplaat?" het sy gevra.

Joey het gelees. "Nee. Maar baie keer sien mense dinge wat hulle nie registreer op die tydstip nie maar dit bly nog in die geheue. Ek dink ons moet met hierdie mense gaan praat."

"Kom, laat ons dan gaan."

Terwyl hulle uitstap het hulle Jessica vertel waarheen hulle gaan en dat hulle beskikbaar is op hulle selfone indien nodig.

"Ek sal die media laat weet," het Jessica gespot.

Op pad na die hysbak, het Joey sy selfoon oopgemaak.

"Wie bel jy?" het Misty gevra.

"Hank. Ek wil hê hy moet uitkyk vir nuwe Meksikaanse gesigte."

Hank was Hank McFeely. Hank het 'n kroeg besit in Hooker Hollow bekend as "McFeely's". McFeely's, beter beken op straat as "McFeelme's", was 'n rowwe plek wat hardehout bedien het aan nog harder klante en het 'n reputasie gehad om amper alles te verskaf wat 'n persoon voor mag soek. Gevegte breek gereeld daar uit.

Die foon is beantwoord. "McFeely's"

"Hank?"

"Jip."

"Dis Joey Justice. Hoe gaan dit?"

"Joey, jou perdegat! Dit gaan goed. Dis goed om van jou te hoor!"

"Hank, ek het 'n guns nodig."

"Noem dit, Joey."

"Kan jy jou oë oop hou vir enige nuwe Meksikaanse mense wat dalk opdaag in jou kroeg?"

"Snaaks dat jy vra. Ek het 'n paar hierbinne vir die laaste drie aande. Hulle vat altyd 'n tafel, hou by hulself en drink rum sopies."

"Veroorsaak hulle moeilikheid?"

"Nee, soos ek gesê het, hulle hou by hulleself. Maar ek het hulle van naby gesien. Hulle het 'n wrede kyk aan hulle en ek weet hulle pak altyd yster."

"Doen my 'n guns, Hank. As hulle weer opdaag vanaand, laat weet my dadelik, asseblief?" Hy gee Hank sy persoonlike selfoon nommer.

"Ek sal, Joey."

Hulle beëindig die oproep.

Die hysbak het oopgemaak in die werknemer motorhuis en die paar het uitgestap. Elkeen van die vennote het 'n huidige jaar Nissan sedan vir persoonlike gebruik. Elkeen van die sedans is toegerus met lek bestande bande, koeëlvaste vensters en genoeg pantser om die meeste wapentuig te stop. Die paar het een gekies en die sekuriteit gebou verlaat.

Terwyl hulle ry, het hulle hande vasgehou en oor nie-besigheid dinge gepraat. Die paartjie was verlief en hulle was al verlief in kollege. Hulle praat gereeld oor trou maar nie een van hulle is haastig nie … al het hulle altwee geweet daar sal nooit iemand anders vir hulle wees nie.

Toe hulle by Vierde Street se woonstel gebou arriveer, het Joey die Nissan geparkeer en na Misty gedraai.

"Hier's wat ek dink, lief," het hy gesê. "Ons voer onderhoude met die ooggetuies wat die Cadillac gesien het. As hulle nog steeds nie veel van die kar kan onthou nie, dan vertel ons hulle dat soms stoor die geheue informasie wat nie bewustelik onthou word nie. Dan vra ons hulle of hulle onder hipnose sal gaan om te sien of hulle meer informasie kan onthou. Klink dit goed vir jou?"

"Soos 'n droom."

"Slim esel."

"Jip. Maar is ek *jou* slim esel."

Hulle het uit die kar uit geklim. Joey het die beskerm knoppie gedruk aan sy sleutelring. Sou die kar mee gepeuter word, en die alarm skrik wie ook al nie af nie, sal die eksterieur van die kar binne dertig sekondes elektrifiseer met 'n vyftigduisend volt lading en die aansitter sisteem onmiddellik heeltemal deaktiveer.

"Wie soek ons?" het Misty gevra terwyl hulle die gebou binnegaan.

"Mnr. en Mev. Vincent Bercik. Hulle is op die eerste vloer – woonstel een-nul-een."

Hulle het by die woonstel aangekom. Misty het geklop. Na 'n oomblik het hulle 'n geskuifel aan die ander kant van die deur gehoor en hulle het geweet hulle word na gekyk deur die loergaatjie.

"Wie is dit?" het 'n kragtelose stem van binne gekom.

Joey het sy besigheidskaartjie op gehou by die loergaatjie. "Joey Justice en Misty Wilhite. Ons is van Justice Sekuriteit. Ons wil graag 'n oomblik met u praat, as ons mag."

"Kan jy die besigheidskaartjie skuif?" het die stem geantwoord.

Joey het die besigheidskaartjie geskuif en het direk na die loergaatjie gekyk. Na 'n oomblik het hulle verskeie slotte hoor oopsluit en die deur het oopgemaak. 'n Ou vrou het in die deuropening gestaan.

"Dis regtig jy!" het sy geantwoord. "Ek het u op die TV nuus gesien twee maande terug!"

Joey het skrams geglimlag. "Ek onthou dit. Kanaal 7 Nuus, nè?"

"Dit was ja! En wie het u gesê is die mooie dame?"

"Dis een van my vennote Misty Wilhite. Is u dalk Mev Bercik?"

"Ja, ek is. Will julle mense inkom?"

"Dankie mevrou," het Misty met 'n glimlag gesê.

Misty en Joey het die woonstel binnegegaan. Die mure was bedek met foto's, baie daarvan swart en wit of met die kleur verbleik. Dingetjies en fotorame het elke beskikbare oppervlak bedek. Ou maar gemaklike meubels het die sitkamer vol gestaan. Die woonstel het 'n toe, muwwe reuk gehad van lank toe wees sonder lug.

"Wil julle nie solank sit nie, asseblief?" het Mev. Bercik gevra.

"Dankie Mev. Bercik," het Joey gesê.

Joey en Misty het op die sofa gaan sit. Mev. Bercik het op 'n gemaklike gemak stoel gaan sit.

"Mev. Bercik ...," het Misty begin.

"Noem my asseblief Marlene."

Misty het na die ouer vrou geglimlag. "Ja, mevrou. Joey en ek is gehuur om die moorde in hierdie gebou te ondersoek en u naam het opgekom in die polisie verslae."

"O, ek het die polisie alles vertel daaroor," sê Mev. Bercik. "Vince en ek het tuis gekom na 'n kuier by my suster. Ons het nooit enige skote gehoor nie."

"Maar u het genoem dat u 'n Cadillac geparkeer gesien het voor die gebou met die enjin aan die gang," het Misty gesê.

"Ja, ons het. Maar ons het nie iemand in of uit sien klim nie en ons kon nie binne sien nie. Die vensters was baie donker, amper soos want mens sien op 'n limousine. Ek het net vlugtig daarna gekyk. Vince het 'n slegte dag gehad, en ek het my hande vol gehad."

"Sal u man dalk die kar onthou, Marlene?" het Joey gevra.

"Mnr. Justice, my man kan nie onthou of hy vanoggend ontbyt geëet het nie. Hy het Alzheimer's."

"Ek is jammer. Ek het nie geweet nie," het Joey gesê.

"Geen rede hoekom u sou weet nie. Sommige dae is beter as ander."

"Wat ons graag wil voorstel, Marlene, as u sou instem," het Misty gesê, "is dat ons 'n gekwalifiseerde..."

'n Ou man wat met 'n loop raam het die vertrek binne geskuifel. Hy het 'n gedetermineerde gesigsuitdrukking gehad.

"Ek's besig daarmee, Luitenant," het die man gesê. "Die area is amper veilig."

"O, Vince," sê Mev. Bercik. Sy het opgestaan, die man aan die arm geneem en hom na die oorblywende stoel geneem. "Lief, jy het nie nodig om die area te beveilig nie. Die oorlog is verby."

"Dis Sersant Bercik vir jou, soldaat!" het Mnr. Bercik haar toegesnou terwyl hy gaan sit. "En daar is Cong oral oor die area! En Pinky se dertig!"

"Kalmeer nou Vince. Die Cong gaan jou nie vandag aanval nie."

"Cong?" het die ou man gesê. "Waarvan praat jy, dame? En wie is jy?"

Mev. Bercik het gesug en haar man in die stoel ingehelp. "Ek is jou vrou, lief. Marlene." Aan Joey en Misty het sy gesê, "Ek is so jammer. Hy het weer 'n slegte dag."

Mr. Bercik het weer gepraat. "Ek het nie slegte dag nie! Pinky se dertig!"

"Ons ken niemand met die naam Pinky nie, Vince," het Mev. Bercik gesê.

"Marlene wat ons wou voortel is hipnose," het Misty gesê. "Ons dink dat u dalk meer besonderhede sal onthou oor die Cadillac op daardie manier."

"Cadillac?" het Mnr. Bercik gesê. "Verskriklike duur kar. Kan dit nie bekostig op 'n sersant se salaris nie. Pinky se dertig."

"Ek is jammer, Juffrou Wilhite," het Mev. Bercik gesê. "Ek kan nie sien hoe ek Vince vandag kan los daarvoor nie. Ek wil graag help, maar julle sien hoe hy is."

Joey het gesê, "Dis heel reg, Mev. Bercik. Ek dink nie ons het die hipnose nodig nie. Ek glo u man het ons gegee wat ons nodig het om te weet."

Misty het verward na Joey gekyk. "Hy het?"

"Pinky se dertig. Pinky se Limousine Diens. Die nommerplate is genommer."

Realisasie het op Misty se gesig gewys. "O my genade! Jy is reg!"

"Wat bedoel jy?" het Mev. Bercik gevra.

"U man het die nommerplaat van die Cadillac herhaal. Pinky se dertig is kar nommer dertig in die vloot by Pinky se Limousine Diens. Dit is hoekom ons u gevra het om onder hipnose te gaan ... ons wou sien of u die nommerplaat kan onthou," het Joey geantwoord. "Dit mag lei na 'n leidraad oor die moorde." Joey het opgestaan vanaf die sofa en het voor Mnr. Bercik gaan staan. Hy het op aandag gestaan, toe 'n skerp saluut gemaak aan Mnr. Bercik. "Goeie werk, Sersant."

Bercik het terug gesalueer. "Niks groots nie, Luitenant."

Misty het ook opgestaan. Sy het Mev. Bercik se hand geskud. "Dankie vir u tyd, mevrou." Sy het ook na Mnr. Bercik gestap, oorgeleun en hom op die wang gesoen. "En dankie dat u geweet het wat ons wou uitvind."

Mnr. Bercik het gebloos. "Dis mooi van u, mevrou, maar ek is getroud en ek is baie lief vir my vrou. Ek kan nie na u kamer toe kom nie."

"Mnr Justice?" het Mev. Bercik bedees gesê.

"Ja mevrou?"

"Kan ek u handtekeninge kry?"

Die vennote het geglimlag.

TERWYL HULLE DIE WOONSTEL gebou verlaat het Misty gevra, "So, gaan ons nou na Pinky toe?"

"Kan net sowel," het Joey geantwoord. "As ons kan uitvind wie die Caddy gehuur het, sal ons 'n leidraad hê." Naby hulle kar het Joey die knoppie aan die sleutelring gedruk om die sekuriteit te deaktiveer. Aan die stuurkant het 'n jong man in die straat gelê en ruk. Sy oë was oop en hy het hulle na Joey gedraai.

Joey het sy kop geskud. "Jy't probeer om in my kar in te breek en dis nogal 'n skokkende ervaring, nè?" Hy het die man onder sy skouers gelig en hom na die sypaadjie gesleep. "Volgende keer moet jy maar twee keer dink voor jy 'n kar probeer steel. Dit mag dalk ... insiggewend wees."

Misty het gewys en gelag. "Kyk Joey! Hy homself nat gemaak!"

Joey het sy kop geskud. "Het jou ma jou nie geleer om nie met elektriese toestelle te speel wanneer jy nat is nie?"

Hulle het in die kar ingeklim en weg gery, en die jong man net daar op die sypaadjie gelos om stadig op sy eie te herstel.

LOUIE WAS IN SY HOEK van die kryt. Hy het alles wat hy nodig het gevind vir hierdie skerm wedstryd, selfs 'n kortbroek. Swanson was in die teenoorgestelde hoek en het geglimlag deur sy mond beskermer. Louie het terug geglimlag en vir Swanson geknik. Swanson was goed gebou met lang seningrige spiere wat styf was onder sy vel. Louie het 'n vatjie bolyf gehad met groot lywige spiere wat beweeg het wanneer hy beweeg het, soos die sagte vloei van water.

Turk was in Louie se hoek terwyl Simons in Swanson se hoek was. Swanson het sy vuiste teen mekaar begin slaan, sy arms begin swaai en begin dans op die plek. Louie het stil bly staan, en kalmte oral uitgestraal.

"Jy seker hieroor, Louie?" het Turk gevra.

"O ja," het Louie geantwoord. "Die ou wee' tie wat hy kry nie. Ek het 'n voordeel. Plus, Dexter het my 'n paar skuiwe gewys, man. Hy sa' lie 'n hand op my lê nie. Kyk maar."

"Hei, Washington!" het Simons geroep. "Is dit reg met jou as Larry, die afrigter skeidsregter speel? Hy sal regverdig wees."

Louie het sy skouers opgehaal en sy hande opgelig om te sê dis reg met hom. Die afrigter het in die ring geklim en vir Louie en Swanson gewys om nader te kom.

"Here, dis 'n vyf-ronde skerm wedstryd. Onthou dit. Geen houe onder die belt nie en breek uit omhelsings wanneer ek so sê. Reg, gaan na julle hoeke."

"Ek gaan jou opfok, man," het Swanson gesê.

"Uh-huh," het Louie geantwoord.

Die mans het teruggegaan na hulle hoeke. Na 'n paar sekondes het 'n klok gelui wat aandui dat die eerste rondte begin. Swanson het in sy hoek gedans, sy vuiste gelig in 'n tipiese bokser opstelling. Louie het eenvoudig na die middel van die kryt gestap en sy vuiste gelig soos wat 'n bokser sou poseer.

"Man, jy is kak," het Swanson gesê en met sy regter geslaan. Hy is vinnig maar Louie het geweet die hou gaan kom en het eenvoudig sy kop uit die pad beweeg van die hou. Swanson het verras gelyk maar het geveins met sy regter en opgevolg met 'n linker haak. Weer het Louie eenvoudig sy kop beweeg en weer was die hou gemis met 'n fraksie van 'n duim. Swanson het reg na Louie se maag gemik, maar Louie het sy hou uit die pad gewaai met sy lyf. Swanson was van balans af van die liggaam hou wat nie teiken getref het nie en Louie het vinnig voordeel gehad. Hy het sy linker gemik teen die kant van Swanson se kop en probeer om *deur* die uitdager te slaan. Hy het elke spier in sy rug, bors en arm gebruik en alles in hom in daardie hou gesit. Hy het perfek getref teen die kant van Swanson se kop. Swanson het in die rondte gedraai en toe op die kryt se vloer geval. Hy het nie opgestaan nie. Die man was uitgeslaan.

"Noem my weer 'n doos, moederfokker," het Louie gesê en na sy hoek gedraai.

DEXTER EN CHARLIE HET na kameras se beelde gekyk. Alles het goed gelyk. Al die beelde was gekonnekteer aan Videomasjiene en word beheer deur 'n toegewyde en veilige rekenaar sisteem. Rigting beweging deteksie toerusting was gerig op elke beweging wat die honde maak in hulle hokke, wat die alarms laat afgaan vir niks. Dit was eintlik 'n uitgebreide sisteem, maar dit was wat die honde skou operateurs gespesifiseer het.

Eers het Dexter nie verstaan hoekom 'n honde skou so 'n uitgebreide sisteem nodig het nie. Na die dronk Bulhond episode verstaan hy 'n bietjie beter. Dit was 'n moorddadige affère. Sommige van die honde eienaars glo dat wen alles is en sal amper enigiets doen om seker te maak die kompetisie is geëlimineer. Die bier wat vir die bulhond gegee is kon net sowel gif gewees het. Meeste van die honde is suiwer geteel met lang gevestigde bloedlyne en is 'n klompie duisend doller werd. 'n Verlies beteken nie net 'n verlies van die hond nie maar ook die verlies van 'n groot belegging.

Dexter het stekie gevoel oor die feit dat hierdie honde na gekyk word as 'n besigheid belegging in plaas van die getroue bondgenote wat hulle kan wees. As 'n diereliefhebber, het hy homself belowe hy sal aan hierdie honde die beste beskerming gee wat hy kan.

"Lyk goed, Charlie," het hy gesê.

Charlie het geknik. "Dis omtrent so goed soos ons dit sal kry, gegewe die omstandighede. Het jy gedink daaraan om mense as sekuriteit agter te laat?"

"Die honde skou is Sondag. Dit los vanaand en more aand. Op hierdie oomblik dink ek ons het genoeg gedoen. Ons het vyf mense wat die skou self gaan sirkuleer en ek hoop ons het hulle nie nodig voor die skou nie." Hy het vir homself geknik. "Ons los dit vir nou. Ons kan altyd later opgradeer indien dit nodig word."

"Ek wil graag 'n voorstel maak, meneer," het Charlie gesê. Charlie het altyd die uiterste respek getoon aan sy werkgewer, selfs al het Dexter hom baie keer gevra om hom nie "meneer" te noem nie. "Ek stel voor dat ons 'n kalmering geweer gereed hou. Ons gaan dit dalk nie nodig hê nie, maar sommige van hierdie rasse kan aggressief raak. Ek sal gemakliker voel om dit naby te hê en dit nie nodig te hê nie as om dit nodig te kry en dit nie te hê nie."

Dexter het sy bril verstel. "Goeie idee. Trek een by die arsenaal vanmiddag en hou dit gesluit by die video masjiene. Jy is in beheer daarvan." Hy het Charlie op die skouer geklop. "Tyd om met die kliënt te gaan praat, dink ek. Bel my as jy aan iets anders dink."

"Ja meneer."

Dexter het die veiligheids vertrek verlaat en na die klaskamer gegaan wat gebruik word as tydelike kantoor vir die honde skou beamptes. Hy het geklop, "Kom in" gehoor en binne gegaan. Binne het die skou organiseerder, Burt

Oakley, twee werksmense gewys hoe om verskillende hekkies en skou areas op te stel.

"Ek is nou by jou, Beck," het Oakley gesê, en teruggedraai terwyl hy verduidelik wat hy wou hê aan die man.

Dexter het met sy hande agter sy rug getaan terwyl die mans gepraat het. Toe die werksmense weg is, het Oakley teruggedraai na Dexter.

"Hoe gaan dit met die sekuriteit sisteem, Beck?" het Oakley gevra.

Dexter het geantwoord, "Alles in plek en funksionerend binne die parameters wat u gespesifiseer het, Mr. Oakley."

"Fantasties. So u kan waarborg dat niks sal inmeng met ons skou nie?"

"Nee. Niks kan dit gewaarborg nie. Ek kan net waarborg dat alles wat u gespesifiseer het normaal funksioneer."

Oakley het Dexter 'n kyk gegee. "Wat impliseer jy, Beck? Ek dog ek het die beste sekuriteitsfirma in hierdie stad gehuur. Sê jy dat u firma nie behoorlike sekuriteit kan verskaf vir 'n *honde skou* nie?"

"Nee, Mnr. Oakley, ek sê dit glad nie. Ek sê dat alles wat gespesifiseer was in ons kontrak normaal opereer. Justice Sekuriteit is 'n besigheid. Ons bemoedig kliënte om voordeel te trek uit alles wat ons bied. Maar daar is 'n koste betrokke. Ons het salarisse, toerusting en oorhoofse kostes wat gedek moet word in elke kontrak. Indien die kliënt voel dat sy behoeftes gedek is met goedkoper weergawes, dan doen ons dit. Die kliënt spesifiseer die vlak van sekuriteit. U het waarvoor u gevra het en dit alles funksioneer."

"En wat van vanoggend se insident? Enige kans om uit te vind wie die bier vir Mev. Hyde se bulhond gegee het?"

Dexter het sy kop geskud. "Omtrent geen kans. Die kameras het nog nie gewerk tot omtrent 'n uur terug nie, en niemand met wie ons gepraat het, weet enigiets nie."

"Ek moet sê ek is teleurgesteld. Met die geld wat ek betaal het, het ek 'n hoër vlak van sekuriteit verwag as wat ek kry."

"Met alle respek, Mnr. Oakley, u kry die sekuriteit waarvoor u betaal het. Indien u nie te vrede is nie, kan ons die kontrak kanselleer, ons toerusting onttrek, en u net laat betaal vir die tyd wat ons spandeer het. My assistent en ek kan hier uit wees binne die volgende uur."

Met dit, het Oakley gelyk of hy ingee. "Nee, nee ... Ek is dankbaar vir wat julle gedoen het. Die stres oor die skou meng nou in met my goeie sin. Dankie. Ek is seker dit sal goed genoeg wees."

Dexter het sy kennisneming geknik. "My assistent sal die sisteme monitor vir ten minste die volgende uur. Indien u enigiets anders benodig, laat hom asseblief weet."

Dexter het die vertrek met 'n ongemaklike gevoel verlaat. Hierdie werk was besig om uit te draai met meer betrokke as wat hy gedink het.

JOEY EN MISTY HET BY Pinky se Limousines gearriveer. Hulle het voor in die straat geparkeer.

"Ek kan nog steeds nie dink aan 'n goeie manier om dit te doen nie," het Joey gesê.

"Ek ook nie," het Misty geantwoord.

Hulle het altwee 'n rukkie gesit en dink.

Misty het voorgestel, "Wat dink jy daarvan as ons twee nuutgetroudes speel wat soek na 'n Caddy om ons na ons wittebrood te neem?"

Joey het daaroor gedink. "In plaas van nuutgetroudes, is ons verloof, en die troue is volgende week. Ons soek 'n Caddy as ons limousine wat albei van ons kom optel vir die kerk, dan te vervoer na die lughawe na die troue. Al wat ons regtig nodig het is om 'n glimp te kry van Pinky en om sy plek uit te kyk. Ons kan later vanaand terugkom vir die regte kyk."

"Wel, Mnr. Justice," het sy gegrap. "Stel jy breek en binnegaan voor?"

Hy het na haar geglimlag. "Ek weet nie van breek nie, maar ons gaan definitief binne. Reg?"

"Kom ons gaan."

Hulle het uit die kar geklim. Joey het weer sy verdediging sisteem geaktiveer. Hulle het hande gehou en by Pinky se plek in gewandel.

Die ontvangs en verkoop area was skoon en blink. Stoele en tafels was in 'n groot vertrek gerangskik. 'n Groot, glas-geboude kantoor bevat 'n klompie lêer kabinette en 'n dame sit agter 'n lessenaar. 'n Toonbank is ingebou omtrent halfpad met die glas, wat die kantoor 'n betaalpunt gemaak het.

Misty het 'n ligte, babbelende persoonlikheid gespeel terwyl Joey gemaak het asof hy 'n ster belaaide toekomstige bruidegom is vir wie alles te vinnig beweeg vir gemak. Hulle het nader aan die glas kantoor beweeg.

"Haai!" het Misty aan die dame binne die kantoor gesê. "Ons wil soos praat met iemand oor 'n limo vir ons troue!"

Die dame in die kantoor het na die paar geglimlag en gesê, "Hallo. Ek sal iemand kry om met julle te kom praat. Sit 'n oomblik asseblief ..." sy het na die ontvangs / verkoop area gewys.

Misty het haar kop gekantel. "Oukei." Sy het die weg gelei na die stoele en Joey agter haar aangetrek. "Nou sit jy hier, Liefie, dan sit ek reg langs jou." Hulle het gaan sit.

Joey het saggies vir Misty gesê, "Goeiste, ek haat daai ligte karakter."

Misty het ook saggies vir hom gesê, "O bly stil. Dit werk. Ek sien goedkoop beweging sensors in die hoeke, en ek het bedrading onder die vensters gesien. Miskien kontak alarms."

"Het hulle gesien. Geen sleutelbord by die deur, so die alarm is plaaslik. Laat een af gaan en ons het omtrent tien tot vyftien minute voor die polisie hier is. Ons moet regtig kyk na die motorhuis, daar is dalk 'n makliker weg in."

"Al wat ons regtig nodig het is om 'n manier te vind om in daardie kantoor te kom. O-o hier kom iemand. Bimbo tyd."

'n Deur in dieselfde muur as die glas kantoor het oopgemaak en 'n man in 'n pak van die rak af het daardeur gekom. Hy het na die paar gestap.

"Maar, Liefie, ek soek regtig 'n groot limo. Wil jy my nie gelukkig sien op ons troudag nie?" het Misty gevra.

"Natuurlik wil ek, Lief! Maar 'n groot limo is duur. Ek is nie seker of ek dit kan bekostig nie."

"Natuurlik kan jy dit bekostig," het die verkoopsman gesê. "Ons fooie is *baie* kompeterend." Hy het sy hand uitgehou na Joey. "Allen Pinkersley. Noem my Pinky."

"Sjoe, jy is die eienaar?" het Joey gevra terwyl hy Pinky se hand skud.

"In lewende lywe," het Pinky geantwoord. Hy het sy hand aan na Misty uitgehou.

Sy het sy hand geskud en gesê, "Sien, Lief? As hy soos die eienaar is, kan hy mos vir ons 'n goeie prys gee!"

"Dit kan ek doen, dame," het Pinkersley gesê. "Ek het nie julle name gehoor nie?"

"Joe Pensinton. Dit is my verloofde, Tiffany Andrews," het Joey gesê.

Pinkersley het nog breër geglimlag. "Dis 'n plesier! Nou, presies watter soort limo stel julle in belang?"

"Soos in 'n *groot* een," het Misty gekwaak.

"Ai, Tif, ek is nie so seker ons kan 'n groot een bekostig nie," het Joey gesê. Misty het haar lippe getuit. "Maar, Lief..." het sy pleitend gesê. Misty het haar lippe selfs meer getuit. Joey het sy kop geskud en aan Pinkersley gesê, "Het julle enig medium grootte limo's?"

Misty het haar voet gestamp. "*Lief*-ie!"

Joey het na haar gedraai en gesê, "Dit kan nie seer maak om kyk nie, Lief."

Misty het aangehou om haar lippe te tuit, toe geglimlag en effens gespring. "Oukei, Liefie."

Joey het aan Pinkersley gesê, "Kan ons die limo's sien?"

Pinkersley het inskiklik geglimlag. "Natuurlik, Mnr. Pensington. Kom saam met my asseblief."

Pinkersley het hulle deur die deur gelei waaruit hy gekom het. Verrassend het dit direk in die motorhuis in gelei. Limousines van alles groottes, kleure en make het die plek vol gestaan. 'n Paar drywers was sigbaar sowel as drie mans in oorpakke wat duidelik werktuigkundiges was. Die motorhuis self was lank en ruim. Die interessantste aspek vir Joey en Misty was dat daar drie dakvensters eweredig gespasieer was in die dak.

"O, Liefie, kyk na al hierdie limos!" het Misty gesê en 'n klein sprong gegee. "Ek weet nie watter een ek wil hê nie!"

Joey het vier Cadillacs gesien wat die beskrywing pas wat deur die ooggetuie gesien is. Hy het aan Pinkersley gesê, "Kan ons kyk na die medium-grootte limo's?"

"Natuurlik," het Pinkersley gesê. Hy het hulle na die eerste Caddy gelei. Dit was 'n donker bloue en het nie gekleurde vensters gehad nie. Hy het die deure oopgemaak sodat die paar die kar se binnekant kan sien. Hulle het hulle rolle voldoende gespeel. Joey het om die kar geloop. Hy het na die nommerplaat gekyk wat "PINKYS28" gelees het. Nie die regte een nie.

Die volgende Cadillac was swart, met baie donker vensers. Pinkersley het die deure oopgemaak en die paar het dieselfde prosedure gevolg as met die eerste kar. Die nommerplaat het "PINKYS30"gelees. Bingo. Joey het besluit om op te hou toneelspeel.

"Pinky, wat sal dit kos om 'n kar te huur met 'n drywer vir 'n hele dag?"

"O, nie so duur soos jy dink nie," sê Pinkersley, en noem 'n syfer.

Misty het die skimp gevang en het langs Joey kom staan en sy hand gevat.

Joey het gesê, "Sjoe, ek het geen idee gehad nie. Ons gaan hieroor moet dink."

"Liefie!" het Misty gesê, en haar mond getuit.

"Nou, Liefie, dis 'n groot gat in ons begroting. Ek sal die syfers moet nagaan en seker maak ons kan dit bekostig."

Al drie mense het terug geloop deur die deur na die ontvangs/verkoop area toe.

"Liefie, ek wil *rêrig* 'n limo hê!"

"Ons sal huis toe gaan en die syfers bekyk. As ek dit kan indruk, sal ek. Kan ek jou later bel, Pinky?"

"Natuurlik. Ek het wel drie dae kennisgewing nodig."

"Ek kom terug na jou toe, meneer. Dankie vir u tyd."

"Liefie!"

"Ons sal kyk by die huis, Lief."

"*Reg*!" het sy gesê en weer haar lippe getuit.

"Ek sien uit daarna om weer van julle te hoor," het Pinkersley gesê.

Die paartjie het die gebou verlaat. Terwyl hulle na die kar toe geloop het, het hulle sigbaar in karakter gebly, maar het met mekaar normaal begin praat.

"Geen beweging sensors in die motorhuis nie," het Misty gesê. "En ek het nie enige alarms teen die dakvensters gesien nie."

Joey het die kar se verdedigings sisteem gedeaktiveer. "Ek ook nie. Ek dink dis hoe ons vanaand daar gaan inkom. Ons moet kyk na daardie kar, en kyk na die lêers vir 'n huurder se naam."

Binne die kar, het Misty gesê, "Mooi. Vanaand het ons 'n afdalende besoek aan Pinky's."

"O, sle-e-egte woordspeling." het Joey geantwoord.

Terwyl hulle wegry het nie een agtergekom dat Pinkersley hulle agternakyk met vernoude oë nie. Toe het hy 'n oproep gemaak.

Hoofstuk 04

Het ek 'n sekuriteit firma of 'n verdomde veg klub gehuur?" het Bo Lockhart geskree, die agent van die boks kampioenskap stryd. "Ek bedoel, wat die *fok* het jy bedoel deur die uitdager uit te slaan?"

Louie het in die agent se kantoor by die konvensie sentrum gesit. Hy het nog nie 'n woord gesê vandat Lockhart sy tirade begin het nie. Dit het begin lyk of die tirade nooit gaan end kry nie en hy was besig om gatvol te raak om daarna te luister. Maar, die man het 'n punt. Louie het die uitdager uitgeslaan en dit het uitgelek na die pers. Die stad se agt televisie stasies het almal joernaliste na die konvensie sentrum gestuur en het probeer om informasie te kry oor die uitklop stryd. Met een hou het Louie die man miljoene gekos, want wie sal betaal om te sien hoe die Kampioen te sien boks teen 'n uitdager wat so maklik uitgeslaan kan word, en Louie sal na elke woord luister.

"Jy was gehuur om die vegters veilig te hou, nie om hulle uit te slaan nie! Ek bedoel, wat die fok gaan ek nou vir die verdomde pers vertel? 'n Niemand het Swanson op die mat met een hou uitgeslaan? Sê ek dit, sal ek uitgelag word deur die hele stad! ESPN sal nooit weer 'n kontrak aanbied as my naam daarop is nie! Alles ag gevolg van *een ... fokken ... sekuriteit ... wag!*"

Lockhart het sy vuis teen sy lessenaar gestamp om elke woord te beklemtoon. "Nou gaan ek hierdie fokken geveg moet kanselleer en al die kontrak geld moet terug betaal aan die sport netwerke, om nie te praat van die verdomde toeskouers nie! Ek het niemand om die Kampioen te veg nie!"

"Ek sal hom veg," het Louie stil gesê.

"Ek gaan jou verdomde sekuriteit firma dagvaar vir elke bietjie ... Wat die hel het jy nounet gesê?"

"Kyk man," het Louie gesê. "Jy gaan uitmis op 'n goud myn. Ja, ek het Swanson uitgeslaan en die man het my nooit raakgeslaan nie. In plaas van huil oor wat jy gaan verloor, gebruik wat jy het. Ek is gewillig om die Kampioen te veg in Swanson se plek, want ek is die rede hoekom Swanson uit is. Jy vat die feit dat die man wat Swanson uitgeslaan het nou die Kampioen uitdaag en jy gaan nog meer geld maak. En ek gaan jou 'n eerlike geveg gee om op te maak vir my fokop."

Lockhart het verstom terug gesit in sy stoel. Hy het gedink oor die moontlikhede. "Wat gebeur as jy wen?"

"Man, wen of verloor, ek waarborg jou dat dit my enigste professionele geveg gaan wees. Ek tree uit na die geveg."

"En jy sal 'n kontrak teken vir die geveg? En 'n kwytskelding? En jou boks lisensie kry?"

"Ja."

Lockhart het daaroor gedink vir 'n paar minute, en toe begin grinnik. "Kom ons gaan praat met die pers."

OM AGT-DERTIG DAARDIE aand het Joey en Misty voorberei om Pinky se Limousine Diens binne te gaan. Hulle het alreeds toegang tot die dak gekry, het die dakvenster wat hulle gaan gebruik gekies en was besig om hulle abseil toue vas te maak. Beide was geklee in donker kleure en het donker musse oor hulle koppe gedra.

Joey het 'n klein gereedskap belt gedra. Daaruit het hy 'n glassnyer gehaal met 'n klein suig kop daaraan geheg. Hy het die suig kop teen die venster gedruk en 'n hand grootte sirkel met die snyer gesny. Toe het hy versigtig die sirkel uit die venster gehaal en die venster van binne oopgesluit.

"Hier gaan ons. Maak gereed," het hy vir Misty gesê.

Hy het die dakvenster oopgemaak en 'n oomblik gewag vir 'n alarm sirene. Niks. Hy het die dakvenster heeltemal oopgemaak en Misty het die toue afgegooi deur die opening. Met geen hoorbare sirene wat skree nie, het Joey homself aan die tou vasgeknip. Misty het dieselfde gedoen.

Joey het haar 'n vinnige soen gegee. "Wanneer ons binne is, vat jy die kantoor en kyk in die lêers vir die Caddy. Ek sal die Caddy vat en dit goed deurgaan."

"Klink goed vir my, Liefie," het sy gesê terwyl sy haar bimbo karakter gebruik, en toe begin om af te sak. Joey het vinnig gevolg.

Hulle het afgegly teen 'n beheerbare spoed. Teen die end van die tou het hulle albei hulleself los geknip.

"Nogal donker hier binne," het Joey gefluister.

"Het jy enige nagvisie goed gebring?" het Misty teruggefluiter.

"Nee, het jy?"

"Nee. Ons dit maar die harde manier."

Die ligte in die motorhuis het skielik aangekom. Joey en Misty het altwee gevries. In die agterste deel van die motorhuis naby die werkstafel het Allen Pinkersley en 'n Meksikaanse man gestaan met 'n klein masjiengeweer wat op hulle gerig is.

"Meneer Pensington," het Pinkersley gesê. "Of moet ek sê ... Meneer Justice?"

Joey het na Misty geloer.

"Jy weet, Justice, as jy iemand anders wil wees, moet jy regtig jou gesig van die televisie af hou." Hy het na Misty gekyk. "En dit moet Misty Wilhite wees. Nog nooit jou gesig gesien nie, meisie, maar as jy saam met hom is ..." Hy het sy skouers opgehaal. "Maklike som." Hy het met sy elmboog teen die werkstafel geleun. "So, sê my ... hoekom is die groot Joey Justice besig om in my motorhuis in te breek?"

Joey het na Misty gekyk. Sy het skouers opgehaal. Joey het terug gedraai na Pinkersley.

"Ons is gehuur om 'n massamoord te ondersoek wat in 'n woonstel plaas gevind het in die Hollow. Twee onskuldige tieners is vermoor en hulle ouers wil afsluiting hê. Ons soek na die geweersmanne. Jou Cadillac, PINKYS30, was gesien voor die gebou met die enjin wat loop deur ooggetuies. Ons wou weet wie dit gery het daardie nag."

"En jy kon nie net vir my vra nie?"

"Ons het nie gedink jy gaan ons vertel nie."

"O, ek sal jou sê wie die kar gery het ... ek. En Julio hier het ook die partytjie bygewoon. Dit was ongelukkig vir die twee kinders ... maar hulle moet hulle vriende beter kies." Pinkersley het geglimlag. "Nadat julle vandag geloop het hier, het ek 'n foon oproep gemaak en verduidelik dat julle hier in my kantoor was, en ek het 'n boodskap vir julle. Esteban Fernandez stuur sy liefde."

Pinkersley het na die Meksikaanse man gewys, wat homself gestaal het, en begin skiet het. Joey het links geduik en dekking gesoek agter 'n lang limo. Misty het regs geduik, en agter 'n Cadillac geland. Die masjien geweer het groot geraas gemaak in hierdie toe spasie en koeëls het die lug rondom hulle gesny. Beide Joey én Misty het hulle Glocks getrek. Die masjien geweer het stil geword.

Joey het onder die limo deur geloer om 'n glimp van die twee mans se voete te probeer vang. Hy het paar regop tenks opgelet naby die werktafel en beide mans was agter 'n swart limousine links van die werktafel. Joey het na Misty gekyk, en met die gebruik van hand syne vir haar gevra om hom 'n bietjie te dek. Hy het met sy vingers, een, twee, drie getel. Misty het opgespring en twee versigtig geplaaste skote gevuur terwyl Joey opgespring het, vinnig gemik het en 'n skoot gevuur het na een van die regop tenks agter die twee mans. Hy het die tenk getref maar niks het gebeur nie. Beide hy en Misty het weer laag gaan sit.

Dammit! het hy by homself gedink. *Moes leeg gewees het!*

Julio het weer begin skiet. Koeëls het in die lang limo geland en het oorgegaan na die Caddilac toe. Koeël gate het al langs die kante van die karre verskyn en glas het aan skerwe gespat oor die vloer. Julio het opgehou skiet.

Pinkersley het agter die limo gehurk en na die tenk voor hom gekyk. Besef het oor hom gedaal – die tenks het gas vir die motorhuis se asetileen sweismasjien! Die tenk wat Justice getref het was leeg, maar die ander een was amper vol! As Justice se koeëls die vol een tref ...

Pinkersley het Julio aan die arm gegryp. "Ons moet *skuif! Nou!*"

Die twee mans het verrys om te hardloop vir ander dekking net toe Misty weer begin skiet. Hulle het vinnig weer gaan hurk. Joey het versigtig gemik en na die tweede tenk gevuur.

Die ontploffing het die deel van die motorhuis waar die twee mans was verswelg. 'n Enorme vuurbal het oor die lengte van die motorhuis begin reis en die petrol tenks aan die limousines het begin ontplof en hulle brandstof by die vuur gevoeg. Die konkussie het Joey en Misty teen die vloer geslaan. Die vuur het die agterste deel van die motorhuis met 'n harde brul ingeneem. Die volgende twee limousines in die ry het ontplof. Die hitte het intens begin word.

"Misty!" het Joey geskree. "Voor uit!"

Die twee vennote het deur die deur wat lei na die kantoor gehardloop net toe die volgende twee limousines ontplof. Hulle bewegings het die alarm laat afgaan in die buite kantoor.

"Wat van die lêers vir die Caddy?" het Misty geskree.

"Kan dit nie nou kry nie. Ons moet gaan!"

Nog twee ontploffings was gehoor. Hulle het deur die deur gekyk en 'n vlammehel gesien. Hulle het gestop by die deure wat na buite lei. Aangesien hulle van glas gemaak is, het Joey deur hulle geskiet en die glas het aan skerwe gespat. Toe is hulle buite.

Bo-oor die gebrul van die vlammehel en die alarm wat skree kon hulle die sirenes hoor aankom.

"Dammit!" het Misty gesê. "Die kar is vyf blokke weg! Ons sal nooit daar kom voor die polisie hier aankom nie!.

Nog ontploffings het agter hulle plaasgevind.

"Ons sal iewers moet kry om weg te kruip!" het Joey geskree.

Hulle het na die straat gehardloop. Net toe hulle daar kom het 'n blink wit Chrysler Sebring Cabriolet voor hulle gestop.

"Haai julle," het Jim Dandy gesê, hulle sekuriteit kompetisie. "Kan ek help?"

BO LOCKHART HET DIE pers konferensie gereël vir negeuur daardie aand. Joernaliste vanaf ESPN, Sports Illustrated, verskeie koerante en al die stad se televisie stasies het gearriveer. Hulle was almal in die konvensie sentrum se ouditorium teen agt vyf en veertig. Almal het geweet iets groots gaan aangekondig word en niemand wou dit misloop nie.

Lockhart het die Kampioen se mense laat weet dat 'n nuwe uitdager Swanson se plek gaan neem. Hulle was onwillig totdat hy hulle vertel het Louie het Swanson met net een hou uitgeslaan en dat die geveg nog aangaan soos geskeduleer. Toe het hy gesê dat as die Kampioen sy titel wil verbeur by verstek, sal dit reg wees ... en hy sal dit sy taak maak om die pers daaroor te laat weet. Die Kampioen se mense het onmiddellik ingestem tot die plaasvervanger.

Louie, intussen, kon homself skop dat hy toegelaat het dat sy humeur hom baas geraak het. Nie net het hy Swanson uitgeslaan nie, maar nou moes hy 'n verdomde boks wedstryd veg net om die firma te red van 'n dagvaarding. Hy het absoluut geen besigheid in 'n bokskryt gehad nie. Die ouens gaan 'n hom behoorlik skrobbeer.

Hy het gewag agter die gordyn op die ouditorium verhoog saam met Lockhart. Louie het Turk gevra om die Kampioen te beskerm, aangesien hy sy eie sekuriteit kon verskaf. Spaar 'n bietjie geld.

Lockhart was omring deur assistente en hy het bevele uit geblaf aan almal van hulle. Teen agt nege en vyftig het een van sy assistente hom herinner dat dit tyd was.

"Washington!" het hy geroep.

Louie het nader geloop. "Lockhart," het hy geantwoord.

"Hier is hoe dit gaan gebeur. Ek gaan met die pers praat vir 'n paar minute en verduidelik wat vanoggend gebeur het. Dan gaan ek jou voorstel en jy kom uit en laat die pers jou 'n paar vrae vra. Bly wakker en positief. Het jy dit?"

"Ek glo ek kan dit hanteer."

"Goed. Moenie opmors nie." Lockhart het deur die gordyne geloop.

Louie het in plek gestaan. Hy kon hoor hoe die verslaggewers vrae skree na Lockhart. *'n Groep joernaliste klink regtig soos 'n trop honde*, het Louie gedink. Daardie gedagte het hom laat dink aan Dexter en die honde skou. *Ek wed daai wetter het meer pret as ek.* Hy kon Lockhart duidelik hoor praat oor die ouditorium se klanksisteem.

"Dames en here, raak stil asseblief en neem julle sitplekke in. Asseblief." Lockheart het gewag terwyl die verslaggewers gaan sit het. "Dankie. Soos sommige van julle gehoor het, het ons bietjie oproering hier gehad vanoggend." Sommige van die verslaggewers het gelag. "Wel, hier is wat gebeur het. Een van ons sekuriteit personeel was in 'n skerm stryd teen Mike Swanson en het hom uitgeslaan met net een hou." Joernaliste het weer begin vrae blaf. "Asseblief mense, laat my klaar maak! Ons het tyd vir al julle vrae later! Asseblief!" Die joernaliste het weer stil geraak. "Sodat ons kan aangaan met die geveg soos beplan Dinsdagaand, het die sekuriteit man aangebied om die plek van die uitdager te neem." Meer vrae was geskree. "Ons het die aanbod aanvaar en so ook die Kampioen. Dames en Here, hier is die nuwe uitdager. Percival 'King Louie' Washington!"

Met 'n kopskud het Louie deur die gordyn gedruk. Joernaliste het geblaf, Flits ligte het geflits en nog meer kameras was op hom gerig as op 'n popster se lendene. Hy het na die podium toe geloop en hande geskud met Lockhart, wie oorgeleun het en in Louie se oor gesê het, "Jy is op jou eie. Moet dit nie opfok nie!" Louie het gegrinnik en geknik en Lockhart se hand begin druk. Hard.

Lockhart was goed, die enigste teken van pyn was in sy oë. Louie het sy hand laat gaan en nader aan die mikrofoon gestaan. Lockhart het agter die gordyn ingeglip. Louie het hom van agter die gordyn gehoor, "Verdomde seun van 'n teef het my seergemaak!", geglimlag en met die joernaliste gepraat.

"Julle weet, my mamma, Betty, was groot gemaak om altyd beleefd te wees daar in Alabama. Julle ouens sou haar skaam gemaak het." Die joernaliste het weer stil geraak. "Daar is geen rede om almal gelyk te skree nie. Ek sal julle vrae beantwoord, maar net as dit ordelik is. Almal sal 'n kans kry – niemand gaan eksklusief wees nie. So, kalmeer nou." Hy het 'n dame in die voorste ry gewys. "Wat van dames eerste?"

"Miriam Appel, Kanaal Sewe Nuus. Is jy nie Louie Washington van Justice Sekuriteit hier in die stad nie?"

Louie het geknik. "Ja, madam, ek is."

"Wat sal Joey Justice en die res van julle firma sê oor hierdie gedoente?"

"Hulle gaan almal my wye swart agterwêreld skop, madam." Lag het uitgebreek oor die ouditorium. "Eintlik is my vennote my vriende. Hulle gaan baie ondersteunend wees en my die beste toewens. Almal anders daar werk *vir* my, so wat dink *jy* gaan hulle sê?" Nog lag. Louie het gewys na die man langs haar. "Jou beurt."

"Ted Hanson. ESPN. Mnr. Washington. Wat het regtig met Mike Swanson gebeur vandag? In jou woorde."

Louie het sy asem ingetrek. "Ek het probeer om Mnr. Swanson te wys wat die waarde van lyfwagte en sekuriteit mense is. Hy het aanstoot geneem en my 'n lelike naam genoem. Ek het voorgestel dat hy my in die kryt ontmoet vir 'n skerm stryd om ons verskille uit te pluis." Hy het gewag. "Ek het Mnr. Swanson sy fout gewys."

"Hoeveel keer het Mnr. Swanson jou geslaan voordat jy hom uitgeslaan het?"

"Die man het nooit 'n handskoen op my gelê nie." Joernaliste het weer almal gelyk begin skree. Louie het sy geduld verloor. "Mense, *wat die hel het ek nounet gesê oor beurte?*" het hy hard gesê. Skielik is dit stil in die ouditorium. "Dankie." Hy het weer begin. "Mnr. Swanson het verskeie houe geslaan maar nie een daarvan het my getref nie."

Hy het na die volgende man gewys. "Jou, beurt man."

"Mnr. Washington. Hoekom noem hulle jou King Louie?"

Louie het gelag. "Onthou ek het gesê my vennote is my vriende? Ons het almal op kollege ontmoet en een van Misty se gunsteling flieks was *The Jungle Book*. Hulle sê my gesig lyk soos King Louie. Toe kry ek 'n bynaam wat gebly het want enigiets is beter as Percy!"

Almal het weer gelag. Louie het na die volgende verslaggewer gewys. "Vra, man."

"Harold Chamberlain, *Washington Post*. Is dit waar dat u firma verskeie hoë vlak, hoogsgeheime kontrakte met die Federale goewerment het?"

Louie het misnoeg sy kop geskud. "Man, ek kan nie oor sekuriteit besigheid praat nie. Wat die hel dink jy doen jy?"

Louie het aangegaan totdat elke verslaggewer 'n vraag gevra hê. Hy het opgelet dat al die plaaslike verslaggewers op hulle fone was en toe uit die ouditorium verdwyn. Nadat hy almal se vrae beantwoord het, het Lockhart weer agter die gordyne uitgekom. Hy het onwillig weer Louie se hand geskud en na die podium gestap. Louie het agter die gordyn in verdwyn. Hy het een van Lockhart se assistente gesien en hom geroep.

"Haai," het Louie gesê. "Het jy enige idee waarom daardie verslaggewers hier uit verdwyn het?"

"Ja, dis oral op die nuus," het die assistent geantwoord. "Daar was ontploffings en 'n groot vuur by Pinky se Limousine Diens. Hulle is dalk soontoe gestuur."

Ontploffings, het hy gedink. *Moet Joey wees.*

"Ek moet gaan, man," het hy vir die assistent gesê. "Sê vir Lockhart ek sal more met hom praat."

TOE DEXTER DIE HONDE skou verlaat het hy terug gegaan na die sekuriteit gebou om die vordering van die bank rekenaar sekuriteit program wat sy span getoets het die dag te gaan nagaan. Megan Fisk, sy hoof programmering assistent het vertel dat alles behoorlik werk en dat hulle teen Maandag gereed sal wees om die program te installeer. Dexter was baie verlief op Megan maar het sy gevoelens vir homself gehou omdat sy 'n werknemer was. Hy het haar gevra om aan te gaan met die goeie werk en die hysbak geneem na sy woonstel op die boonste vloer. Dit was vieruur. Dexter se woonstel was karig ingerig met

Oosterse motief. Hy het sy skoene uitgeskop by die deur en sandale aan geglip. Daarna het hy in sy slaapkamer gemakliker klere gaan aantrek. Daarna het hy sitkamer toe gegaan en vir die volgende drie ure verskeie vegkuns bewegings geoefen. Daarna het hy op die rys mat gaan sit en gemediteer vir 'n uur.

Teen die einde van die meditasie uur het hy gaan stort en 'n klein ete voorberei. Hy het sy slaapkamer televisie aangeskakel vir 'n paar uur se sinnelose vermaak. Teen die tyd was dit agt-dertig. Hy het terug gelê op sy bed en gemaklik geraak.

Teen nege-vyftien het die plaaslike televisie kanaal die program onderbreek met verslae oor ontploffings en 'n groot vuur by Pinky se Limousines. Dexter het regop gesit.

Terwyl hy die dekking kyk, het hy vir homself gesê, "Dit moet Joey wees."

Hy het sy kamer telefoon opgetel en Joey en Misty se woonstel nommer geskakel. Toe daar geen antwoord is nie, het hy aangetrek en sy woonstel verlaat in die rigting van die situasie kamer.

JESSICA QUEEN HET OOK die dekking op televisie gesien. Sy het pas by die huis aangekom na 'n aandete saam met vriendinne en het nog nie uitgetrek nie.

"Joey en sy verdomde ontploffings," het sy vir haarself gesê, weer haar skoene aangetrek en terug werk toe gegaan.

MISTY HET IN DANDY se passasier sitplek gespring terwyl Joey agter ingespring het.

"Go Jim!" het Joey geskree.

Dandy het rubber gebrand soos hy die toneel verlaat. Hy het gejaag tot op die einde van die blok en regs gedraai met bande wat skreeu soos hulle veg vir traksie. Teen die einde van die volgende blok het hy links gedraai en die spoed verminder.

"Oukei, Jim," het Joey gesê. "Ons kar is vyf blokke weg. Hoe die hel het jy so vinnig daar opgedaag?"

"Ek het 'n kliënt 'n paar besighede weg van Pinky af," het Dandy gesê. "Soos ek besig was om afskeid te neem, het ek outomatiese masjien geweer skote gehoor. Terwyl ek probeer raai het waar die geskietery vandaan kom het ek die eerste ontploffing gehoor en die motorhuis in vlamme gesien. Met die wete van hoe dinge ontplof wanneer jy in die rondte is, het ek in die kar geklim en kom kyk of ek kan help." Hy het Misty gekyk en geglimlag met blink tande. "Ek kon nie bewustelik toelaat dat Misty gevang word onder omstandighede nie."

"Dankie Jim," het Misty gesê en terug geglimlag.

Joey het effens jaloers gevoel. Jim Dandy was ses voet twee met bruin hare, blou oë en 'n snor. Hy het letterlik 'n jong Tom Selleck voorgestel wat hom grootliks geliefd gemaak het onder sy ouer vroulike kliënte. En jonger dames. Dandy het ook 'n slag gehad om te doen wat hy vanaand gedoen het; dis nou om op te daag wanneer dinge sleg gaan vir Joey.

Aan Dandy het hy gesê, "Ja, dankie Jim."

"My plesier," het Dandy gesê met blinkende tande in die lig van die straatlampe terwyl hy glimlag in die middel spieël. "En daar is jou kar as ek dit nie mis het nie," Dandy het agter die swart Nissan gestop en Joey het uitgeklim.

Joey het Misty se deur oopgemaak en gesê, "Weereens dankie, Jim. Perfekte tydsberekening."

Dandy het sy hand na Misty uitgehou, wat dit gevat het. Dandy het haar hand teen sy lippe gedruk en gesê, "Ek is altyd bly om te help."

Misty het uit die kar geklim en Dandy het weggery terwyl hy waai.

"O hene," het Misty gesê, "My hart is skoon aan die fladder."

"Ja, ek is ook aan die fladder," het Joey gesê. "Maar myne sit effens verder af onder toe."

Hulle het in die Nissan geklim.

"Ek dink jy is effens jaloers," het Misty met 'n glimlag gesê.

"Nee, Nie eers 'n bietjie nie," het Joey gejok.

Misty het geglimlag. "Sal ons Marcus bel en hom vertel wat ons uitgevind het?"

"Ek dink ons moet hom bel en hom laat inkom vir 'n vergadering in die situasie kamer."

"Ek doen dit gou," het Misty gesê.

MARCUS MOOR HET PAS 'n aandete partytjie saam met sy vriende verlaat en het beplan om sy meisie uit te neem vir 'n paar drankies. Hy het gehoop dat die aand nooit gaan eindig nie, toe sy selfoon lui.

"Verskoon my," het hy gesê. "Marcus Moore," het hy sy foon geantwoord.

"Haai Marcus, dis Misty."

Marcus het innerlik gekreun. "Wat's nuus?"

"Joey en ek wil jou ontmoet in die situasie kamer asseblief. Dis dringend."

"Nou?"

"Ja. Weereens. Dis dringend."

"Ek moet my meisie aflaai maar ek sal gou daar wees."

"Dankie Marcus. Sien jou daar."

Marcus het die oproep beëindig en na sy meisie gedraai. "Liefie, ek het slegte nuus..."

DEXTER WAS REEDS IN die situasie kamer toe Louie arriveer. 'n Bank van twaalf televisie monitors het die een muur van die kamer versier en elke monitor was ingeskakel op 'n ander kanaal. Die stad het agt televisie kanale en die ander vier was ingeskakel op verskillende kabel netwerke. Dexter het geprogrammeerde digitale opneem toerusting was alle dekking opneem by elk van die kanale. Hy het gedink dat as Joey nie die oorsaak van die vuur is nie, sal hy alles uitvee. Hy het ook ingetap op die plaaslike wetstoepassing en nood dienste se rekenaars sodat hy kan sien wie almal informasie het soos elke agentskap dit aanteken.

Louie het net een vraag vir Dexter gehad. "Weet jy al of Joey al daai gedoen het?"

"Nog nie, ou vriend."

Louie het gaan sit by die konferensie tafel en vir oomblik na die monitors gekyk.

"Dex, hoekom is dit so dat elke keer wat iets opblaas, dink ons dis Joey?"

"Ek dink dat Joey slegte geluk streke het. Ons gaan almal deur tye wat ons ons harte beproef."

Jessica het in die konferensie kamer ingekom. "Het ons al van hulle gehoor?"

Beide Louie en Dexter het hulle koppe geskud.

Louie het gesê, "Jess, jy ken prosedure net so goed soos ons. Hy sal nie bel tensy hy moet nie ... of nie kan nie."

Sy het geknik. "Ek sal by my lessenaar wees as julle my nodig het."

Louie het weer na die monitors gedraai. Dexter het aan die anderkant van die konferensie tafel oorkant Louie gesit. Beide mans het die regstreekse dekking van die vuur dopgehou. Verskeie brandweerwaens het water op die vuur gespuit maar dit was 'n warm vuur en het geen teken van uitbrand gewys nie.

Jessica het terug gekom in die kamer in, gevolg deur Marcus Moore.

"Here, Mnr. Moore het van hulle gehoor."

Marcus het na die monitors gekyk.

"Vertel my asseblief dis nie hoekom hulle my hier wou hê nie," het hy gesê.

"Jy't van hulle gehoor?" het Dexter gevra.

"Misty het gebel en gesê ek moet haar en Joey hier ontmoet. Hulle het gesê dis dringend."

"Dan weet jy meer as ons," het Louie gesê. "ek, Dex en Jessica het almal net gevoelens gehad oor daai vuur waarna jy kyk en ons het net opgedaag, vir in geval."

"Jessica," het Dexter gesê. "Jy kan net sowel ook sit. As dit dringend is, sal jy moet weet. Marcus, sit asseblief."

Hulle het albei by die konferensie tafel gaan sit.

Na 'n oomblik het Marcus gesê, "By gesê, watter plek brand daar?"

"Dis Pinky se Limousine Diens," het Misty gesê toe sy en Joey die kamer binneloop. "Joey het dit opgeblaas."

"Ek het dit *geweet*!" het Louie gesê en sy vuis op die tafel geslaan. "Jy blaas meer kak op as 'n Sjinese Nuwe Jaar fees!"

"Vertel my, Misty," het Dexter gesê. "Maak Joey sy bed nat wanneer hy dinge laat ontplof?"

"Nee, maar hy veroorsaak soms nat kolle," het sy preuts gesê.

Almal om die tafel het uitgebars van die lag, insluitend Joey.

"Dit was 'n geen-wen situasie, ouens," het Joey gesê. "Marcus, dankie dat jy gekom het. En dankie aan julle ouens om hier te wees ... en oor ons bekommerd te wees."

Joey het gaan sit en sy voorkop afgevee. "Marcus, jy wou bevestiging hê dat Fernandez probeer om sy spiere dik te maak in hierdie stad ... wel, jy het dit. Ek gaan begin by vanoggend se vergadering met jou en almal inlig oor wat aangaan."

Joey het verslag gelewer vanaf die vergadering met Marcus, die vergadering met die kliënte, tot by die eerste besoek aan Pinky en die tweede besoek en hoe die ontploffing en vuur plaas gevind het tot by Jim Dandy se tydige redding uit die bloute.

"So wat ons het is bevestiging dat Fernandez probeer om 'n wurggreep op die stad se dwelm handel te kry. Marcus, ons het niks konkreet nie en ek vra verskoning. Pinkersley is dood in die ontploffing en ons het nie tyd gehad om enige lêers te kry om dit te bewys nie. Misty en ek sal graag onder eed verklarings af lê oor wat Pinky gesê het, maar ek dink nie Buro sal dit genoeg ag nie. Wat dink jy?"

Marcus het sy kop geskud. "Julle verklarings sal baie gewig dra maar dit sal nie genoeg wees vir lasbriewe of lyntap bevele nie."

"Ek het so gedink. Ons sal probeer om nog te kry. Nou, as firma het ons iets anders om oor bekommerd te wees. Misty en ek het daaroor gesels op pad hierheen. Misty?"

"As Pinkersley hoog genoeg was in Fernandez se organisasie om 'n oproep te maak na die man self, het ons nou die leier van een van die wêreld se magtigste kartelle af gesit deur sy luitenant dood te maak," het Misty gesê.

"En as Pinkersley die Limo Diens gebruik het dwelms te skuif, het ons pas sy hele organisasie lamgelê," het Joey gesê.

"Dit beteken Fernandez gaan ons so seermaak as wat hy kan," het Louie gesê.

"En terwyl ons hom gaan jag, gaan hy ons jag," het Dexter gesê.

Joey het geknik. "Maak nie saak of dit per ongeluk was nie, ons het oorlog verklaar teen die gevaarlikste dwelm kartel in die wêreld. Hy gaan bloed soek ... van ons almal."

Hoofstuk 05

Die groep het daar gesit, stomgeslaan deur die implikasies van Joey se laaste opmerking.

"Sjoe," het Marcus gesê. "Dammit Joey, jy weet regtig hoe om 'n perdebynes oop te breek, of hoe?"

Joey het sy skouers opgehaal. "Dit sou vroeër of later gebeur het, Marcus. In hierdie besigheid waarin ons is, maak ons vyande die hele tyd. Dis net dat hierdie keer kan ons vyand terug veg met dodelike geweld."

"Man, ons gaan nou die wagte by die konvensie sentrum moet verdubbel," het Louie gesê.

Almal het na Louie gekyk.

"Percy," het Joey versigtig gesê. "Hoekom gaan ons wagte moet byvoeg by die konvensie sentrum?"

Louie het ineen gekrimp omdat Joey se regte naam gebruik. Hy het die net gedoen wanneer hy af gesit is of wanneer hy dink hy gaan af gesit word. "Ek het 'n klein probleem vandag gehad," het hy gesê.

"Kyk!" het Jessica gesê. Sy het gewys na een van die monitors. Louie se foto was langs die plaaslike nuwe anker. "Louie is op TV!."

Dexter het die knoppie, wat die klank op daardie monitor harder maak, gedruk.

"... aangekondig vandag dat die plaaslike sekuriteit kenner Louie Washington Mike Swanson se plek gaan inneem in Dinsdag se swaargewig kampioenskap geveg. Vir die storie, hier is Miriam Apple," het die anker gesê.

Die televisie beeld was oorgeskakel na die verslaggewer. "Almal in die stad het gehoor van Justice Security. In 'n ongewone uitdraai van gebeure, gaan een van die eienaars die plek van die swaargewig uitdager, Mike Swanson, inneem. Boks promotor, Bo Lockhart, het 'n pers konferensie gereël vanaand en verduidelik wat gebeur het."

Die toneel het verander na die pers konferensie en Lockhart se verklaring. Almal by die konferensie tafel het aanhou loer na Louie, wat na sy hande gestaar het. Na Lockhart se deel van die pers konferensie verby was, het die verslaggewer se stem teruggekom.

"Verskeie vrae was gevra toe Mnr. Washington verskyn het. Hier is 'n paar hoogtepunte van sommige van die vrae."

Die nuus storie was geredigeer vir bondigheid, maar dit het 'n akkurate voorstelling gegee van Louie se antwoorde op sommige van die vrae. Na drie minute het die toneel terug geskakel na die verslaggewer.

"En daar het u dit. Deur 'n skerm ongeluk het Louie Washington van Justice Sekuriteit die Swaargewig Kampioen van die wêreld uitgedaag vir 'n stryd wat in die stad se konvensie sentrum aangebied word volgende Dinsdag aand. Aangesien so min bekend is van Mnr. Washington, is die wedders se gunsteling nog steeds die Kampioen, maar bronne reken dat die uitkoms nog baie onvoorspelbaar is. Mariam Apple, Kanaal Sewe Nuus."

Joey het sy kop op die konferensietafel gesit en gekreun. "O, hemel, kan dit enigsins erger raak?"

Dexter het gevra, "Wat het Swanson jou genoem, Louie?"

Louie het gemompel.

"Wat was dit?" het Misty gevra.

"Hy het my 'n doos genoem," het Louie gesê, effens harder.

Almal om die tafel het na mekaar gekyk en toe uitgebars van die lag.

"So laat ons dan meer wagte by die konvensie sentrum plaas," het Joey gesê. "Hene, ek wens ek het nie nodig gehad om dit te doen nie. Jessica, jy moet 'n memo uitstuur aan al die werknemers om versigtiger te wees, ens., in die toekoms. Moenie sê hoekom nie. Ons kan altyd later 'n firma-wye verduideliking uitreik as ons moet. Marcus, ek kan foto's van Fernandez gebruik. As jy niks het nie, miskien kan Dexter iewers een opdiep."

"Ons het een," het Marcus gesê. "Ek sal dit laat aflewer eerste ding more oggend."

Joey het geknik. "Goed. Dankie. Marcus, ons het ook nodig om te weet of Pinkersley die Limo besigheid gebruik het om dwelms vir Fernandez te gebruik. Ons het bronne in die polisie departement swat ons kan vra, maar die buro se gewig kan dalk die antwoorde vinniger na vore laat kom."

"Dink jy hulle het dwelms op die erf gestoor?" het Marcus gevra.

"Miskien."

Marcus het sy kop geskud. "Dit mag 'n paar dae neem. Van hoe daardie vuur lyk, sal dit miskien forensies wees wat enige spore vind."

"Wat jy ook al kan doen, sal waardeer word. Wil jy hê ek en Misty moet na die Buro se kantoor toe kom vir ons verklarings, of kan ons dit net skryf en hulle beëdig."

"Julle beter inkom Buro toe. Dit sal dit ampteliker maak."

"Ons sal daar wees. Ek reken dis alles, Marcus. Jammer om jou weg te rug van jou aand."

"Geen probleem, Joey. Ek het 'n gevoel dat ek my arm gaan afbyt teen more oggend in elk geval."

Marcus het opgestaan om te loop. "Sterkte met Fernandez, mense. Amptelik is julle op julle eie. Nie-amptelik, as daar enigiets is wat ek kan doen..." hy het sy skouers opgehaal.

"Dankie, Marcus," het Misty gesê.

"Sien julle," het hy gesê voor hy by die deur uitloop.

"Ek reken jy wil hê ek moet alles wat ek kan uitvind, uitvind oor Fernandez," het Dexter gesê.

"Ja, Dex, asseblief. Die hele ding slaan my dronk," het Joey gesê.

"Hoekom?" het Misty gevra. "dit nogal voor die hand liggend."

"Dis voor die hand liggend tot op 'n punt, ouens," het Louie gesê. "Ek sien waar Joey staan. As Pinkersley in beheer was van daardie woonstel massamoord, en hy het dit vir Fernandez gedoen, is die groot vraag in my kop, hoekom? Hoekom 'n woonstel vol dwelm verslaafdes vermoor? Wat het hulle gedoen om die man so erg af te sit dat hy hulle wil doodmaak?"

"En as hulle smouse was vir Fernadez kompetisie, hoekom net die een massamoord?" het Dexter gevra. "Hoekom was of is daar nie nog moorde nie? Daar is baie stukkies om te soek in hierdie legkaart."

"Miskien was daar 'n ander rede," het Misty gesê. "Miskien het iemand by die partytjie hom verraai."

Jessica wat nog heeltyd stil daar gesit het, het gesê, "Miskien was dit vir liefde."

Die vier vennote het na haar gekyk.

"Wat?" het Louie gesê.

"Liefde?" het Joey gesê.

Jessica het aangegeaan. "Joey en Misty het die polisie rekords gelees. Behalwe die tiener, hoeveel vroue was by die partytjie?"

"Drie," het Misty gesê.

"Was enige van hulle Meksikaans?" het Jessica gevra.

Joey het gedink. "Jy weet, ek dink een van hulle was Meksikaans."

"'n Jaloerse moord?" het Dexter gevra. "Jy speel seker!"

"Hoekom?" het Jessica geantwoord. "As Fernandez trots is, en ons kan seker aanneem hy is, en iemand anders het sy meisie se hart gesteel, dink jy nie hy sal nie net die man wat haar gesteel het laat dood maak nie, maar ook vir haar? In 'n Latynse kop is dit moontlik dat as sy 'n ander man wil hê, is sy dit nie werd om gehou te word nie. Dit beteken dat om albei dood te maak sy trots sal red."

"Jess het dalk 'n punt, Joey," het Louie gesê. "Dit lyk soos 'n idee om na te vors."

Misty het gesê, "Hoe meer ek daaroor dink, hoe meer hou ek daarvan. Ons het almal dadelik gedink die moorde is dwelm verwant, maar dit kan dalk 'n jaloerse man se woede wees."

"Dis 'n goeie idee," het Joey gesê. "Maar het regtig geen manier om te weet nie, behalwe as ons die drie ander skieters kry en hulle vra. En selfs dan, sal hulle nie die rede weet nie. As hulle lae-vlak mense is, sal hulle net bevele volg. Hulle hoef dalk nie te weet hoekom nie." Hy het 'n oomblik gewag sodat almal daaroor moet dink. "In elk geval, laat ons ons koppe oophou. Die rede kon enigiets gewees het."

"'n Ander onderwerp gou-gou," het Misty gesê. "Hoe het dit by die honde skou gegaan, Dexter?"

"Behalwe die bulhond wat my been natgemaak het en 'n kliënt wat kla omdat hy net kry waarvoor hy betaal het, het alles goed afgeloop," het hy geantwoord. "Ek sal dit los vir Charlie, tensy ek opeindig om daar te wees vir iets."

"En die bank se rekenaar sisteem?" het sy gevra.

"Gereed om te installeer Maandag," het hy geantwoord.

Almal het stil daar gesit. Uiteindelik kon Louie dit nie langer uithou nie.

"Orraait, komaan," het hy gesê. "Laat ek dit kry, want ek weet ek gaan dit kry."

"Dink jy regtig jy kan die Kampioen aanvat, Louie?" het Joey gevra.

"Ja, ek het daai bloeddorstige bliksem al gesien veg," het Dexter gesê. "Hy's nogal taai."

Louie het gesê, "As ek nie gedink het ek kan hom klop nie, sou ek hom verseker nie aangevat het nie. Dagvaarding en al." Hy het na Dexter gekyk. "Ek het sommige van die goed wat jy my geleer het met Swanson gebruik. Ek het elke hou wat hy geslaan het ontduik totdat hy sorgeloos geraak het en toe slaan ek hom met alles wat ek het. Dit was genoeg."

"Maar Louie," het Joey gesê. "Wat gebeur as jy wen?"

"Daai verdomde Lockhart het my dieselle ding gevra. Ek sê vir jou soos ek hom gesê het: wen of verloor, ek tree uit na die geveg."

"*Uittree*?" het Dexter gesê. "Geen wonder Swanson het jou 'n doos genoem nie!"

Louie het amper vir Dexter by die trappe gevang maar kon nie sy vingers om hom kry nie.

Jessica het die nag in die gebou spandeer in een van die gaste kamers. Daardie oggend het sy twee van die mense wat waghou gestuur na haar woonstel om skoon klere te gaan haal. Sy het hulle gevra om die klere op haar lessenaar te los – sy sou dit later kry. Alles anders wat sy sou nodig kry, was in die kamer.

Teen agt vyf-en-veertig het sy die kafeteria gebel uit haar kamer en ontbyt bestel vir die negeuur vergadering. Teen agt-vyftig het sy uit die hysbak geloop na haar lessenaar toe. Geen klere was daar nie. Vloekend het sy die hoof ontvangs geskakel en die persoon aan diens gevra wat die hel gebeur het met Walker en Young.

DEXTER WAS DIE LAASTE vennoot om in situasie kamer in te strompel teen twee minute oor nege. Hy het 'n gaap probeer wegsteek terwyl hy instap. Hy het 'n groot deel van die nag spandeer by sy rekenaar in sy woonstel en soveel inligting as moontlik oor Esteban Fernandez gekry. Hy het alles saamgevoeg in 'n enkele lêer en het beplan om dit voor te stel aan sy vennote vanoggend.

"More almal," het hy gemompel terwyl hy strompel tot by die koffiepot. Hy het 'n koppie ingegooi, 'n oliebol gevat en omgedraai. Hy het 'n byt uit die oliebol geneem terwyl hy omdraai en toe hy almal se gesigte sien, het hy nog steeds krummels op sy lippe gehad.

Jessica het by die tafel gesit in 'n japon, bleek soos 'n wolk. Misty het langs haar gesit met haar arm om Jessica en 'n bekommerd gelyk. Louie se gesig was emosieloos, wat beteken het dat hy afgesit is. Joey se gesig was gevries in 'n frons.

"Wat het gebeur?" het by rondom sy oliebol gevra.

Misty het gesê, "Jessica het Walker en Young gevra om na haar woonstel te gaan vanoggend en klere te gaan haal."

"Twee mans het binne haar woonstel gewag. Hulle het Walker en Young vermoor."

"O my hemel!" het Dexter gesê.

"Dit was veronderstel om ek te wees," het Jessica stil gesê.

Joey het gesê, "Misty sal jy asseblief vir Jessica na Mitchell se kantoor toe neem?" Caleb Mitchell was die psigiater wat Justice Security in die gebou het.

"Natuurlik." Sy het opgestaan en Jessica gehelp om te staan.

"Ek dink nie ek het nodig om Mitchell te sien nie," het Jessica gesê.

"Dis nie 'n versoek nie, Jess," het Joey gesê. "Ek het jou teen volle spoed nodig en hy sal jou help om daar te kom."

Sy het geknik en Misty het saam met haar geloop.

"Ek is reg om iemand se hart uit te ruk," het Louie gesê.

Dexter het na 'n stoel langs die tafel begin loop, het toe onthou van sy oliebol en dit in die asblik gegooi voordat hy gaan sit het. Sy aptyt het verdwyn.

"Wat gaan ons doen, Joey?" het Dexter gevra. "Ek het 'n lêer saamgestel oor Fernandez, as jy dit wil sien."

Joey het geknik. "Ek wil, maar laat ons wag vir Misty." Na 'n oomblik het hy gesê, "Ouens ek het twee dae terug middagete gehad toe Young en Walker getrou het."

Dexter het na een van die rekenaars wat in die kamer is gedraai. "Ek sal gou intap om die stad polisie se rekenaars, maar dis seker nog te vroeg vir enige besonderhede oor hulle moorde."

"Poliesmanne gaan op Jessica wees," het Louie gesê. "Verslaggewers ook."

"Ons gaan ons bes doen wat dit aan betref," het Joey gesê.

"Wie gaan hulle families vertel?" het Louie gevra.

"Ons sal sien of Misty dit wil doen. Indien nie, sal dit seker ek moet wees," het Joey geantwoord.

"Voorlopige verslag vanaf die polisiemanne op die toneel het nounet op die rekenaar gekom. Twee Meksikaanse mans in lang swart jasse is opgemerk om uit Jessica se gebou te stap net nadat die skote geskiet is," het Dexter gesê.

"Fernandez," het Louie gesê.

Misty het teruggekom situasie kamer toe en gaan sit. "Jessica is regtig geskeur. Sy blameer haarself vir Walker en Young en is doodbang omdat dit amper syself was."

Dexter het haar vertel van die voorlopige polisieverslag.

"So dis regtig oorlog," het sy gesê.

"Lyk so," het Joey gesê. "Sal hy met hulle families gaan praat, Misty? Soms is slegte nuus makliker as 'n vrou dit oordra."

"Ek wil nie, maar kan jou punt insien. Ek sal hulle vandag gaan sien, as ek kan."

"Dankie," het Joey gesê. "Dexter, jy het gesê jy het 'n lêer oor Fernandez. Laat ons kyk."

Dexter het 'n paar knoppies gedruk op sy rekenaar en een van die groot monitors het aangeskakel. 'n Foto van 'n middeljarige Meksikaanse man het verskyn. "Esteban Fernandez is ses-en-veertig jaar oud. Hy is gebore in Playa Boca Chica aan Meksiko se weskus. Nie baie is bekend oor sy kinderjare nie, maar omtrent die tyd toe hy sestien was het hy vir drie jaar op straat gewoon, eers gebedel vir 'n lewe en toe vir die plaaslike misdaad baas gaan werk as 'n handhawer. Daar is stories dat hy homself uitgehuur het aan enigiemand wat geld gehad het om te betaal. Maar toe hy sestien was, het hy die plaaslike misdaad baas vermoor en sy besigheid oorgevat. Hy het ook 'n kaptein geword in die Meksikaanse weermag en ons almal weet hoe korrup die Meksikaanse weermag is. Met die vinger op die beste van beide wêrelde, is hy gou bevorder na Generaal en het alles onwettig bedryf van die Sentrale Amerikaanse grens af tot amper by Cancun. Hy word verbind met dwelm kartelle regoor Suid Amerika en beheer 'n groot deel van die dwelm handel in die Verenigde State. Hy verwag dat sommige van sy aflewerings manne gevang moet word deur die VS magte van tyd tot tyd, maar as hulle gevang word, blameer hy die aflewerings manne en sien toe dat hulle dood gaan gou nadat hulle gevang is. Hy het kontakte en informasie bronne regoor die wêreld, en sommiges is *baie* hoog geplaas. Hy is genadeloos en baie, baie bloederig." Dexter het verskeie foto's en kaarte laat verskyn terwyl hy gepraat het. Nou het hy die monitor afgeskakel. "Van wat ek gevind het en uit wat vanoggend gebeur het, sal hy nie stop totdat hy dood is nie, of ons dood is nie."

Dexter het na Louie gedraai. "En ek is bekommerd oor jou, ou grote. Fernandez sal nie twee keer dink om jou te probeer uithaal by daai geveg nie. Hy sal enigiemand en almal in sy pad vermoor sodat hy by jou kan uitkom. Dit beteken die Kampioen, toeskouers, TV mense ... hy *sal net nie omgee nie*."

Louie het gekreun.

"Ons sal so baie mense daar hê, dat hy nie 'n kans sal hê om in te kom nie," het Joey gesê.

"Ek dink ons behoort almal daar te wees vir die geveg," het Misty gesê. "Nie net om eendrag te wys nie, maar ook om Fernandez te wys dat ons nie sal terugstaan omdat hy afgepiepie is nie."

Beide Dexter en Joey het geknik.

"Jy is reg, lief," het Joey gesê. "Ons is vandag gewond, maar, die Here hoor my, ons gaan nie dat hierdie seun van 'n teef wen nie." Hy het sy foon opgetel en na die hoof ontvangs op grond vloer gebel. "Ek het nodig dat elke lid van hierdie firma wat nie op essensiële diens is nie, aanmeld in die onderste voorportaal oor vyftien minute. As hulle by die huis is, bel hulle en laat hulle inkom. Die wat aan dien is, bly op hulle poste, maar wees ekstra versigtig en laat hulle hul radio's instel op die firma se frekwensie. Die vergadering sal uitgesaai word na hulle toe. Ek sal dan verduidelik. Reg. Ja, ek het gehoor. Dankie, Tony."

Hy het die foon neergesit. "Ons sal almal van die situasie vertel. Misty, as jy sal, laat weet asseblief iemand uit die sekretariële kantoor dat ek iemand soek om Jessica se plek te neem. Jessica, sal van hierdie oomblik af in die gebou by ons bly. Dit is die veiligste plek waaraan ek kan dink. Dexter, gebruik asseblief van jou Meksikaanse kontakte en kyk wat jy kan regkry om Fernandez te kontak. Ek sal nie daarvan hou dat hierdie storie eskaleer sonder dat ons probeer het om ten minste met die man te praat nie. Louie, gaan asseblief onder toe en vind vyf ekstra lywe en gaan dan dadelik na die konvensie sentrum toe. Vra hulle om in te luister op die firma frekwensies op hulle radio's en bel die ouens by die konvensie sentrum. Laat weet hulle wat die situasie is en dat hulp op pad is. Ons sien mekaar by die hoof ontvangs oor..." Hy het na sy horlosie gekyk. "...dertien minute. Ek sal Marcus Moore bel en hom vra om ook te kom. Laat ons beweeg."

TEEN TIENUUR DAARDIE oggend het amper vierhonderd mense in die voorportaal van Justice Sekuriteit bymekaar gekom. Die firma het vierhonderd-agt-en-sestig mense in diens gehad, insluitend kafeteria, sekretariële en administratiewe en skoonmaak personeel. Verskeie mense was nie op die perseel nie omdat hulle werk waar dit essensieel is. Teen vyf oor tien het die vier vennote, Jessica en Caleb Mitchell na die hoof ontvangs tafel gestap in die voorportaal. Tony Armstrong, die ontvangsklerk, het 'n klein mikrofoon daar opgestel wat aan die gebou se interne klank sisteem gekoppel was en sou uitsaai na elke luidspreker in die gebou en na elke radio wat deur die werknemers gedra word in die stad.

Marcus Moore het deur die deure gestap net toe die vennote arriveer. Hy moes 'n vergadering met sy baas uitstel om hierdie vergadering te kon bywoon en het dit net-net gemaak.

Joey het op die hoof lessenaar geklim en die mikrofoon gevat.

"Môre mense," het hy in die mikrofoon gesê. Verskeie mense in die voorportaal het terug gegroet. "Ons het baie om oor te praat, so gee aandag asseblief. Julle lewens mag daarvan afhang." Daar was 'n paar geluide uit die skare. "Vanoggend het twee mans in Jessica Queen se woonstel vir haar gewag. Hulle was blykbaar gestuur om haar te vermoor. Deur geluk het Jessica hier in die gebou geslaap. Vanoggend het sy twee van ons mede-werkers gevra om na haar woonstel te gaan en vir haar skoon klere te bring. Die slegte geluk was dat die mans wat daar vir haar gewag het vir Young en Walker vermoor het toe hulle in die woonstel ingegaan het." Nog geluide. "Meeste van julle weet van die ontploffing en vuur by Pinky se Limousine Diens gistraand. Wat julle nie weet nie is 'n firma geheim en bly in hierdie gebou. Misty en ek was daar om die massamoord by die Vierde Straat woonstel laas Vrydag te ondersoek. Deur 'n ongeluk het een van Esteban Fernandez's se hoof mense gesterf in die ontploffing." Marcus het na die lessenaar beweeg en vir Joey in sy oor gefluister. Joey het weer regop gestaan. "Ons FBI skakelbeampte het nou net bevestig dat die motorhuis vol onwettige dwelms was. Dit was blykbaar gebruik as 'n distribusie punt deur Fernandez se mense. Fernandez het geweet dat Misty en ek vroeër die dag daar was en Pinky het vir ons gewag om gistraand daar te arriveer. Hy was beveel om ons te vermoor. Heel duidelik het hy nie, maar dit was naby. Ons het 'n voorlopige verslag van die stadspolisie rekenaar 'n paar minute gelede gekry wat wys dat Fernandez se mense verantwoordelik was vir dood van ons mede-werkers. Blykbaar het Fernandez oorlog teen Justice Sekuriteit verklaar."

'n Woedende gemompel kon gehoor word regdeur die voorportaal. "Wag 'n oomblik." Almal het stil geword. "Julle moet dit weet. Fernandez is genadeloos en gewetenloos. Hy sal elkeen van julle teiken en sy sal nie ophou tot hy dood is nie, of tot ons dood is nie."

Gille van "Fok hom!" en "Sal hom wys!" kon gehoor word van verskeie mense. Almal was kwaad oor die dood van die twee mense vanoggend en was reg om teen Fernandez te veg.

Joey het aangegaan, "Van hierdie oomblik af is ons by Kode Blou. Elke werknemer sal gewapen bly, aan en van diens af. As jy iewers heen gaan, moet dit in pare wees en ek kan dit nie genoeg beklemtoon nie: Bly Bedag! Dit kan jou eie lewe wees wat jy spaar omdat jy ekstra bedag is. Niemand kom deur die voordeur sonder 'n ID foto nie. Daardie besoekers wat wel inkom sal vergesel word terwyl hulle in hierdie gebou is, met die uitsondering van Marcus Moore, ons FBI skakelbeampte. Verskaffer aflewering sal buite gedoen word, met sekuriteit teenwoordig."

Joey het 'n oomblik gewag. "Mense, ek weet dat dit meer is as wat sommige van julle op staat gemaak het toe julle vir ons kom werk het. Maar die situasie was onvermydelik. Ons besigheid maak gereeld vyande en ons weet dat ons nou uiteindelik 'n groot vyand gemaak het. Dit is waarom almal in hierdie firma opgelei is van die begin af om behoorlik met vuurwapens te kan werk, en om behoorlike sekuriteit prosedures te beoefen. Maar as enige van julle enige twyfel, vrese of bedenkinge het, mag julle bedank en ons sal verstaan. Ons sal dit nie teen jou hou nie en ons sal nie minder van jou dink nie. Ons is een groot familie en ons sal besorg wees oor jou, maak nie saak wat jy besluit nie. Ek vra om verskoning aan elkeen van julle vir hierdie situasie, en ons sal probeer om kontak te maak met Fernandez met die hoop dat ons 'n wapenstilstand kan bereik. Dis al wat ek nou het, mense, so ... Kode Blou! Die van julle wat nie gewapen is nie, meld dadelik aan by die arsenaal. Laat ons beweeg!"

Joey het van die tafel afgeklim. Tony het die mikrofoon afgehaal. Elke vennoot het verskeie werknemers om hulle gehad en verskeie mense was om

Jessica, om meegevoel te wys en om haar te verseker dat dit nie haar skuld is nie. Na 'n paar minute, het Caleb Mitchell Jessica se arm geneem en haar terug gelei na sy kantoor. Joey het met Marcus gepraat.

"Daardie verdomde motorhuis was propvol elke soort dwelm waaraan jy kan dink. Dit was definitief gebruik as distribusie sentrum. Ons tel vandag al die werknemers op. Een van hulle sal vir Fernandez kan uitken as die hoofman. Dit, plus julle verklarings onder eed, sal genoeg wees om aktief 'n saak teen hom te maak. Jy het definitief jou kontrak vervul."

"Dis goed, Marcus. Dit verleen ons geldigheid in hierdie verdomde oorlog wat hy verklaar het. Ek sal eerlik wees. Dit bekommer my. Hoeveel van hierdie goeie mense gaan sterf as gevolg van daardie mal bliksem?" Hy het sy kop geskud. "Laat ek Misty kry dat ons by julle kantoor kan uitkom en daardie verklarings kan aflê."

LOUIE HET MET VERSKEIE lede van sy hoof bemanning gepraat.

"Ons gaan moet mooi seker maak daar is knap sekuriteit by die geveg Dinsdag aand," het hy vir hulle gesê. "Fernandez sal enigeen vermoor wat in sy pad kom, veral as hy by my probeer uitkom. Ons gaan behoorlik op ons tone moet wees, daardie aand."

Joey het na hom gestap, en in sy oor gefluister. Louie het geknik en Joey is weg. Een van die mense het Louie gevra, "Wat kan ons doen wat ons nie alreeds gedoen het nie?" "Dis 'n goeie vraag," het Louie gesê. "Behalwe om meer mense uit te stuur, nie veel nie." Hy het sy kop geskud. "Ek wens ek het nooit my humeur verloor nie. Dit weet ek nou."

DEXTER HET MET CHARLIE Li gepraat.

"Charlie, ek gee die honde skou vir jou. Doen soos jy goeddink met die werk maar moenie, en ek bedoel, moenie alleen soontoe gaan nie. Vat iemand saam met jou, altyd. En moenie enige van Oakley se gekerm vat nie. As hy begin, bel my en ek sal werk maak daarvan."

Joey het na Dexter gestap en in sy oor gefluister.

Dexter het geknik en gesê, "Ek sal kyk wat ek kan doen teen die tyd wat julle terug is."

Joey het Dexter op die rug geklop en geloop.

Aan Megan Fisk, wat effens angstig gelyk het, het hy gesê, "Megan moenie bang wees nie. Hierdie is waarvoor ons opgelei is. Jou installasie behoort glad te verloop. Maak net seker jy neem ekstra mense saam met jou na die bank toe Maandag." Hy het sy vinger onder haar ken gesit en haar gesig gelig om in haar oë te kyk. "Is jy oukei?"

Sy het in Dexter se oë gekyk en geknik. "Ek is oukei, Dex."

"Goed so." Dexter het homself ingehou voor hy meer sê. Hy wou haar vertel dat hy haar lief het en dat hy haar sou veilig hou maak nie saak wat nie, maar aangesien sy 'n werknemer was het hy sy mond toegehou. Dit was nie maklik nie.

MISTY HET MET VERSKEIE kantoor en kafeteria personeel gepraat.

"Al wat ek kan sê is dat almal van julle wapen opleiding gehad het. Ieder en elkeen van julle het deur genoeg uitputtende opleiding gegaan. Ons het gehoop dat niemand van julle dit ooit hoef te gebruik nie, maar ongelukkig is die tyd hier. Ons het twaalf vloere hier en as ons skuilplek vir almal van ons moet verskaf, dan het ons plek. Enigeen van julle wat gesinne het waaroor julle bekommerd is, laat weet vir Jessica en sy sal kamers vir almal van julle reël. Gesin versoeke sal voorkeur kry en sal verwys word na die vyfde vloer gaste kwartiere. Wat Joey gesê het was waar: ons is een groot familie en hierdie is ons veiligheidshuis. Enigeen van ons familie wat ons nodig het, sal familie beskerming kry."

Joey het na haar toe gekom en in haar oor gefluister. Misty het geknik.

"Verskoon my almal," het sy gesê. "Joey en ek moet besigheid gaan afhandel."

Sy en Joey het saam met Marcus vertrek.

IN DIE MOTOR, WAS MARCUS baie spraaksaam.

"Joey, hierdie is malligheid! Jy weet die stadspolisie gaan hel maak vir julle as hierdie oorlog begin om baie lyke te veroorsaak. Jou kliënte gaan begin wonder of die huur van jou firma hulle in groter gevaar gesit het. Mense sal begin bedank en jy sal moeilik plaasvervangers kry. En hier is 'n klein ietsie vir jou om oor te dink: Fernandez het *oral* kontakte, en dit mag wel beteken dat hy kontakte binne jou firma het. Hy mag dalk uitvind wat julle doen so gou as wat julle 'n besluit geneem het om dit te doen!"

"Ons het daaraan gedink Marcus," het Misty gesê vanaf die agter sitplek. "Dexter sal twee dinge doen terwyl ons by jou kantoor is. Hy gaan kyk na 'n uitweg vir ons om Fernandez te kontak sodat ons ten minste kan probeer om hom te kalmeer en die oorlog af te stel ... en hy skandeer al die foon rekords van elke werknemer vir enige ongewone oproepe."

Marcus het na haar gekyk in die truspieëltjie. "Kan julle *dit* doen?"

Joey het gesê, "Elke werknemer het magtigings geteken toe hulle gehuur is wat ons toegang gee tot foon rekords, bank rekeninge en ander persoonlike informasie. Omdat ons goewerment kontrakte het, het ons besluit tot sulke uiterstes om seker te maak almal is eerlik. Jy behoort dit te weet, Marcus."

Marcus het geknik. "Ek het dit geweet ... ek onthou toe ek julle geïmplementeer het. Ek is so gewoond aan die Buro wat eers moet lasbriewe kry vir alles, dat ek net vergeet het." Hy was stil vir 'n oomblik terwyl hy ry. "Iets anders wat my bekommer ... hy het tien-teen-een kontakte in die Buro ook."

Joey het na Marcus gekyk. "Wil hy hê ons moet kyk daarna?"

Marcus het sy kop geskud. "Dit sal te lank neem om 'n regter te oortuig om dit af te teken."

Misty het begin sing, "Ou Van Der Merwe het 'n Rekenaar, ... ieja, hieja, hou..."

Joey het aangegaan, "Met 'n inbraak hier en 'n inbraak daar ..."

Marcus het begin lag. "Ek is seker julle is goeie ouens. Haai, ons is hier."

Hoofstuk 06

Toe Joey en Misty terug was by hulle gebou teen tweeuur, het hulle dadelik die verskil in sekuriteit gesien. Personeel was gestasioneer reg rondom die gebou. Joey het vier aan alke kant getel. Toe hulle die gebou binne gaan was vier mense gestasioneer by die dubbel deure. Agt ander was geplaas regoor die voorportaal en by die hoof lessenaar het Tony nog iemand by hom gehad. Die twee vennote het na Tony gewaai toe hulle inkom. Hy het terug geknik. Drie mense het die bank hysbakke bewaar, een vir elke hysbak.

Die firma het nog nooit voorheen Kode Blou geïmplementeer nie, en selfs die vennote is beïndruk oor hoe elke werknemer bankvas agter hulle staan. Dit het gelyk asof Fernandez sy hande vol gaan hê.

Toe die hysbak oopgaan op die vierde vloer, was Jessica se lessenaar nog beman deur Patti Hoehn uit die sekretariële kantoor. Toe Patti Joey en Misty herken het sy haar hand onder die tafel uitgetrek, waar 'n gelaaide Glock vas gemaak is, gerig op die hysbak deure.

"Meneer.... Juffrou," het Patti gesê. "Jessica is in die konferensie kamer saam met twee moord speurders. Mnr. Washington en Dr. Mitchell is saam met haar."

"Dankie, Patti," het Misty gesê. "Enige boodskappe?"

"Mnr. Beck het gesê dat julle hom met bel wanneer die polisie weg is. Hy is in die tegniese laboratorium."

"Patti, jy is 'n droom," het Joey gesê. "Dankie vir die opdatering."

Patti het geglimlag. "My plesier, meneer."

Joey en Misty het na die situasie kamer gestap. Die twee speurders het by die konferensie tafel gesit, soos Louie en Mitchell. Die twee mense wat die polisiemanne boontoe vergesel het, het naby die nou leë ontbyt tafel gestaan. Louie het gepraat.

"... en ons verstaan dat dit 'n moord ondersoek is. Daar is eenvoudig sommige dinge wat ons nie kan openbaar van wat ons weet nie."

Een van die speurders het gesê, "Ons kan almal van julle arresteer 'as materiaal getuies. Laat julle 'n paar uur in die tronk sit. Dit mag julle oortuig om te praat."

"Eintlik, manne," het Joey gesê, "sal dit 'n loopbaan fout wees." Hy het by die kop van die tafel gaan sit. "Wat my kollega jou vertel het is korrek. Die informasie wat ons het oor die hoekoms oor ons mense se dood vanoggend is geklassifiseer deur die FBI as "Hoogs Geheim". Om die waarheid te sê, meeste van ons goewerment kontrakte is so geklassifiseer. Ons kan tronk toe gaan as ons daaroor praat. Me Wilheit en ek kom nou net van die FBI kantore af oor hierdie saak en ek glo dat hulle op die punt staan om jurisdiksie oor die moorde te neem. Ek kan bel as julle bevestiging nodig het."

Die twee speurders het nie daarvan gehou nie. Die speurder wat gedreig het om almal te arresteer het gesê, "Ek soek daai bevestiging, Justice."

Joey het die foon opgetel en Marcus se selfoon gebel.

"Marcus Moore."

"Marcus, dis Joey. Jammer om jou te pla maar hier is twee stad speurders wat bevestiging nodig het dat die Buro beheer oorneem van vanoggend se moorde."

"Sit daardie seuns van tewe op die verdomde foon!" het Marcus gesê.

Joey het die foon aan die spraaksame speurder gegee. "Dis Marcus Moore. Ek neem aan julle ken hom?"

Die poot het die foon geneem. Hy het homself identifiseer aan Marcus en toe geluister. Hoe langer hy geluister het, hoe witter het sy gesig geword. Uiteindelik het hy gesê, "Ja Meneer," en die foon teruggegee aan Joey.

"Dankie Marcus," het Joey in die foon gesê.

"Glo my, dit was my plesier," het Marcus geantwoord. "Sien jou."

"Later," het Joey die oproep beëindig en na die speurders gedraai. "Here, ek verstaan julle frustrasie. Ons almal deel dit. Daardie twee mens was ons mede-werkers ... ons *familie*. Ek kan julle verseker dat ons hulle sal vind en hulle sal betaal vir wat hulle gedoen het."

"Dis reg, hulle sal," het Louie gesê.

Die twee speurders het almal bedank vir hulle tyd en ons saam met hulle twee vergesellende wagte vertrek. Toe hulle weg is, het Joey na Jessica toe gedraai.

"Hoe gaan dit, dame?" het hy haar gevra.

"Ek is oukei, Joey," het sy gesê.

Joey het na Mitchell gekyk vir bevestiging.

"Ek dink sy gaan oukei wees, Joey," het die sielkundige gesê. "Sy verstaan dat dit nie haar skuld is nie."

"Goed," het Misty gesê. "Jessica, jy is nou 'n inwoner van Justice Sekuriteit. Jy sal in die vierde woonstel bly op die sesde vloer. Aangesien Joey en ek saam bly, is dit oop. En ons wil hê jy moet die res van die dag af vat sodat jy dit kan inrig soos jy wil."

Louie het bygevoeg, "Ons is almal lief vir jou, Jess."

Jessica het geglimlag. "Dankie julle almal. Ek weet nie wat ek sonder julle sou gedoen het nie."

"Caleb, kan jy 'n oomblik bly?"

"Ja."

Jessica het die vertrek verlaat.

Joey het gesê, "Caleb, wat is die algemene gevoel in die gebou? Of het jy al kans gehad om rond te vra?"

"Ek het 'n bietjie," het die psigiater geantwoord. "Jou praatjie vanoggend was net wat almal nodig gehad het om te hoor. Uit wat ek gehoor het, waardeer almal jou eerlikheid en jou kommer. Ek dink jy hoef nie oor jou werknemers bekommerd te wees nie."

"En hoe gaan dit met die psigiater?" het Misty gevra.

"Bekommerd, natuurlik, maar reg om enige gat te skop soos almal anderste. Ek sal in die gebou bly – my kantoor het 'n kamer waar ek soms 'n uil knip. Ek sal dit net in my slaapkamer verander."

Joey het geknik. "Dankie Caleb. Ek dink baie mense gaan jou nodig hê vir 'n rukkie."

Mitchell het opgestaan. "Dis my werk, Joey. Ons praat later weer." Hy het die situasie kamer verlaat.

Joey het die foon opgetel en die tegniese kamer gebel. Dexter het geantwoord en gesê hy sal dadelik boontoe kom.

DEXTER HET DIE HYSBAK ná die vierde vloer gery. Hy het skaars vir Patti gesien by die ontvangs toonbank, so diep was hy ingedagte. Toe hy die situasie kamer binnestap het hy by die tafel gaan sit.

Die ander drie vennote het die uitdrukking op Dexter se gesig gesien. Hulle het hom 'n paar minute gee en toe het Joey uiteindelik met hom gepraat.

"Dex, wat gaan aan?"

Dexter het gewip asof hy geskrik het, toe opgelet dat sy drie vriende vraend na hom kyk. Hy het sy hand oor sy voorkop gevee en gesê, "Ek voel asof ek 'n ooreenkoms met die duiwel aangegaan het." Die ander, wat gesien het hy kry sy gedagtes agtermekaar, het stil gebly. "Ek het Fernandez se selfoon nommer gekry."

"Dis goed!" het Joey gesê.

"Ek het geweet jy kan dit doen," het Misty gesê.

"Dis my pel daai," het Louie gesê.

Dexter het sy kop geskud.

"So gee dit vir my," het Joey gesê, "en ek sal hom bel."

"Ek het alreeds," het Dexter gesê. Hy het sy vingers deur sy hare getrek. "Ouens, hou in gedagte dat ek die enigste een van ons vier is van wie hy nie 'n foto het nie. Hy het geen idee hoe ek lyk nie en dit kan 'n goeie ding wees."

"Dexter, wat die fok praat jy van?" vra Louie. "Jy praat deurmekaar, man!"

"Ek reken ek is ... Gee my 'n oomblik." Hy trek weer sy vingers deur sy hare. "Oukei, hier gaan ons. Soos ek gesê het, ek het sy selfoon nommer gekry toe ek 'n paar rekenaars ingesypel het. Toe ek die nomner gekry het, het ek gedink ek gaan hom bel. Ek het nie gedink dit sal saak maak watter een van ons met hom praat nie. Dit het toe uitgedraai dat ek verkeerd was, maar dit kom later. Ek het my kop skoongemaak en gedink wat ek gaan sê en die nommer geskakel." Hy het weer sy vingers deur sy hare getrek. "Fernandez het die foon self geantwoord. Ek het myself voorgestel en gevra of ons oor die situasie kan praat." Hy het 'n oomblik gestop.

"Joey het gesê, "En ...? Wat hy het hy gesê, Dex?"

"Hy het gesê, 'A, *Senor* Beck. 'n Plesier om met jou te praat. Al weet ek nie hoe jy lyk nie, *mi amigo*, wees verseker ons gaan binnekort ontmoet.' Ek het gesê, 'Wat bedoel jy, *Senor* Fernandez?' Hy't gesê, 'Aangesien *Senor* Justice nie man genoeg is om self te bel nie, sal ons niks bespreek nie. Maar ek sal die situasie binnekort self versorg.'"

Dexter het sy hande deur sy hare getrek. "Ouens ek kan nie beskryf hoe sy stem geklink het nie, of die gevoel wat hy my gegee het nie. Dit het my laat *vries*. Ek het gevoel asof ek met boosheid gepersonifieer praat." Hy het sy bril verstel.

Joey het gedink hy het sy vriend nog nooit so verward gesien nie. "So wat het toe gebeur?"

"Ek het aan hom verduidelik dat ons vier gelyk is, dat hy kan praat met my asof hy met jou praat. Sy antwoord was dat hy met al vier van ons wil praat, via 'n Internet oproep met web kameras en 'n geïnkripteerde program as, en net as, ek hom my woord sal gee dat geen opsporing van web adresse of inmenging met die pratery sal gebeur nie. Hy verstaan dat as ek my woord gee, sal ek dit nakom, maak nie saak wat nie." Hy het weer sy vingers deur sy hare getrek. "Ouens ek het hom my erewoord gegee dat ek nie sal probeer om tydens die oproep na te spoor nie. Dis hoekom ek voel ek het 'n oorkoms met die duiwel gesluit."

Die ander drie vennote het na hom gekyk, monde oop. Nie het Dexter 'n manier gevind om kontak met die dwelm baas te maak nie, maar hy het 'n afspraak met hom gereël om met hom te praat. Met snare aangeheg, natuurlik, maar dis snare waarmee hulle kon saamleef ... as hulle leef nadat hulle met gepraat Fernandez het.

"Ek het al voorheen gesê, en ek sê dit weer," het Louie gesê, "My pellie, jy is die *beste*!"

"Hoe laat is die video konferensie?" het Joey gevra.

"Oor omtrent vyftien minute," het Dexter geantwoord. "Ek het vroeër gesê dat dit 'n goeie ding is dat hy nie weet hoe ek lyk nie ... Dink julle ek moet deel wees van die storie? Ek bedoel, op hierdie oomblik, kan ek langs die man staan en hy sal nie weet nie. Is dit iets wat ons later kan gebruik?"

"Wat stel jy voor, Dex?" het Misty gevra.

"Kan ons 'n plaasvervanger gebruik?" het Dexter gevra. Charlie Li is in die gebou en ons is naby genoeg in grootte en goed ... so lank hy nie praat tydens die konferensie nie, sal Fernandez nie weet wat die verskil is nie."

Joey het 'n oomblik daaroor gedink. "Ek sien waarheen jy mik. Charlie moet instem, anders is dit 'n absolute nee."

Dexter het die foon opgetel en die gebou se interkom sisteem gebel. "Charlie Li na die situasie kamer, asseblief. Charlie Li na die situasie kamer asseblief."

Terwyl hulle wag vir Charlie, het Dexter begin om die nodige toerusting vir die video konferensie op te stel.

Charlie het stil die situasie kamer ingekom. Joey het hom gevra om te sit.

"Charlie, dankie dat jy so vinnig gekom het," het Dexter gesê. "Hier is wat ons gedink het ..." Hy het Charlie vertel wat gebeur en wat hulle gedink het om te doen.

"Charlie, jy moet verstaan dis heeltemal vrywillig. Jy verf 'n teiken op jouself as jy dit doen, maar dit mag ons eventueel 'n kans gee om Fernandez te vang as dit werk. As jy nie die risiko wil neem nie, gaan niemand minder van jou dink nie."

Charlie het gesê, "Het ek nie 'n teiken op my in elk geval nie? Wat sal dit seer maak? Ek voel geëerd dat julle my gevra het. Ek sal Dexter speel."

Al vier vennote het Charlie se hand geskud en hulle bedank.

"Oukei, ouens, dis tyd. Laat ons almal by die einde van die tafel bymekaar kom. Dex, kom uit die kameralens, maar bly naby," het Joey gesê.

Dexter het die groot monitor gekonnekteer aan 'n eenkant rekenaar met 'n internet konneksie, sodat daar nie skadelike sagteware op die firma se rekenaar sisteem kan kom nie. Hy het sy epos oopgemaak.

Die epos het onskuldig genoeg gelyk. Dit het 'n skakel gehad.

"Hier gaan ons," het Dexter gesê. Hy het op die skakel geklik.

Die skakel het 'n geïnkripteerde video program gelei. 'n Foto van 'n leë lessenaar het gematerialiseer op die monitor. Geen vensters was sigbaar nie, so geen identifiseerbare landskap kon gebruik word om 'n lokasie te determineer nie.

'n Volle minuut het verby gegaan sonder aktiwiteit. Uiteindelik het iemand voor die kamera ingeloop en by die lessenaar gaan sit. Dit was Esteban Fernandez.

Hy was goed aangetrek, met 'n gemaakte pak, netjies gesnyde hare en baard, en gemanikuurde naels. Grys het gewys teen die slape en 'n paar plekkies in sy baard. Sy gelaatskleur was donker beige en sy oë was swart. Hy het gestaar, sonder om 'n oog te knip, na die web kamera aan sy kant. Sy staar was baie ontstellend.

Fernandez het eerste gepraat. "*Senor* Justice, *Senor* Beck, *Senor* Washington en *Senorita* Wilhite. Dankie dat julle *Senor* Beck se woord oor opsporing gehou het. My tegniese man verseker my hierdie konneksie is veilig."

Joey het bevestiging geknik. "*Senor* Fernandez, dit is vriendelik van jou om met ons te praat. Miskien kan ons tot 'n vergelyk kom vandag, met die hoop om verdere bloedvergieting tussen ons te voorkom."

"Miskien," het Fernandez geantwoord. Hy het noukeurig na sy monitor gekyk. "*Senorita* Wilhite, mag ek sê u is een van die mooiste dames wat ek nog ooit gesien het. U herinner my aan Meg Ryan. Toe ek met *Senor* Pinkersley die ander dag gepraat het nadat jy en *Senor* Justice die eerste keer in sy besigheid perseel was, het hy u toneel talent beskryf. Hy was nogal beïndruk."

"Dankie, *Senor* Fernandez," het Misty geantwoord. "Ek voel geëerd."

Fernandez het sy kop gebuig in antwoord, maar weer na haar gekyk. "As omstandighede anders was, sou ek u graag wou vermaak het."

Misty het haar arm ferm deur Joey se arm gehaak en gesê. "Weereens, dankie, meneer. Ek is ook baie verlief."

"'n Situasie wat maklik reggestel kan word, *Senorita*," het Fernandez met 'n koue glimlag gesê.

Louie het genoeg gehoor. "Luister, Fernandez, ons het nie gebel sodat jy kan flirt met Misty nie! Die dame het reeds gesê sy wil niks met jou uit te waai hê nie ... en sy het dit baie vriendeliker gesê as wat ek sou!"

Fernandez het hardop gelag. Die lag was nie in sy oë nie, het Misty opgelet. "A, *Senor* Washington! Die man met die gewelddadige humeur! Vreeslik sterk en vreeslik gewelddadig wanneer nodig! Ek kan definitief 'n man soos jy gebruik. Maar ek sien dat jy ander planne het. Die Kampioen het geen idee waarop hy ingestem het nie, het hy? Miskien sal jy selfs oorleef om jou oorwinning te vier."

Louie het weer begin praat, maar Joey het 'n hand op Louie se arm gesit om hom te kalmeer.

Joey het na die monitor gekyk en gesê, "*Senor* Fernandez, met alle respek, kan ons terugkom by besigheid?"

Fernandez het sy reptiel-agtige ogies terug gedraai na die monitor. "A, nou wil die beroemde Joey praat!" het hy spottend gesê. "Miskien sal hy smeek vir sy werknemers se lewens! Of miskien smeek hy my om nie sy vriende hiernatoe te bring sodat ek myself aan hulle kan voorstel en om na hulle ... gevolge ... persoonlik om te sien nie!" Hy het gewys na die web kamera met een hand. "Asseblief, *Senor* Justice! Gaan aan! Regverdig jou oorlog deklarasie teen my!"

Joey het teruggeleun in sy stoel en sy hande voor sy gesig getent. Hy het geglimlag. "*Senor* Fernandez, ek aanvaar u spot met my as die aksies van 'n desperate man. U wil nie oorlog teen ons hê enigsins meer as wat ons wil oorlog maak nie. Die verskil is dat ons kan fokus op jou, terwyl jou fokus versprei moet wees oor jou koninkryk in Meksiko en u uitbreiding in die Verenigde State en 'n oorlog met 'n firma wat twee goewermente van twee lande laat sneuwel het. Oorlog met ons gaan jou geld kos ... baie geld. Dit sal ons ook geld kos, maar dit sal goed gespandeerde geld wees. Ons fondse is eindeloos, met ons goewerment agter ons in hierdie oorlog." Hy het vorentoe geleun in sy stoel. "Ek stel voor ons sien af die aanstellerigheid. Misty en ek het die dood van twee onskuldige tieners ondersoek wat by 'n partytjie was by 'n woonstel in Vierde Straat. Jy het jou mense beveel om almal daar te vermoor. Hulle ouers wil niks meer as geregtigheid hê nie. Jou man, Pinkersley, het ons vertel hy was daar, saam met vier ander mans. Een van hulle is dood in die vuur saam met Pinkersley. Ek soek die ander drie, afgelewer by my binne vier-en-twintig uur. Ons wil die ouers van daardie kinders vertel dat Pinkersley agter die hele ding gesit het, maar ons weet nie hoekom nie. Ons sal jou naam nie verstrek nie. So ver as wat dit my aangaan, sal dit dinge beëindig tussen ons." Hy het gestop. "Tensy, natuurlik, jy regtig wil hê ons moet agter jou aankom."

Fernandez het kwaad gesê, "Miskien wil ek nie my manne vir jou gee nie! Miskien wil ek jou uitdaag tot hierdie oorlog waarvan jy praat! Miskien sien ek uit daarna!"

Joey het geglimlag. "En miskien, *Senor* ... sal ek die een wees wat my kleinkinders hiervan vertel."

Fernandez het sy oë geknip. Joey het geweet hy het hom.

"Goed dan, *Senor*. Jy sal hulle binne vier-en-twintig uur hê." Fernandez het sy hand uitgesteek om die konferensie te beëindig.

"*Senor* Fernandez, wag," het Misty gesê. Fernandez het sy hand teruggetrek. "Ek het 'n vraag, as jy sal antwoord asseblief."

Fernandez het geglimlag, en weereens het dit nie sy oë bereik nie. "Natuurlik, *Senorita*. Vir jou, sal ek enigiets beantwoord."

Misty het geglimlag. "Dankie, *Senor*. My nuuskierigheid het die oorhand gekry. Hoekom *het* jy al daardie mense laat vermoor?"

Fernandez het gewag en toe geantwoord. "'n Vrou het my verlaat vir 'n *gringo*. Hy het vir my gewerk, en hulle het 'n verhouding gehad reg onder my neus. Ek kon dit nie net so los nie. My eer het dit vereis."

Misty het Joey se arm geslaan. "Jessica en ek het jou *gesê* dit was vir liefde!"

"Nou het ek 'n vraag, as ons wederkerig is," het Fernandez gesê.

"*Senor* Beck, hoe het jy my nommer gevind? My tegnikus het probeer, maar kon dit nie reg kry nie."

O hel het Joey gedink. Al drie vennote het na Charlie gekyk. Charlie het Dexter se bril opgehad en oor 'n afstand van 'n rekenaar monitor, *het* hy soos Dex gelyk ... maar Charlie se stem was baie dieper as Dexter s'n, en as hy praat, is die hele ding daarmee heen!

"*Senor* Beck?" het Fernandez gevra.

Joey het gepraat. "Wel, wat hy gedoen het was..."

"Ek wil dit hoor vanaf *Senor* Beck self, asseblief," het Fernandez gesê.

Ons is gebraaide poepholle het Louie geding.

Charlie het sy vingers deur sy hare getrek, baie soos Dexter vroeër gedoen het. "Ek het kontakte by al die foon firmas. Dis so maklik soos dit," het Charlie gesê.

Fernandez het na sy rekenaar monitor gestaar met sy starre reptielagtige oë.

"*Senor* Beck, sal jy asseblief jou bril afhaal?" het Fernandez gesê.

Hulle het almal geweet hulle truuk het gefaal. Charlie het na Joey gekyk, en toe Dexter se bril afgehaal.

"*Senor* Justice, van wanneer af het die *gringo* Dexter Beck Oosters geword?" het Fernandez gevra, sy stem verskriklik koud.

Joey, "*Senor*, Dexter is siek. Eerder as om te probeer verduidelik, het ons 'n werknemer gevra om in te sit by die konferensie in Dexter se plek. Ons vra om verskoning, meneer."

Fernandez het stil geantwoord, "Dink julle mense ek is 'n gek?" Sy stem het die kamer laat vries van gevaar. "Hoe gerieflik dat *Senor* Beck nou siek is, aangesien hy die enigste een van julle vier is van wie ek nog nie foto gesien het nie." Sy stem het nog gevaarliker geword. "Waar is hy? Is hy op pad hierheen om 'n sluipmoord te probeer? Dit *sal* faal. Ek verseker jou!"

"Meneer, dit was net 'n voorsorgmaatreël," het Misty gesê. "Ons wou net..."

"Julle wou vir julleself grasie wen!" het Fernandez harder gesê. Sy oë was nou wyer en hy het begin lyk soos haai-agtige reptiel.

Dexter het opgestaan uit sy stoel en voor die kamera ingeloop. "*Senor* Fernandes, asseblief. Dit was my idee en ek neem volle verantwoordelikheid vir die misleiding."

Fernandez, wie se oë so wyd gerek het soos dit kan, het begin glimlag. Dit was 'n lelike, bose glimlag. "Verantwoordelikheid?" het hy geskree, sy woede het hom sy kalmte laat verloor. "Jy beledig my eer en vertel my jy neem volle verantwoordelikheid! Het jy my nie vertel dat julle gelykes is nie? Het jy my nie vertel dat as een praat, praat hy vir almal nie? Dan moet ek aanneem julle almal neem verantwoordelikheid vir hierdie belediging!" Sy glimlag het in 'n grysende grinnik verander. "Laat ek julle vertel wat sal gebeur! Ek sal toesien dat Dexter Beck in stukke opgekap word! Ek sal toesien dat Louie Washington verdrink in sy eie bloed! Joey Justice, ek sal jou kloppende hart uit jou bors ruk en voor jou oë eet! Misty Wilhite ek sal jou hierna toe bring en jou fok soos die hoer wat jy is en ek sal haar vir al my manne gee om mee te doen wat hulle wil! Julle bliksems WAAG dit om my EER te beledig!" Fernandez het opgespring en blykbaar sy monitor gestamp, want die beeld het woes begin tol, toe staties geword voor dit teruggespring het na Dexter se epos bladsy.

Die vyf mense in die situasie kamer het verstom daar gesit. Misty het die stilte verbreek.

"Hm. *Dit* het goed afgeloop."

Die ander vier het uitgebars van die lag. Hulle kon nie help nie, want die spanning het so hoog opgebou dat hulle enige verligting verwelkom het.

"Dit mag net ek wees," het Louie gesê, "maar glo my daai man is 'n volwaardige, kaart-draende mal mens."

"Hy speel glad nie met 'n vol pak kaarte nie, dis verseker," het Joey gesê.

"Ouens, ek is jammer," het Dexter gesê.

Joey het vraend na sy vriend gekyk. "Hoekom?"

"As ek nie die mal idee gehad het nie, sou ons gewen het."

"Ou Pellie, hy sou sy verpakking geskud het, maak nie saak *wat* nie," het Louie gesê.

Misty het geknik. "Louie is reg. Ons het hom 'n oomblik gehad, maar hy sou 'n manier gevind het om sy woord te breek. 'n Belofte beteken niks vir iemand soos hy nie!" Sy het haar hand op Dexter se arm gesit. "En onthou, Dex, ons het almal saamgestem dat dit 'n goeie idee is. Selfs Charlie het daarvan gehou."

Charlie het geknik. "Sy is reg, Dexter. Ons sou 'n oorlog met Fernandez gehad het maak nie saak watter ooreenkoms ons bereik het nie. Ons ken sy geheime en hy kan nie die risiko neem dat ons weet nie. In my opinie, dis hoekom hy Misty se vraag beantwoord het. Hy het alreeds beplan om julle dood te maak ... ons. Julle weet wat ek bedoel." Hy het Dexter se bril teruggegee.

Dexter het hulle opgesit en na die vloer gekyk vir 'n oomblik. Toe kyk hy na Joey.

"Ek het dit opgeneem," het Dexter gesê.

"Wat?" het Joey gevra.

"Ek het 'n digitale opname van die hele ding gemaak. Ek het ook die skakel gestoor, net vir ingeval." Hy het geglimlag. "Ek het belowe ek sal nie die oproep opspoor terwyl ons besig is met die konferensie nie. Ek het niks gesê van na die tyd nie."

Hoofstuk 07

"**J**ou skelm klein bliksem!" het Joey gesê. "Dis fantasties!"

Louie het Dexter op die skouer geklop. "Ek het *geweet* jy gaan iets doen!"

Misty het Dexter op die wang gesoen. "Ek is baie trots op jou Dex."

Dexter het rooi geword. "Dit was niks ouens. Selfs al is die web adres geïnkripteer, sal Megan en ek die lokasie binnekort hê."

"Man, wat 'n geluk!" het Louie gesê. "Ons sal daai poephol opgesluit hê voor hierdie verdomde naweek verby is."

"Laat ons praat oor hoe ons dit gaan hanteer," het Joey gesê. "Charlie, bly asseblief – jy kan netsowel deel wees hiervan. Dexter, gaan haal vir Megan. Ons moet dink wat ons gaan doen sodra ons die lokasie het en dan bel ons vir Marcus."

FELIX JUAREZ HET BUITE die studeerkamer wag gestaan wat Esteban Fernandez gebruik het om met die *Americanos* te praat. Hy het gehoor toe Fernandez begin skree het en het gehoor hoe die rekenaar op die vloer val. Uit lang oefening het hy geen emosie op sy gesig gewys nie, maar innerlik het hy gekrimp. Hy het meer neerstortende geluide gehoor uit die studeerkamer, saam met meer vloeke in beide Engels en Spaans.

Felix het groot geword in sy posisie as Fernandez se tweede in bevel deur aan Fernandez se sy te bly van die begin af. Hy weet wat hierdie stapelgek humeur beteken, en dit het hom vreesbevange gehad. Die laaste ding wat die Fernandez kartel nou nodig het is 'n oorlog met 'n firma soos Justice Sekuriteit. Felix het Fernandez oortuig om met die *gringos* te praat en probeer om vrede te onderhandel, indien moontlik.

"Estaban, ons is nou al *amigos* van die strate van Playa Boca Chica af." Het hy vir Fernandez gesê daardie oggend. "Ek het jou nog nooit mislei nie. Ek het jou gehelp, ek het alles met jou gedeel en ek het vir jou gebloei. Ons is geestelike broers, as ons nie bloedbroers is nie. Ek sê vir jou, hierdie Justice Sekuriteit, sal ons vernietig. Ons het nie genoeg mense nie, ons het nie genoeg vuurkrag nie en ons het nie genoeg geld om hulle aan te vat nie. Hulle werk vir die *Americano* goewerment, en daar is stories dat hulle die goewerment van ten minste een land vermoor het. Ons kan nie 'n lang oorlog teen hierdie mense voer nie. Ons het alreeds 'n fortuin spandeer op omkoopgeld in ons goewerment en ons kontakte regoor die wêreld. Die aanval op die sekretaresse vroeër was 'n fout. Dit sal net hulle besluit versterk. Wanneer 'n vrou aangeval is, bring dit die beskermende gevoelens van mans uit. Dit maak hulle dapperder as normaalweg. Pinkersley kan maklik vervang word. Laat dit gaan, Esteban. Jy moet dit laat gaan."

Fernandez het geluister na sy vriend en saam gestem. Hulle het uitgewerk hoe Fernandez hierdie video konferensie gaan hanteer, en die skietstilstand. Natuurlik het Felix geweet dat een of ander tyd sal Joey Justice en sy vriende geëlimineer moet word. Hulle weet te veel van die kartel om lewend te bly. Die skietstilstand was net sodat hulle hul waaksaamheid moet verslap sodat hulle later aan maklik vermoor kon word.

Die oproep van Dexter Beck het hulle altwee geskud. Fernandez het 'n nuwe foon gekry en tog het Beck die nommer gehad. Hy het nie 'n rekening adres nie, maar ... Fernandez het groot stappe geneem en baie geld spandeer om die nommer van die rekenaars af te hou.

Nog 'n botsing, en dan 'n skoot het Felix uit sy gemymer geruk. Binne die kamer kon hy die tegnikus hoor pleit.

"*Senor* Esteban, *por favor,* no!

Felix het sy kop geskud terwyl hy die kamer binnestap. Fernandez het sy pistool teen die brug van die tegnikus se neus gedruk. Terwyl hy sy rewolwer gespan het, het Felix gepraat.

"Esteban, as jy die tegnikus vermoor, wie sal jou elektroniese toerusting behartig?" het hy kalm gesê.

"Maar ek wil iets doodmaak!" het Fernandez wreed gesê.

"Daar is twee DEA *gringos* in die kelder, as jy iemand dan moet doodmaak. Hierdie man het niks gedoen om te verdien om vermoor te word nie," het Felix gesê.

Fernandez het omgedraai met 'n kranksinnige grinnik op sy bakkies en sy oë was baie wyd.

"*Gringos!*" het hy gelukkig gesê. "Ek sal hulle doodmaak en maak asof hulle Joey Justice is!"

Felix het na die tegnikus gewys, wie opgestaan het en by die deur uitgehardloop het. Fernandez het 'n skoot gemik na die man se voete en gelag toe die man skreeu.

"Felix," het Fernandez gesê, nog wyd gerekte oë en grinnikend, "moenie 'n fout maak nie. Ek gee nie om of dit alles wat ek het kos nie, maar ek sal Joey Justice dood sien!"

Ons sal sien, Esteban, het Felix gedink terwyl hy knik na sy baas. *Ek dink dat Joey Justice jou dood sal beteken ... en dalk myne ook. Hy is nader as wat jy dink, amigo.*

MARCUS MOOR HET TERUGGELEUN in sy stoel, sy asem diep ingetrek, dit 'n minuut so in gehou, en dit toe uitgeasem. Hy was in die situasie kamer by Justice Sekuriteit. Hy het Dexter se opname van die video konferensie klaar gekyk. Dexter het beide inkomende en uitgaande seine opgeneem en het dit so geformateer dat dit sy aan sy op 'n wye skerm speel.

"Sjoe," het hy stil gesê. Hy het na Joey gekyk. "Ek sou sê sy leer het 'n paar vermiste trappies, of hoe?"

"Absoluut definitief," het Joey geantwoord.

"Dis die eerste keer dat enigeen uit die Verenigde State Goewerment sy stem hoor en log lewe," het Marcus gesê. "Verskeie DEA en CIA agente het dood opgeduik in die laaste klompie jare. Ons neem aan hulle het te naby aan Fernandez gekom en dan is hulle op 'n manier uitgevang. Mag ek 'n kopie kry van daardie konferensie? Daar is mense regoor die land wat daarvan sal hou om dit te sien."

"Natuurlik," het Misty gesê. "Ons het gedink jy kan dit gebruik om aan die Buro te wys dat hy *wel* opereer in die State. Hy het geen geheim gemaak van die feit dat hy die moorde op daardie mense beveel het nie of dat Pinkersley vir hom gewerk het nie."

"Somtyds, Marcus," het Louie gesê, "dink ons *wel* met iets anders as ons balle."

"Hoe lyk dit met daardie skakel wat die konferensie opgestel het? Mag ek dit ook kry?" het Marcus gevra.

"Ons het daaroor gepraat, Marcus," het Joey gesê. "Gee ons 'n paar dae, dan sal ons dit vir jou gee sodat jou mense dit kan probeer opspoor."

Stadig het 'n uitdrukking van verstaan oor die FBI agent se gesig versprei. "Julle spoor dit self na, nè? Julle gaan self agter hom aan! En waar is Dexter?" Marcus het opgestaan. "Hy werk aan daardie skakel nou, nè? Is julle *getik*?"

Joey, Misty en Louie het almal hulle gesigte uitdrukkingloos gehou en niks gesê nie.

"Dit is nie 'n straat dief of selfs 'n slim bank rower nie! Dis 'n fokken leier van 'n dwelm kartel en *'n generaal in die fokken Meksikaanse weermag!* As julle Meksiko inval, sal dit gesien word as 'n oorlogshandeling! Daar is geen manier in hel dat ons *dit* kan goed praat nie!"

"Jou vriende in die CIA het dit al twee keer goed gepraat. Deur 'n Hoogs Geheime en getekende bevel vanaf die President van die Verenigde State," het Joey gesê.

Marcus het gevries en met sy mond oop gestaan. Hy het terug gesink in sy stoel.

"Julle het al gewerk vir die CIA?" het hy stil gevra.

Joey het geknik. "Marcus, ons was tot stilswye beëed om nie bekend te maak wat ons gedoen het nie, maar jy is ons skakelpersoon. Dit is iets wat ons voel dat jy moet weet sodat ons onsself kan verdedig sou dit ooit nodig wees. Dis onnodig om te noem dat dit hoër as Hoogs Geheim is."

Marcus het na die tafel gestaar. "So, wat julle vir Fernandez vertel het oor die vernietiging van twee goewermente was waar." Hy het sy kop geskud asof hy probeer om dit skoon te kry. "Ek het gedink julle het gebluf."

"Ons is nie trots daarop nie," het Louie gesê. "Maar ons het dit gedoen en ons het getekende bevele van die President weggesteek in 'n plek wat *niemand* ooit sal uitvind waar nie. Dis ons versekering. AS ons in die moeilikheid kom daarvoor, sal hy ook."

"Jy het nooit geweet van daardie werk nie, Marcus, omdat jy ons *domestiese* skakelbeampte is," het Misty gesê. "Ons het ook 'n internasionale skakelbeampte. Ons het toegang tot intelligensie wat jy nie het nie. Ons is ook gereedskap gegee deur die NSA, die CIA en Binnelandse Sekuriteit wat jy nie sal glo nie. Dexter gebruik sommige daarvan nou om daardie skakel na te spoor."

"Dit was ons prys om te doen wat ons moes," het Joey gesê.

Marcus het alles ingeneem in verwondering. Hierdie mense het hoër toegang as sy baas ... hel, hoër selfs as die FBI Direkteur! En hier dog hy hy was die Heer Goewerment God Marcus vir Justice Sekuriteit ... hy het sy kop weer geskud.

"Wat gaan julle doen wanneer Dexter hom kry?" het Marcus gevra.

Almal was stil vir 'n oomblik.

"Wil jy regtig weet?" het Joey gevra.

Marcus het 'n oomblik gedink en toe geknik.

Joey het hom vertel.

DEXTER EN MEGAN WAS in die veiligheids kamer, besig om die spoor op die skakel te soek wat deur Fernandez se mense gestuur het. Die enkripsie was standaard en blykbaar gekoop vanaf 'n rak by 'n rekenaar winkel. Hulle het dit 'n paar minute gelede al gebreek. Nou spoor hulle die oorspronklike ligging na.

"Lyk asof hulle die sein oor verskeie bedieners gespring het regoor die wêreld," het Megan gesê, terwyl sy haar rekenaar skerm besturdeer.

"Jy is reg," het Dexter gesê. "Kyk, die spring opspoorder het die eerste ligging gekry, net hier in die stad!" Die skerm het 'n lyn wat vloei oor 'n atlas van die wêreld gewys. Die naspoor program het die skakel terug gewerk na sy oorspronklike ligging. Die lyn het reg noord gewys.

"New York is nommer twee," het Megan gesê. Sy het dit geniet dat Dexter so naby aan haar is.

"Dan oor die Atlantiese Oseaan," het Dexter gesê, terwyl sy oë die lyn volg. Hy het baie moeilik gekonsentreer. Megan se teenwoordigheid was verskriklik bedwelmend.

"Madrid!" het hulle gelyk gesê en albei na die lyn gewys. Hulle hande het geraak. Megan het haar hand oor Dexter s'n toegemaak.

"Mag ek jou iets vra, Dexter?"

Dexter het afgekyk na die werktafel. Hy het geknik.

"Hoekom is jy bang vir my?"

Hy het 'n oomblik gedink. "Ek is nie bang vir jou nie."

"Parys," het Megan gesê en na die skerm geloer en weer terug na Dexter. "Dis duidelik dat ons aangetrokke tot mekaar is, maar jy wil nie daaroor praat nie. Hoekom?"

Dexter het in haar oë gekyk. *O, ek het nounet 'n groot fout gemaak*, het hy gedink. "Jy is my werknemer, Megan. Te veel geleenthede vir mense om te sê ek het jou gebruik. Dit sal nie reg lyk nie. London."

"Me. Wilhite en Mnr. Justice is saam. Was ook vir so lank as wat ek hier werk."

"Hulle situasie is anders. Hulle is vennote, nie werknemer en werkgewer nie."

Sy het nader geleun terwyl sy nog steeds in sy oë kyk. "So maak my 'n vennoot. Of bedank jou vennootskap."

Hy het nader geleun aan haar. Net drie duim het hulle nou geskei. "Ek kan nie bedank nie. Ek is lief vir my werk. En ek sal dink daaroor om jou 'n vennoot te maak ... maar dit sal jou ook 'n teiken maak."

"Ek gee nie om nie, solank ek saam met jou is. Ek is verlief op jou al vir 'n hele lang ruk, Dexter."

"Ek ook."

Op een of ander manier het hulle begin soen. Dexter het gedink haar lippe was soos warm fluweel. Toe hulle tonge 'n oomblik raak, het hy gevoel hoe hy haar naby hou. Die soen het passievoller geraak en beide van hulle het hulle opgekropte gevoelens gewys.

Megan het begin dink haar droom het uiteindelik waar geword. Haar wit ridder het uiteindelik erken dat hy ook iets vir haar voel. Toe verloor sy haarself heeltemal in sy soen.

Die naspoor program, waarvan beide van hulle vergeet het, het belangrik begin piep. Na 'n oomblik het Dexter en Megan hulself weggeskeur van mekaar en na die skerm gekyk.

"O, my hemel!" het Megan gesê terwyl Dexter die finale ligging vergroot het. "Dit kan nie wees nie!"

Dexter het gesê, "Jy *moet* besig wees om my 'n poets te bak."

NADAT MARCUS DIE GEBOU verlaat het met sy kopie van die konferensie, het Joey en Misty besluit om uit te gaan vir aandete. Hulle het 'n kans gevat om uit te gaan, maar hulle het nie tyd gehad vir hulself vir 'n hele paar dae nie en het dit nodig gehad. Louie het hulle gevra om versigtig te wees en in die werkers gimnasium gaan oefen. *Nog 'n Saterdag aand vol pret*, het Louie by homself gedink. Dit was ses-dertig.

Joey en Misty was in die stort en het groot plesier geneem om mekaar in te seep onder die warm water. Hulle het aan mekaar gevat en gestreel met sagte bewegings, terwyl hulle mekaar in die oë gekyk het. Toe hulle uiteindelik soen, het die warm water die sensuele plesier verhoog. Stadig het hulle begin liefde maak terwyl hulle van aangesig tot aangesig gestaan het.

Later, na die tyd, was die warm water op en het hulle mekaar afgedroog. Joey het die handdoek wat hy vas gehou het om Misty getrek en haar nader getrek.

"Ek het jou lief, Misty Wilhite."

"En ek het jou lief, Joey Justice."

Hulle het weer gesoen en begin regmaak om uit te gaan. Net toe hulle klaar hulle aandklere aangetrek het, het die interkom begin lui. Dit was Dexter wat hulle na die situasie kamer roep. Dit was nou sewe uur.

ESTEBAN FERNANDEZ WAS terug na normaal. Of, so normaal soos hy sal word, het Felix gedink. Fernandez het sy bloed besmeerde klere gaan uittrek nadat hy weer uit die kelder opgekom het na sy ontmoeting met die DEA agente. Hy het hulle stadig vermoor, op 'n besondere gruwelike manier, erger as wat Felix oor 'n tydperk gesien het. Hy dink nie hy het al ooit sulke verskriklike gille van mans af gehoor nie, en dit het hom senuagtig gemaak. Die idee dat Fernandez niks meer as 'n gelukkige psigopaat was nie het deur sy kop gevlieg, maar nie in so 'n komplekse manier nie. Hy het maar gedink dat Fernandez *muy loco* was.

Tien mans was saam met hulle in hierdie huis. Saam met hulle was die tegnikus, die drywer, en die kok. Felix het twee van die mans geroep en hulle afgestuur na die kelder om Fernandez se gemors te gaan skoon maak.

"Felix, *mi amigo*," het Fernandez gesê.

"*Si*, Esteban."

"Dit is Saterdagaand. Ons kan dorp toe gaan en gaan soek vir *senoritas*."

"Dink jy dis wys, Esteban?"

Fernandez het geglimlag. "Wys of nie, *mi amigo*, ons sal gaan. Ons vertrek om sewe-dertig."

LOUIE HET NET GEMAKLIK geraak om bank opdrukke te doen. Hy was in die middel van sy stel, met die huidige gewig gestel op vierhonderd-en-vyftig pond, toe Dexter se stem oor die interkom luidspreker kom.

"Louie na die situasie kamer *nou!* Tjopper loodse na die dak *nou!* Vlug aanval spanne Alfa en Centauri, na julle tjoppers, volledig gewapen, nou! Opstyg oor vyf minute! Hierdie is nie 'n oefening nie!"

Wat in fokken hemelsnaam gaan aan? het Louie gedink terwyl hy die gewigte laat val en hardloop na die hysbakke. *Val die verdomde weermag ons aan?*

TOE JOEY EN MISTY IN die situasie kamer aankom, het Misty opgelet dat Dexter en Megan baie naby aan mekaar staan. Sy het haarself 'n klein glimlaggie toegelaat. Lyk of Dex uiteindelik sy gevoel vir Megan laat wen het.

Dexter het na hulle toe gedraai en gesê, "Daai seun-van-teef is reg *hier!* Wel, nie hier nie, maar tien myl suid van die stad. Op 'n fokken gehuurde *plaas*!"

Joey het gesê, "Jy speel."

Megan het haar kop geskud. "Nee meneer. Die sagteware het die konferensie terug gespoor al die pad na 'n gewone huishouding DSL konneksie by daardie ligging. Geen fout nie."

Joey het 'n oomblik gedink. *Kan hom netsowel hard genoeg slaan om hom te laat dink*, het hy gedink. En sy besluit gemaak.

"DEX, NEEM BEIDE TJOPPERS en twee vyf-man aanval spanne … Neem Alfa en Centauri. Jy is in beheer van Alpha. Megan jy kry 'n veldtaak – jy is in beheer van Centauri. Vee die plek plat. Wond almal wat julle sien. Dood Fernandez indien moontlik. Gebruik missiele, RPG's, die vyftig-kaliber gewere … wat ook al ons het. Moet *nie* land nie, onder geen omstandighede nie. Vernietig alles uit die lug. Vlieg laag genoeg om enige radar te vermy, sodat ons 'n bietjie ontkenning aan ons kant het. Ek soek video beelde van elke beskikbare kamera op daardie tjoppers. Julle moet binne vyf minute vertrek. En Louie kom hierso!"

LOUIE HET DIE SITUASIE kamer binne gebars om Joey en Misty te kry wat vinnig kabels en digitale video opnemers te konnekteer.

"Wat die hel gaan aan?" het hy hard gesê.

"Help ons om hierdie kabels te konnekteer met die video toevoer van die tjoppers af, Louie," het Joey gesê. "Ons sal jou inlig terwyl ons werk."

Louie het 'n hand vol kabels gegryp en begin help met die konneksies. Joey en Misty het hom vertel wat aangaan.

"Julle dink dit was 'n goeie idee om Megan 'n veld bevel te gee?" het Louie gevra.

"Sy het dit verdien," het Misty gesê. "Sy en Dexter het Fernandez gekry. Boonop dink ek Dexter het uiteindelik besluit om sy gevoel vir haar te wys."

"Asof ons dit nie in elk geval gesien het nie," het Joey gesê, van onder die konferensie tafel af.

"Dis omtrent tyd," het Louie gesê. "Ek was bang ek sal haar moet steel as hy nie sy gat begin roer nie. Wie kan so 'n gladde ebbehout masjien weerstaan?"

Misty het hom met 'n kabel gegooi.

OP DIE DAK HET DEXTER die Centauri span vertel dat Megan in bevel was en dat sy hulle in die lug sal inlig. Hy het na haar gedraai, haar in die oë gekyk en haar gesoen.

"Wees versigtig Megan," het hy gesê. "Hierdie ouens weet wat hulle doen. Jy beduie hulle en draai hulle los. En moenie senuagtig wees nie. Jy kan dit doen."

Sy het geknik. "Wees jy ook versigtig, Dexter Beck. Ek het jou nou net gekry – Ek wil jou nie nou verloor nie."

Dexter het geglimlag en haar weer gesoen. "Gaan meisie. Gaan skop gat."

Sy het in haar helikopter geklim. So gou as wat sy vasgemaak was, het hulle opgestyg en effens weggevlieg terwyl hulle wag vir die Alfa helikopter om ook op te styg.

Dexter het in die Alfa helikopter geklim en gesê, "Oukei mense, tyd om daardie ongoddelike salarisse wat ons julle betaal te verdien!"

OM SEWE-VYF-EN-TWINTIG het Fernandez die foyer van die groot plaashuis binnegestap. Felix het vir hom gewag. Fernandez was geklee in 'n ander hand gemaakte pak, ment 'n sy hemp en das. Felix was ook geklee in 'n pak.

"Sal ons gaan?" het Fernandez Felix gevra.

"*Si*, Esteban. Die drywer is gereed."

Felix het die deur vir Fernandez oopgehou. Hulle het uitgeloop oor die groot voorstoep, af met die trappe en na die gepantserde limousine. Fernandez se drywer het die agterste deur vir hom oopgemaak. Fernandez het begin om in die kar te klim, toe gestop, sy hand op die dak van die kar. Hy het noord gekyk, agter die kar.

"Felix," het Fernandez gesê, "Wat is *daai*?"

Felix het ook agter die kar na die veld en bome daar rondom gekyk. Hy het niks anders as die skuur en verskeie van hulle manne gesien nie.

"Wat is wat, Esteban?"

Fernandez het na 'n plek bo die bome gewys. "Daai."

Felix het dit toe gesien. Dit het gelyk soos 'n helikopter. Die vliegtuig het nader gekom, maar steeds kon hulle geen klank hoor nie.

"Hoekom hoor ek geen klank nie?" het Fernandez gevra.

Felix het dieselfde ding gewonder. Soos die antwoord oor hom kom, het een van die helikopters 'n missiel gevuur. Die missiel het die skuur getref en ontplof sodat die mure uitmekaar bars. Die eerste helikopter was gelyk met die skuur nou en het vinnig oorbeweeg na hulle. Felix het die gesmoorde klop, klop, klop gehoor.

"Onopmerklike helikopters!" het Felix so hard as wat hy kan geskreeu. "Skiet hulle! Bring hulle grond toe!" Hy het sy eie pistool onder sy jas uitgetrek en drie skote geskiet na die helikopter wat nou oor die plaashuis vlieg. Die tweede helikopter het 'n missiel geskiet en die skuur is weer getref. Weer het die missiel ontplof en wat oor was van die skuur het aan die brand geslaan en met 'n woede gebrand.

Van die manne wat voor die skuur was, het net drie op hulle voete gebly. Hulle outomatiese wapens het woedend op die helikopters begin skiet, met baie min effek. Die ander manne was of beseer of dood...Felix kon nie sê oor hierdie afstand nie.

Die eerste helikopter het begin omdraai en gesirkel vir 'n tweede oorvlieg. Soos wat dit gelyk gekom het met die huis, het dit weer 'n missiel geskiet, en weer. Die twee missiele het die plaashuis omtrent gelyk getref. Die ontploffing het hout splinters en glas rondom die limousine gegooi. Wonderbaarlik het niks Fernandez of Felix getref nie. Die plaashuis het in vlamme uitgebars.

Die helikopter het voor die oorblyfsels van die huis begin hang. Terwyl Felix gekyk het, het die kant deur van die helikopter oopgegaan en hy kon die klap! klap! klap! van die groot kaliber koeëls hoor vasslaan teen die limousine, en toe hoor hy die klank van die groot geweer. Felix het Fernandez gegryp en hom in die limousine gedruk, en toe self bo-oor hom in gespring. Hy het terug geleun uit die motor. Die drywer was dood. Soos wat Felix die limousine se deur toemaak, kon hy Dexter Beck sien met 'n RPG afskieter in sy hande wat hy direk na hulle mik. Deur die venster kon hy sien hoe die wit baan van die RPG na die motor toe gly. Daarna het hy net vlamme gesien.

DIE TWEEDE HELIKOPTER het ook gedraai en begin hang oor die skuur. Die kant deur was wyd oop en die groot vyftig kaliber geweer het die manne wat nog steeds op hulle gevuur het begin afmaai. Megan het die area deurgekyk vir nog mense wat dalk nog lewe toe 'n verdwaalde koeël van een van die manne daar onder die helikopter binne vlieg en haar tref.

In die eerste helikopter het Dexter 'n tweede RPG in die limousine ingeskiet en gekyk hoe dit ontplof met 'n bevredigende *oemf.* Hy het die mikrofoon teen sy oorfone gedruk.

"Alfa na Centauri. Lyk of al die slegte ouens gekry het. Kom ons gaan huis toe."

Sy oorfone het gekraak. "Alfa, dis Centauri Twee. Centauri is plat. Herhaal. Centauri is plat."

"Kennis verneem. Wat is Centauri se kondisie?" het Dexter gevra terwyl sy hart sink.

Die oorfone het weer gekraak. "Sy lewe, Alfa, maar sy bloei sleg."

Dexter het sy oë toegemaak. "Kennis verneem. Alfa en Centauri loodse, vlieg terug na basis teen vinnigste spoed. Herhaal. Vinnigste spoed. Centauri Twee, doen wat jy kan om Centauri lewend te hou. Ons sal by basis wees binne tien minute."

"Roger, Alfa."

Die twee helikopters het terug gegaan huis toe so vinnig as wat hulle kon vlieg. Dexter het sy frekwensie geskuif na die privaat een wat hulle gebruik in die situasie kamer.

"Ouens, het julle dit gehoor?" het Dexter gevra.

Louie se stem het in Dexter se ore opgeklink. "Ons het verseker, klein pellie. Ons kry solank die mediese personeel gereed om julle op die dak te ontmoet. Moenie bekommer wees nie. Sy sal deurtrek."

Dexter het gebid dat dit waar sal wees.

TERWYL DIE TWEE HELIKOPTERS verdwyn in die rigting waarvandaan dit gekom het, het die vlamme rondom die limousine begin uitbrand. Stadig het die agterdeur oopgegaan en Felix het uitgekruip tot op die grondpad oprit.

Hy het erg gehoes en toe stadig begin opstaan. Hy het terug gestruikel na die limousine en Fernandez uitgehelp.

Fernandez het gehoes en gespoeg. Beide mans was met roet oor hulle velle en klere besmeer. Fernandez het om hom gekyk na die vernietiging en dood om hulle.

Fernandez het na Felix gedraai. "Wie? Wie het dit gedoen?"

"Ek het Dexter Beck in die helikopter gesien. Hy is die een wat die wapen afgevuur het wat die motor getref het."

Fernandez het weer om hom gekyk. "Al hierdie? Deur een miserabele sekuriteit firma?"

"Esteban, ek het probeer om jou te waarsku om hulle nie te antagoniseer nie. Nou is almal dood."

Fernandez het 'n diep asem ingetrek. "Dit sal nie onbeantwoord bly nie, natuurlik."

"Natuurlik, Esteban. Maar ons is gelukkig om lewend te wees. Ek is seker hulle dink ons is dood."

Wanneer Fernandez weer na Felix kyk, het sy oë weer wyd en soos 'n haai s'n geword, en sy grinnik het weer verskyn. "Dan sal ons spoke hulle vermoor."

Felix het die sirenes gehoor in die verte. "Esteban, ons moet gaan. Nou."

Hoofstuk 08

Louie het woord gehou. Toe die Centauri helikopter land, het 'n mediese span reeds op hulle gewag met 'n helikopter van hulle eie om Megan na die naaste FBI mediese fasiliteit te vervoer. Die Alfa helikopter kon nie land totdat die mediese helikopter opgestyg het nie. So gou as wat Alfa naby die dak was, het Dexter uitgespring en begin hardloop na die dak deur. Hy het met volledige spoed teen Louie vasgehardloop wat net buite die deur gestaan het. Dexter het teruggebons tot op die dak met 'n kreun.

"Hang aan, klein pellie," het Louie gesê terwyl hy sy vriend op sy voete gehelp het. "Jy moet eers met Marcus praat voor jy gaan. Hy het vrae."

"Demmit Louie, ek moet saam met haar gaan!"

"Man, ek weet. Jy is nie enigste een wat haar lief het nie, Dex. Ons trek groot toutjies om die FBI mediese span te kry om haar te help, net sodat ons haar versorg kan kry. Maar Marcus het gesê dat hy as hy vir ons moet dek, moet jy eers met hom praat. Nou."

Dexter het twee diep teue asem ingetrek om homself te kalmeer.

"Oukei, Louie. Ek sal kalm wees. Dankie. Nou laat ons met Marcus gaan praat."

Louie het geknik en die pad gelei.

IN DIE SITUASIE KAMER het Marcus geskree.

"Ek het julle gatte al vir baie dinge gedek, Joey, maar 'n aanval? Op Amerikaanse grond? Met verdomde *helikopters*? En om 'n fokken mediese span uit te stuur vir 'n skietwond? My gat is so ver buite 'n ledemaat vir hierdie een dat voëls nie die mielies uit my kak sal kan pik nie!"

"Kalmeer Marcus. Ons sal alles verduidelik sodra Dexter hier is," het Joey gesê.

"Dexter? Wat die hel het hy hiermee uit te waai?"

Dexter het net ingeloop toe Marcus sy laaste kommentaar gelewer het. "Ek het so pas vir Esteban Fernandez uitgehaal, Marcus."

Marcus het omgetol na hom toe. "Jy kan jou gat verwed dat jy .... *Wat* uitgehaal het?"

"Megan en ek het die video konferensie na 'n adres net buite die stad terug gespoor en ons het twee helikopters geneem en Esteban Fernandez geëlimineer."

Marcus het in 'n stoel geval. "Fernandez? Hy was hier?"

Joey het geknik terwyl Dexter en Louie gaan sit het. "Hy was hier. Moenie sleg voel nie, Marcus. Niemand het geweet nie."

"En ons het video bewyse daarvan," het Misty gesê.

Marcus het sy kop geskud. "Genade. Wys my daai videos."

Misty het 'n klompie knoppies gedruk. "Ons sal die toevoer van die Alfa span kyk – dit was Dexter se span." Die groot monitor het tot lewe gekom, en die gewys hoe die grond verby swiep soos wat die helikopter na sy bestemming vlieg. Na 'n paar oomblikke het die teiken plaas in sig gekom oor 'n afstand. Die video wys die wit stroom van die eerste missiel wat afgeskiet is en dan die skuur laat ontplof. Die limousine was sigbaar en die drywer en twee mans kon gesien word wat langs dit staan. Die drywer het geval terwyl die ander twee man gesien kon word terwyl hulle skree en pistole trek. Die beeld het gedraai soos wat die helikopter gesirkel het. Toe die beeld weer gelyk word kon die plaashuis gesien word. Twee wit bane was sigbaar soos die helikopter twee missiele afgevuur het en die plaashuis het ontplof en gebrand. Die beeld het verbeter en die kamera het gedraai en in gezoem op die twee mans by die oop agterdeur van die limousine. Fernandez en Felix kon gesien word net voor Felix vir Fernandez in die limousine ingestamp het. Felix se gesig kon gesien word deur die limo se venster toe die RPG afgevuur is deur Dexter en die kar tref. Vuur het die limousine omring. Die beeld het weer gedraai. Die beeld het weer gedraai soos die helikopter sy terug vlug begin het na Justice Sekuriteit.

"Megan is getref deur 'n verdwaalde koeël wat haar helikopter binnegegaan het. Sy is getref in die skouer en het baie bloed verloor. Dis hoekom ons 'n mediese span nodig het, Marcus." Het Dexter gesê. "Ek het nodig om nou daar te wees."

Marcus Geknik. "Gaan Dexter. Goeie werk. Ek is jammer ek het op jou geskree."

"Geen probleem." Hy het na Joey gekyk. "Kan julle ouens hom gee wat hy nodig het?"

Joey het geknik. "Gaan sit by jou meisie se bed, my vriend. Ons sal later daar wees."

Dexter het geglimlag, opgestaan en geloop.

"Marcus, wie was die man wat Fernandez in sy kar ingestoot het?" het Misty gevra.

"Felix Juarez. Hy was Fernandez se tweede in bevel." Marcus het sy kop geskud. "Ek weet ek het julle al voorheen gekomplimenteer oor dinge wat julle bereik het, maar hierdie is bo en behalwe alles. Ek kan nie glo daai seun-van-'n-teef was in die land en ons het dit nie geweet nie!"

"Gaan jy enige moeilikheid kry oor die toneel?" het Louie gevra.

Marcus het sy kop geskud. "Nie nou nie. As julle vir my kopieë sal maak van alles belangrik, sal ek gou 'n vinnige klompie oproepe maak. Ons sal julle met hierdie een baie maklik dek." Hy het sy selfoon uitgehaal en begin bel.

JESSICA QUEEN HET HAAR werk opgevang. Sy het normaalweg nie op 'n Saterdag gewerk nie, maar gister was ongewoon. Patti was 'n goeie plaasvervanger, maar sy het nie die klaring om met Hoogs Geheime lêers te werk nie. En Fernandez was *baie* Hoogs Geheim.

Terwyl sy gewerk het, het sy aan Megan gedink. Sy het geweet Megan sal oukei wees maar sy was bekommerd dat die geweerskoot wond Megan onhandig sal maak vir veld opdragte. Sy en Megan was vriende en sy het geweet hoe Megan voel oor Dexter. Sy was bly dat Dexter uiteindelik besluit het om sy gevoel vir haar te wys.

Terwyl sy werk het Jessica se gedagtes gedraai by die vier vennote. Sy was bly oor die feit dat hulle almal haar gister so mooi ondersteun het. Sy het geweet dat hulle vir haar omgee, maar gister het gewys hoeveel hulle omgee.

Jessica het geen familie nie. Haar ouers en suster is oorlede in 'n motor ongeluk toe sy drie was en sy is groot gemaak deur haar ouma. Kort nadat Jessica begin werk het vir Justice Sekuriteit, is haar ouma oorlede. Joey, Misty, Louie en Dexter is nou haar surrogaat familie.

Hulle het haar al 'n volledige vennootskap aangebied wat sy bedank het met 'n verskoning wat sy uitgedink het. Die waarheid was dat sy bang was vir die toewyding wat dit sou verg as sy dit sou aanvaar. Dit was nie die firma toewyding wat haar bang gemaak het nie ... die firma was 'n groot geld maker. Dit was die toewyding aan die vennote wat haar terug gehou het. Maar hulle het hulle toewyding gister aan haar gewys deur haar 'n woonstel in die gebou te gee. Miskien was sy verkeerd om daardie vennootskap te bedank. Sy moet dalk vra of die aanbod nog staan ...

Die foon het gelui. Sy het daarna gekyk en geweet dit sal nie lui tensy iets gebeur het nie. Sy het dit opgetel.

"Justice Sekuriteit. Jessica Queen, mag ek help?"

"Hallo Jessica. Dis Charlie. Ek moet met Dexter praat."

"Dexter is nie nou beskikbaar nie, Charlie. Is iets verkeerd?"

Sy het Charlie diep hoor asemhaal.

"O ja," het hy gesê.

JOEY, MISTY EN LOUIE was besig om kopieë te maak van die toevoere en intelligensie informasie wat Marcus voor gevra het, terwyl Marcus nog op die foon was besig om te reël vir 'n FBI forensiese span om uit te gaan plaas toe, toe Jessica die situasie kamer inkom.

"Verskoon tog dat ek onderbreek," het Jessica gesê, "maar Charlie Li het nounet gebel van die honde skou af. Verskeie honde is vermoor. Hy het om hulp gevra en Dexter is by Megan."

Die vennote het namekaar gekyk.

"Dammit. Ek sal maar gaan," het Louie gesê. "Kan julle twee hier klaarmaak met die kopieë waarmee ek besig is?"

"Ek sal gaan," het Jessica stil gesê. Niemand het haar gehoor nie.

"Oukei, Louie," het Misty gesê. "Wat is oor van joune?"

"Ek het gesê ek sal gaan," het Jessica harder gesê.

Die drie vennote het gestop wat hulle doen en na Jessica gekyk.

"Wat het jy gesê?" het Misty gevra.

Jessica het haar asem diep getrek. "As die vennootskap aanbod nog staan, aanvaar ek dit. En as ek 'n vennoot in hierdie firma gaan wees, sal ek vir Charlie gaan help. Julle is nog besig hier met Fernandez se storie."

Misty, Joey en Louie het na mekaar gekyk. Misty het liggies geknik en so ook Louie. Joey het opgestaan.

"Jessica Queen, jy het balle," het Joey streng gesê. Jessica het af gekyk na die vloer. "Jy het na hierdie firma toe gekom om 'n werk te doen en nou het jy die vermetelheid om in hierdie kamer in te loop en te vra vir 'n vennootskap *wat jy bedank het toe dit aangebied is*!" Hy het sy vinger na haar gewys. "Ek het net een ding om vir jou te sê dame." Hy het geglimlag. "Dis omtrent tyd!"

Jessica het opgekyk na Joey en wyd geglimlag. Misty en Louie het na haar toe gegaan en haar vas gedruk. Toe het Joey ook nader geloop.

"Jessica Queen, van hierdie oomblik af is jy 'n volledige vennoot van Justice Sekuriteit, met al die voordele en verantwoordelikhede wat daarmee saamgaan. Enigiets in hierdie firma behoort aan jou. En jy het ons almal se volledige ondersteuning. As jy 'n verbintenis maak, maak jy dit vir ons almal. As jy hulp nodig het, sal ons kom help. As jy opmors, sal ons jou nog steeds heeltemal ondersteun. Die gesondheid van hierdie firma en sy werknemers word nou deur jou gedeel. Kom nou hier!" Hy het haar styf vasgedruk en haar by haar skouers vasgehou en in haar oë gekyk. "Moet net nie iets opblaas nie. Dis my departement."

Almal het gelag, ook Marcus, wat alles gestaan en bekyk het terwyl hy op die foon was.

"Jess, ek so bly jy het by ons aangesluit," het Misty gesê.

"Ek is lief vir julle almal," het Jessica gesê. "Ek sal probeer om julle nie teleur te stel nie."

"Moenie so daaraan dink nie, Jess," het Louie gesê. "Dinge gaan soms verkeerd. Jy weet dit. Die geheim is om nie daaroor bekommerd te wees nie, want jy het almal van ons agter jou. Jy is nou ons suster, en ons staan agter jou, liefie."

"Gaan help vir Charlie," het Joey gesê. "Ons sal die dokumentasie regkry Maandag oggend sodat die formaliteite afgehandel is, maar jy is 'n volledige vennoot. Gebruik wat jy nodig het om die werk gedoen te kry. As jy vir Dexter nodig het, sal ons hom so spoedig moontlik daar kry. En kry vir Patti hier! Sy is jou plaasvervanger en jy het baie opleiding om te gee!"

"O-o-, man, *opleiding!*" het Louie gesê. "Ek het amper vergeet van die verdomde geveg Dinsdag aand! Ek gaan ernstige oefening nodig hê vir die volgende twee dae."

"Ek voel nie 'n bietjie jammer vir jou nie," het Jessica aan Louie gesê. "Jy het jouself hierin gekry, so het jy net jouself daarvoor te blameer."

"Sy het jou daar, ou pellie," het Joey gesê.

"Miskien moet ek jou laat saam kom Dinsdag aand," het Louie gesê. "Jy kan die plek opblaas dan spaar jy my 'n bietjie sweet." Hy het na Jessica gekyk. "Gaan jy nie kyk na daai opgekapte worserige honde nie?"

"Natuurlik," het Jessica gesê en omgedraai om te loop. "Dit moet beter wees as om te luister na jou terwyl jy probeer bewys jy *het* een."

Jessica was weg vir verskeie minute voor Louie besef het dat sy hom gezieng het.

MARCUS HET SY SELFOON doodgedruk en gedraai na die oorblywende drie vennote.

"Dis offisieel. Julle ouens is die sterre van die uur," het Marcus gesê. "So gou as wat ek al die informasie in my hande het, vlieg ek Washington toe daarmee. Ek sal weg wees vir 'n paar dae, om dit vir al die hoë rang mense te wys. Deur Fernandez in die land te vang sonder dat iemand weet hy is hier, beteken dat koppe gaan waai. Iemand het op groot skaal op gemors." Hy het sy hande agter sy kop gesit en gestrek. "Miskien dalk DEA. Hulle was veronderstel om hom onder oë te hou." Hy het sy arms gevou. "Die Buro het oorgevat op die plaas eiendom. Forensies sal probeer om almal uit te ken wat daar te vinde is." Hy het na Louie gekyk. "Ek behoort terug te wees vir jou geveg Dinsdag aand."

"Jy't kaartjies, Marcus?" het Louie gevra.

Marcus het sy kop geskud. "Nee, maar ek ken die ou wat gaan veg. En ek het 'n Federale kenteken. Ek sal inkom."

Hulle het almal gelag.

Joey het gesê, "Marcus, sal daar probleme wees om sekuriteit klaring te kry vir Patti? Sy *is* ons keuse om oor te vat by Jessica."

"Het julle ouens reeds agtergrond sketse gedoen vir haar?"

Misty het Joey met die elmboog gestamp en geglimlag.

"Natuurlik."

"En vertel my weer … *wie* doen baie van ons agtergrond sketse?"

Misty het Joey weer met die elmboog gestamp. "Ons," het sy gesê.

Marcus het terug geglimlag. "As julle vir my papier gee, skryf ek nou dadelik haar klaring. Ek sal offisiële klarings terugbring vanaf Washington wanneer ek terug is Dinsdag."

Misty het Marcus 'n klompie papier gegee. Hy het sy pen uitgehaal en geskryf, toe sy pen toe geklik en in sy sak gedruk.

"Daarsy. Een offisiële klaring vir Me. Patti Hoehn om toegang en onderhoud op enige hoë sekuriteit lêers te kry soos benodig of verskaf deur die Verenigde State Goewerment. Weereens, 'n goeie keuse, ouens … en om uiteindelik vir Jessica by te voeg as vennoot was 'n baie wyse skuif."

"Dankie, Marcus," het Joey gesê. "Oukei, ek's klaar. Hier is my deel, Meneer Skakelbeampte." Joey het Marcus 'n stokkie hardeskyf oorhandig. "Enig iemand anders?"

"Eks klaar," het Louie gesê en nog 'n stokkie oorhandig aan Marcus.

Misty het gesnork. "Die beste is altyd laaste, manne … en definitief die wag werd." Sy het twee stokkies aan Marcus oorhandig. "Asseblief, vir die rekord: Ek het twee keer so hard gewerk en op dieselfde tyd klaargemaak as sekere *ander* lede van hierdie firma wat net een dryf klaar gemaak het."

"Misty, jy is 'n werkesel, meisie," het Louie gesê.

"Sy is 'n Clydesdale … wys alles maar niks binnegoed nie," het Joey gesê.

"Hmm … ek kan raai wie slaap op die bank vanaand," het Misty gesê.

"Liefie, ek speel net," het Joey spottend gesê.

Marcus het die vier stokkie drywe in sy aktetas gesit, dit gesluit en opgestaan.

"Wel, aangesien julle heel duidelik julle slaap reëlings moet uit werk, gaan ek solank loop. Bedank asseblief vir Dexter namens my en sê aan hom en Megan ek dink hulle het 'n baie goeie ding gedoen vandag."

"Ons sal, Marcus. Veilige reis na Washington," het Joey gesê terwyl hy Marcus se hand skud.

Misty het ook Marcus se hand geskud. "Dankie, Marcus."

Marcus het verras gelyk terwyl hy Louie se hand geskud het. "Waarvoor?"

Louie het geantwoord, "Omdat jy na ons kyk, omdat jy in ons glo, en omdat jy die beste hulp gekry het vir Megan. Man, jy is 'n spesiale vriend om te hê!"

Marcus het sy kop geskud en geglimlag terwyl hy loop, "Alles deel van die werk, ouens, Sien julle Dinsdag!"

Terwyl Marcus die situasie kamer verlaat het twee dinge op dieselfde tyd gebeur. Patti het in die kamer aangekom en Joey se foon het gelui.

"Hallo. Wou julle my sien?" het Patti gevra.

Joey het sy foon geantwoord so Misty en Louie het Patti na die tafel toe gewaai.

"Sit asseblief, Patti," het Misty geantwoord.

Patti het gaan sit en ongemaklik en verward gelyk. Dit was die eerste keer wat sy nog ooit genooi is om te sit in die situasie kamer, en dit haar laat voel asof sy nie daar hoort nie. Sy het na Louie geloer wat na Joey gekyk het met 'n streng uitdrukking op sy gesig. Verskeie van die werknemers saam met wie sy gewerk het was bang vir Louie omdat hy so groot en kragtig was. Vanaf sy skielike katapult na roem omdat hy Mike Swanson uitgeslaan het met net een hou, was hulle nog meer bang vir hom.

Se voet het sy gedink. *Hulle het my gevra om hiernatoe te kom, so ek gaan ophou loer na hulle.* Sy het haar oë ten volle op Louie gedraai en hom bestudeer. Patti was 'n amateur fotograaf en sy het na Louie gekyk as of deur 'n kameralens. Die streng, bestudeerde manier waarop hy na Joey gekyk het het bekommerde belangstelling gewys in dit wat besig is om te gebeur.

Misty het ook na Joey gekyk. Patti het 'n foto in haar gedagtes saamgestel wat sy wou neem van Misty – soos wat sy nou lyk, met haar lippe effens uitmekaar, liefde vir Joey pynlik sigbaar in haar oë en 'n kalm vertroue wat straal uit haar houding.

Patti het na Joey gekyk. Hy het met sy profiel na die drie van hulle gestaan. Hy het sy foon teen sy linker oor gehou en het sy regter arm gekruis sodat dit die binnekant van sy linker elmboog vashou. Hy het saggies gepraat met 'n effense glimlag op sy gesig. *Portret van Man by die Werk.* Patti het gekyk terwyl Joey sy foon toe knip en na hulle toe draai met 'n glimlag op sy gesig.

"Haai, Patti," het Joey gesê. "Goeie nuus ouens. Dit was Hank McFeely. Een van ons Meksikaanse latte is nou in sy kroeg." Hy het gaan sit by die tafel. "Ek reken ons beter ons klein voëltjie gaan haal en kyk of ons hom kan laat sing. Misty, hy sal nie dink jy is 'n bedreiging nie ... wil jy hom hê?"

"Ek wil, maar net as julle twee Patti inlig oor wat aan die gang is."

Joey en Louie het na mekaar gekyk.

Joey het gesê, "Een van ons moet gaan kyk hoe gaan dit met Dexter en Megan, Louie. Gaan jy soontoe, dan bly ek by Patti en bring haar op datum met alles wat aan gaan. Totdat sy gemaklik is, reken ek een van ons vyf moet altyd in die gebou wees. Ek wil seker maak Patti sal oukei wees op haar eie voor ons haar op haar eie *los*."

Louie het geknik. "Oukei Joey, maar jy bly hier, hoor jy my? Met ons almal buite die gebou moet ons iemand hier hê wat rugsteun kan bied."

"En liefie," het Misty gesê, terwyl sy Joey 'n soen op die wang gee, "probeer asseblief om nie vir Patti te intimideer nie. En moet haar ook nie oorweldig nie."

"Ek sal nie. Julle ouens moet versigtig wees. O en ek het 'n voorstel vir julle twee om oor te dink terwyl julle uit is ... ons moet daaraan dink om ook vir Megan 'n vennoot te maak. Dit sal Dexter meer gemaklik maak om saam met haar te wees. En ons kan verseker doen met 'n ekstra vennoot se hulp om by te bly. Dink net daaroor, oukei? Ons sal besluit wanneer al vyf van ons verseker kan praat."

"Jy verbaas my soms Joey," het Misty gesê en hom nog 'n soen op die wang gegee.

"Kan net sowel alles binnenshuis hou.... is ek reg, broer?" het Louie aan Joey gesê.

"Uit met julle twee! Bly kil Misty ... en Louie, bly by hulle solank jy dink is nodig, maar nie nog langer nie. Ek weet jy moet nog oefen. So, weg is julle ... Ek sal met Patti praat."

Misty en Louie het saam die vertrek verlaat en saggies gepraat. Joey het na Patti gedraai.

"Me. Hoehn, hoe sou jy voel oor 'n bevordering?"

Haar oë het wyd gerek. "'n Bevordering?"

Joey het geknik. "Jessica het vanaand 'n vennoot geword. Die resultaat is dat haar posisie as persoonlike assistent nou oop is en ons wil hê jy moet daardie posisie oorneem."

'n Uitdrukking van vreugde het op Patti se gesig gewys. "Regtig? Ek?" Sy het entoesiasties geknik. "Ek sal daarvan hou, Mnr. Justice!"

"Joey, asseblief, Patti. En Misty, Louie, Dexter, Jessica. En jy sal dalk nie die werk wil hê as jy eers uitvind waarvoor jy verantwoordelik sal wees nie."

DEXTER HET BY DIE FBI gebou aangekom. Blykbaar het Marcus vooruit gebel en hulle laat weet dat hy op pad was want hy is by die deur ingelaat deur twee agente wat hy nie geken het nie en hy is direk na die mediese kantore gelei.

Die FBI het 'n volledige mediese fasiliteit onderhou in hulle gebou in die stad. Dit was 'n glas omringde fasiliteit en het 'n dokter en twee verpleegsters gehad wat vier-en-twintig uur, sewe dae 'n week aan diens was. Dit het 'n volledige operasie teater gehad saam met ondersoek kamers en herstel kamers. Die mediese fasiliteit het selfs 'n bio-vertrek gehad, ingeval van 'n biologiese aanval wat 'n vinnige diagnose vereis.

Die twee agente het hom na 'n kantoor gelei, hom gevra om te sit en hom vertel dat die dokter hom binnekort sou spreek. Dexter het hulle bedank en dadelik begin om al die diplomas teen die mure te inspekteur.

Die dokter se naam was Dr. Orval Eugene Bishop. Hy het cum laude gegradueer by Harvard Universiteit en het intern gespesialiseer by St. Jude se Kinderhospitaal in Memphis. Daar was verskeie geraamde foto's van Dr. Bishop teen die mure saam met verskillende sterre, politici en kinders. Dr. Bishop was 'n fris, vol vertroue man met blonde hare, het op sy gelukkigste gelyk in die foto's waar hy saam met die kinders is. In die foto's het hy gelyk of hy 'n warm, welkomende glimlag het.

"Ek sien jy bekyk my geloofwaardigheid," het die bevraagtekende dokter gesê terwyl die kantoor binne loop en die deur toemaak. Hy het na Dexter toe geloop en sy hand geskud. "Dr. Orval Bishop. Noem my asseblief Buddy." Hy het agter sy lessenaar gaan sit en vir Dexter gewys om te gaan sit.

"Aangename kennis, Buddy," het Dexter gesê. "My naam is Dexter Beck."

Bishop het sy kennis geknik. "'n Plesier om u uiteindelik te ontmoet, Meneer Beck. Ek neem aan Juffrou Fisk se kondisie is waaroor u so bekommerd is, so ons sal daaroor gesels." Bishop het sy lêers op sy tafel herrangskik. "Sy is in een van die herstel kamers. Sy het baie bloed verloor wat ons maklik vervang het. Haar wond was skoon. Die koeël het heeltemal deur haar skouer gegaan en sy was nie regtig in enige gevaar nie." Hy het gewag terwyl hy 'n lêer oopmaak en daarin kyk. "Die groot ding waaroor ons bekommerd is, is die infeksie, maar ons het haar vol antibiotika gepomp om die risiko van infeksie te krimp." Hy het na Dexter geloer wat sigbaar verlig was. "Sy het groot kommer uitgespreek dat sy jou teleurgestel het. Nie omdat sy geskiet is nie, maar omdat sy bang was dat sy sou sterf en jou alleen sou los." Bishop het geglimlag. "Ligte narkose is 'n fantastiese waarheid serum."

Dexter het geknik. "Ek het die dame baie lief. En ek glo sy het my ook lief."

"Wil u graag by haar sit totdat sy wakker word?"

"Asseblief."

Dr. Bishop het opgestaan en gesê, "Volg my, Mnr. Beck." Hy het die weg gelei uit die kantoor uit en Dexter het gevolg. Hy het in die gang afgestap tot by 'n oop deur. Hy het teruggestaan en Dexter na binne gewys.

Megan het op 'n hospitaal bed gelê. Haar skouer was in verbande toegedraai en 'n binneaarse voeder het langs haar gehang teen die muur. Sy het geslaap en het 'n frons op haar gesig gehad. 'n Haarlok het oor haar voorkop geval. *Sy lyk so broos,* het Dexter gedink. Hy het verskriklik beskermend teenoor haar gevoel en skuldig gevoel omdat hy haar nie uit die weg van daardie koeël kon hou in die eerste plek nie. Sy oë het skielik vol trane geraak. *My eiewysheid het haar amper vermoor gekry. Nooit weer nie.*

Dr. Bishop het gepraat. "Twee dinge, Mnr. Beck. Een, sy sal binnekort wakker word en jy is welkom om te wag by haar solank was wat jy wil. Twee, sy kan huis toe gaan sodra sy voel sy is reg daarvoor, maar ek sal haar weer oor 'n week moet sien. Sy kan nie na 'n gewone dokter toe gaan nie want dis 'n koeëlwond in lyn met Staats werk en dis Hoogs Geheim. Gewone dokters moet alle koeëlwonde rapporteer aan die polisie en dis soveel makliker as die polisie nie te veel vrae vra nie. Ek sal in my kantoor wees as jy my nodig het."

Dexter het gedraai om die dokter te bedank vir alles maar hy was alreeds weg. Dexter het 'n stoel nader aan Megan se bed getrek en gaan sit. Hy het die haarlok uit haar gesig gevee en haar hand geneem. Hy het gemaklik begin raak om te wag en gewonder of die sekuriteit besigheid die regte plek vir hom was.

Ek het vanaand verskeie mans dood gemaak, en ek is nie jammer nie. Wat sê dit van my? Natuurlik was een van daardie moorde wraak omdat Megan seer gekry het ... maar ek het dit nie op die tydstip geweet nie. Ek het moord gepleeg en ek het nie twee keer daaroor gedink nie. Maak dit my boos?

Hy het na Megan se oë gekyk en besef sy lewe sal vir altyd om haar draai. Hy kon hom nie voorstel om sonder haar te wees nie. En hy sal nie, as hy enigiets daaroor te sê het. Selfs al moet altwee van hulle die firma verlaat.

Dexter het afgekyk na Megan se hand in syne. Haar hande was klein en delikaat, pragtig gevorm. Amper soos 'n kunstenaar se hande. Hy het dit gesoen en gedink dat hy die sekuriteit besigheid moet verlaat.

Van al sy vriende, sal Misty die een wees wat verstaan. Hy wou nie die risiko gehad het dat Megan kan seer kry nie en hy soek nie die risiko om self seer te kry nie as gevolg van wat dit aan haar sal doen. Om weg te gaan sal nie so moeilik wees nie, ten minste op papier ... die vennootskap riglyne wat hulle jare terug opgestel het sluit 'n klousule in dat as enigeen van die vennote wou weggaan, die ander drie vennote hom sou uitkoop teen 'n behoorlike persentasie van die firma se huidige waarde. Die weg gaande vennoot sal 'n opsie hê om sy pensioen te behou by die firma vir die res van sy/haar lewe of om heeltemal uitgekoop te word. Die geld sal 'n bevredigende lewe verskaf.

Aan die persoonlike kant, het Dexter dit moeilik gevind wat Joey, Louie en Misty sou sê as hy kies om weg te gaan uit die firma. Hulle het hulle hele volwasse lewe saam deur gebring ....

Hy was uit sy gedagtegang geruk deur Megan se hand wat beweeg het. Hy het vinnig na haar hand in syne gekyk en toe na haar gesig. Sy het vir hom geglimlag.

"Haai, groot man," het sy saggies gesê.

Dexter het het nader aan Megan geleun. "Haai, jouself. Hoe voel jy?"

Sy het gelyk of sy 'n oomblik dink. "'n Bietjie beneweld maar ek is oukei." Sy het na hom gekyk met 'n bekommerde uitdrukking. "Is *jy* oukei?"

Hy het geknik. "Ek was bang vir 'n rukkie, maar toe Dr. Bishop my vertel dat jy oukei sal wees, het ek heel goed begin voel."

MISTY HET IN MCFEELY se kroeg ingeloop en net binne die deur gestop om rond te kyk. Sy het 'n kortmou v-nek oortrek bloes gedra wat haar borsspleet ten volle gewys het, en 'n romp kombinasie met lang spaghetti bandjies oor haar skouers wat haar perfek gevormde bene gewys het. Sy het hoë geveterde skoene gedra met twee-duim hakke. Sy het hande op die heupe gestaan en oor die laat Saterdag aand skare gekyk. Terwyl sy na die kroeg toe geloop het en op 'n stoel gaan sit het, het sy elke oog in die plek op haar gevoel. Micki, Hank McFeely se kroegmeisie het na Misty begin beweeg maar Hank het haar met die hand weggewaai en self na Misty gegaan.

"Haai, pragtig! Jy hier vir die ou?" het Hank in 'n lae stem gevra.

Misty het geknik. "Haai Hank. Ja, ek het hom kom haal."

Hank het oor haar skouer na die deur van die kroeg geloer. "Jy alleen?"

Misty het weer geknik en geglimlag na die bont kroeg eienaar. "Dink jy nie ek is genoeg nie?"

Hank het sy hande gelig in 'n "wag 'n oomblik" gebaar. "Het niks daarby bedoel nie, Misty. Net probeer uitwerk hoeveel skade ek gaan hê. Ek is bly jy het alleen gekom. Joey sou dalk die kroeg opgeblaas het."

Misty het gelag. "Hank, jy weet dis altyd per ongeluk wanneer hy goed op blaas."

Hank het sy kop geskud. "Ek sê net. Wat sal dit wees, mooie dame?"

"'n Shirley Temple, asseblief. 'n Dame moet kan kophou hier binne, jy weet."

"Reg so, dis op pad."

Hank het gedraai om Misty se drankie te meng. Twee duidelike dronk mans het na die toonbank toe gekom en haar ingehok deur op leë stoele aan elke kant van haar te gaan sit. Hank het die mans opgelet uit die hoek van sy oog, en sy kop geskud. *Hoop sy maak hulle té seer nie.*

Misty het haar stoel gedraai sodat sy die man in die gesig kan kyk. Sy oë het vinnig na haar bene gesak en dan weer op na haar gesig, dan af na haar borste en weer na haar gesig. Hy het gesweet oor sy voorkop en het sy lippe gelek. Sy kon voel hoe die man agter haar se oë oor haar rug en boude gaan.

Sy het haar afgryse gesluk en na die man geglimlag. "Gaan goed met my. Hoe gaan dit met jou?"

"Um," het hy gesê. "Um ... ek en my vriend het gewonder of ... ur..."

Sy het haar regtervoet agter die man se enkel gesit en dit stadig op beweeg tot agter sy knie. "Wat gewonder?" het sy gevra.

"Uh ... ons ...," het hy gestamel. Sy het die hand van die man agter haar op haar skouer gevoel. "Ons het gewonder of ons ... jou brein kan uit fok."

Misty het haar regtervoet vinnig uit getrek na die kroeg kamer se kant toe, en sodoende die man van die stoel af geruk. Sy het onmiddellik opgevolg met haar linkervoet sodat dit met sy gesig kennis maak terwyl hy val. Sy het haar linkerbeen oor haar regterknie gekruis terwyl die man bewusteloos op die vloer val, en dit sodoende laat lyk soos 'n ongeluk wat gebeur het terwyl sy haar bene gekruis het. Sy het haar linkerhand oor haar mond gesit en gesê, "O my!" Sy het haar stoel na die man agter haar gedraai terwyl sy haar regterhand teen sy slaap vasslaan en terselfdertyd sê, "O, jou vriend!" Die ander man het sy balans verloor van die "per ongeluk" klap en het teen die toonbank geval. Sy kop het 'n duidelike klap geluid gemaak terwyl dit met die toonbank kennis maak en hy het ook bewusteloos op die vloer beland. Misty het aangehou om die stoel in die rondte te draai totdat sy weer na Hank gekyk het, bene nog steeds gekruis en elmboë op die toonbank.

"O, Hank, ek's bevrees daar was 'n vreeslike ongeluk," het sy heel onskuldig gesê.

Hank het gelag terwyl hy haar drankie voor haar neergesit het. "Ongeluk, my gat, jou klein moeilikheid maker. Ek sal hulle hier uit kry. Jou man is by die agterste tafel. Hy's op sy derde rum sopie."

"Dankie, Hank," het Misty stemmig gesê. "Ek is so jammer om so baie moeilikheid te wees."

"Geen moeilikheid nie, Misty. Ek was nuuskierig oor hoe jy hulle gaan hanteer. Slimste ding wat ek nog ooit gesien het." Hy het sy kop geskud en gelag terwyl hy om die toonbank stap. Hy het een van die manne onder sy arms opgetel en hom buite toe gesleep.

Misty het 'n slukkie van haar drankie geneem en toe omgeswaai in die kroegstoel. Haar oë het oor die kroeg kamer gegaan en op die agterste tafel gerus. Die tafels in McFeely's het hoë rug banke gehad om redelike privaatheid te verskaf, so sy kon eintlik nie veel sien van die man wat daar sit nie. Sy het geraai dat hy met sy rug teen die muur sou sit sodat hy die kroeg kamer kan sien. Sy het haar pad deur die tafels gekies en van die stoel af geklim met haar drankie in haar hand. Terwyl sy loop het haar gesig getransformeer na 'n glasoog, slap-gesig staar. Sy het geloop asof sy hard konsentreer met elke tree. Kort kort het 'n manlike hand na haar gegryp maar sy het dan gestruikel of gesteier sodat dit lyk of sy dronkerig buite bereik bly. Terwyl sy die agterste tafel nader kon sy sien dat die man wel sit soos sy haar voorgestel het. Misty het vinnig 'n plan uitgedink om haar prooi te vang.

Sy het gesteier tot teen die man by die tafel regoor die paadjie van die Meksikaanse man, drankie nog in haar linkerhand. Die man het sy linker arm om haar middel gesit soos sy gehoop het hy sal doen.

"Wel kyk nou hier, manne! Ek het vir myself bietjie pret gevang vir vanaand!" het die man aan sy vriende gesê. Hy het na Misty gekyk en gesê, "Kan ek vir jou 'n drankie koop, liefie?"

Misty het dronkerig teen hom gedruk. "Los my uit."

Die man het sy greep om Misty se middel verstewig. "Kom nou liefie, moenie so wees nie!"

Ek moet hierdie een op die regte tyd doen het sy by haarself gedink.

"Stoppit!" het sy gegil. Sy het haar regterhand om die man se skouer gesit, die senuwee gevind waarvoor sy gesoek het en gedruk. Die man se arm het lam en nutteloos geword.

"Eina!" het hy geskree.

Misty het teen die man gedruk en sy arm het geval en dit laat lyk of die man haar gelos het terwyl sy druk. Sy het teen die agterste tafel vas gestruikel en hard gaan sit, en haar drankie in die Meksikaanse man se skoot gemors. Hy het baie hard geskree "Bliksem!" en begin om sy broek kwaad af te vee. Misty het na die man gedraai en 'n geweer onder sy ken gedruk met die mik na bo. Hy het gevries.

"Ek wil myself graag voorstel," het Misty gesê. "My naam is Misty Wilhite, en ek werk vir Justice Sekuriteit. Ek wil jou nie meer dood maak as wat jy nie wil sterf nie, ... so hier is hoe dit gaan werk. Jy gaan saam met my kom, O so stil en versigtig. Hande op asseblief."

Die man het nie daarvan gehou nie. Om die waarheid te sê hy het dit gehaat. Hy het Misty die haat in sy oë laat sien. Maar hy het sy hande gelig tot by sy kop.

"Dankie," het Misty gesê met 'n effense glimlag. "Nou kan jy uit die stoel uitgly en jou hande teen die muur plaas asseblief. Stadig."

Die man het stadig oor die bank gegly en gestaan. Hy het vol haat na Misty gekyk.

"Ek sien iets in jou oë waarvan ek nie hou nie," het Misty gesê. "Ek hoop regtig dat jy nie iets probeer nie. Ek wil jou regtig nie seer maak nie. " Sy het haar kop geskud. "Jou baas, Esteban Fernandez, het ons gedreig. Ons het hom vermoor vandag saam met almal anders by die plaashuis." Die man se oë het gerek terwyl Misty aangaan. "Een meer gaan nie regtig saak maak nie, sal dit?" Toe het sy in die man se oë gekyk en koud en opsommend geglimlag.

Dit was die glimlag wat dit gedoen het – die man se oë het weg geflikker van haar af en hy het na die muur gedraai en die posisie ingeneem om gevisenteer te word. Misty het die man gevisenteer en vinnig twee outomatiese masjien pistole verwyder saam met drie messe van verskillende lengtes en 'n selfoon. Sy het die items op die tafel neergesit soos sy hulle gekry het en toe na die man wat haar vasgehou het gedraai.

"Meneer, jou arm sal binnekort terugkeer na normaal. Ek vra om verskoning dat ek jou so gebruik het, maar dit was die enigste manier wat ek hierdie man kon vang sonder dat mense seer kry."

Die man het sy erkenning geknik. "Juffrou Wilhite, as ek jou herken het, sou ek jou nie gegryp het nie. Ek is ook jammer."

Sy het na die man geglimlag. "Niemand het seer gekry nie, meneer. Ek het gereken daarop dat jy sou doen wat jy gedoen het, soos wat u gesien het. Kan ek u vra om my nog een keer te help?"

"Seker. Wat kan ek doen?"

"Sal jy asseblief vir Hank McFeely gaan vra vir 'n plastiek sak? Ek het nodig om hierdie man se wapens daarin te dra."

Die man het geknik. "Nou terug." Hy het beweeg om Hank te gaan kry.

Misty het terug gedraai na haar gevangene. "Regterhand agter jou rug asseblief." In haar hand het Misty 'n stel boeie gehad met 'n ketting van omtrent twee voet lank. Die man het sy regterhand agter sy rug gesit en sy het kundig die boei vasgeslaan om sy gewring. Sy het sy hand opgetrek na sy skouer toe en die ketting om sy nek gedraai sodat die linker boei af hang.

"Linkerhand agter jou rug." Die man het sy linkerhand agter sy rug laat sak en sy voorkop teen die muur laat rus. Misty het sy linkerhand gelig na sy skouers toe en die ander boei daarom vasgeslaan.

"Dit is 'n truuk wat ek in Suid-Amerika geleer het," het sy die man vertel. "As jy jou hande te ver laat sak, sal die ketting om jou nek jou verwurg. Ek beveel sterk aan dat jy nie jou hande laat sak nie, want ek sal dalk nie die ketting wil los maak nie. Ek sien nog beelde in my gedagtes van die twee onskuldige tieners wat jy vermoor het. Dis 'n aaklige beeld, dit verseker ek jou."

Die ander man het teruggekom met 'n plastiek sak. Hy het dit vir Misty gegee wat die man bedank het. Sy het die sak uitgeskud, haar eie geweer op die tafel neergesit en die Meksikaanse man se besittings in die sak gesit. Toe hak sy die sak oor haar regter skouer en tel weer haar geweer op.

"Voordeur toe, *amigo*," het sy gevra.

Die Meksikaanse man het regop gestaan, gedraai en begin voordeur toe loop. Misty het drie tree agter hom gevolg. Sy het vir die klante geknik in die kroeg. Skielik, van agter in die kroeg, het iemand begin hande klap. 'n Paar ander het saam geklap terwyl sy voordeur toe stap. Teen die tyd wat sy en haar gevangene by die deur aangekom het, het die hele plek vir haar hande geklap. Sommiges het geklap oor haar toneelspel, ander vir die manier waarop sy 'n duidelik gevaarlike man gevang het sonder dat iemand seer kry en die res net omdat hulle dronk was en saam geklap het.

Hank het by die voordeur gestaan toe Misty daar aankom.

"Goeie werk, pragtig. Maar ek het een vraag," het Hank gesê.

"Natuurlik, Hank," het Misty gesê.

Hank het oor haar karige, stywe klere gekyk. "Waar het jy jou geweer weggesteek, en die boeie?"

Misty het na die ou kroegman geglimlag. "'n Dame moet *sommige* geheime hê, Hank," het sy preuts gesê en haar gevangene by die deur uit gelei.

Hoofstuk 09

Jessica het by die hoërskool gearriveer met Charlie Li en Jeff Ladd wat vir haar buite die voordeur wag. Terwyl sy uit die kar klim, het die twee mans haar kom ontmoet. Charlie se gesig was gevoelloos maar Ladd se gesig was so 'n bietjie groen om die rante en hy het erg gefrons.

"Me. Queen, dankie dat jy gekom het," het Charlie gesê.

"Wat gaan 'n sekretaresse beteken vir wat binne wag?" het Ladd onbeskaamd gevra.

Geen beter tyd as nou nie, het Jessica gedink. "Ek is bevorder tot vennoot in die firma. Ek sal nou baie veld take verrig, Mnr. Ladd." Sy het 'n oomblik gestop sodat haar kommentaar kan insink. "Ek hoop dit dra u goedkeuring weg," het sy sarkasties gesê.

"Voor jy antwoord, Mnr. Ladd, laat ek jou met 'n paar dinge adviseer," het Charlie gesê. "Ek het al gesien hoe Me. Queen 'n verdagte in die posterieur skiet toe sy uitgeroep is na 'n oproep soos die. Ek het haar ook al gesien raaisels ontrafel met net 'n paar of 'n bietjie leidrade. Ek het net respek vir Me. Queen. En solank as wat ek hier is, sal jy haar met respek behandel."

"Wel, ek respekteer haar," het Ladd gesê. "Sy betaal my salaris, reg, Charlie?"

Charlie het na Ladd vir om oomblik gekyk en geknik. "Baie mooi."

Jessica het na die twee manne gekyk. *Iets gaan hier aan waarvan Charlie nie hou nie*, het sy gedink. *Ek dink ook nie dit het enigiets te doen met die honde nie.* "So, wat het gebeur, Charlie?" het sy gevra.

Charlie het 'n oomblik gedink. "Me. Queen, ek dink jy moet eerder self kom kyk. Nadat jy na die bewyse gekyk het, kan ons gedagtes vergelyk."

Jessica het geknik. Sy het geweet hoe Charlie se kop werk en sy het besef dat sy hy reeds tot 'n gevolgtrekking gekom het oor die toneel, maar hy wou bevestiging hê voor hy sy opinie aangebied het. Sy het geen probleem daarmee gehad nie. Charlie was normaalweg reg, maar sy huiwering om op te tree volgens sy gevolgtrekking sal hom vir altyd terughou, en nie net in Justice Sekuriteit nie.

Sy het na Ladd gedraai. "Het jy enige idees, Mnr. Ladd?"

"Haai," het Ladd geantwoord en sy hande opgelig. "Ek is net die gehuurde man. Ek het geen opinies nie."

Jessica het na die grond gekyk, diep asem gehaal en na Ladd gekyk. "Mnr. Ladd, jy is nog nie lank by ons nie, so laat ek jou vertel hoe ons dinge doen by Justice Sekuriteit." Sy het na Charlie gewys. "Charlie het alreeds gekyk na wat gebeur het. Ek weet sonder om te vra dat hy al sy toerusting nagegaan het, die kleinste leidraad opgevolg het en 'n gevegsplan opgestel het. Hy wag vir my om na die toneel te kyk en my eie opinie te vorm. Sodra dit gedoen is, sal ons saam werk soos 'n span, besluit wat om te doen en daarvolgens handel. *Jy* is deel van die span. Op enige taak in hierdie firma, sal jy deel wees van 'n span en daar sal verwag word dat jy aksie neem waar nodig. Jy sal jou brein moet gebruik en jou "gehuurde man" houding moet los. So, ek wil hê jy moet dink oor die leidrade en idees en opinies formuleer. Jy kan dalk kliënt se lewe red, of jou eie. So, terwyl ons binne is, en ek na die toneel kyk, sal jy dink. Jy sal 'n opinie formuleer. En jy *sal* daai opinie lig wanneer ons besprekings begin. Is dit duidelik?"

Terwyl Jessica gepraat het, het Ladd se gesig van verbasing na ongeloof na woede en toe na leeg gegaan. "Ja, mevrou."

"Charlie," het Jessica gesê. "Ek wil eerste ingaan asseblief. Gee my aanwysings."

"Draai links sodra jy binne is. Jy sal die gimnasium sien. Die honde is in hokke in die meisies se sluitkas kamer. Dis na regs net voor jy die gimnasium binnegaan. Ek is reg agter jou." Hy het 'n kalmering geweer gelig wat hy langs sy been vasgehou het, en Jessica nie gesien het nie.

"Hoekom het jy dít nodig?" het sy gevra

"Net 'n voorsorgmaatreël," het Charlie geantwoord.

Jessica het die deur oopgemaak en die hoërskool binne gegaan. Sy het rondgekyk, haarself georiënteer en toe links gedraai. Sy het deur van die sluitkas kamer gesien en versigtig binne gegaan. Charlie was twee tree agter haar, met die geweer reg. Ladd het die agterhoede gevorm, geweer getrek. Die toneel voor haar het haar beide siek gemaak en bang gemaak en sy het 'n vinnige asem verbaas ingetrek.

"WEL, DIT IS JOU WERKSBESKRYWING, Patti," het Joey gesê. "Nog geïnteresseerd?"

Patti het gesteier. Die werk was baie meer gekompliseerd as wat sy verwag het. Meeste van die klerklike werk was in die klerk afdeling gedoen, met die uitsondering van die Hoogs Geheime lêers. Haar werk was meestal om operateurs te koördineer, skedulering en praat met kliënte en werknemers en om dag-tot-dag aktiwiteite te redigeer in die maatskappy. Sy is ook verantwoordelik vir die besluitneming oor die firma wanneer al die maatskappy vennote uit is op take of buite die gebou is. Dit was 'n groot verantwoordelikheid en omdat lewens afhang van haar besluite. Die salaris en voordele was enorm, maar met die opsie om 'n woonstel op die vyfde vloer te hê.

Sy sou ook toegang hê tot die grootste en beste fotografiese laboratorium in Noord Amerika, wat die fotograaf binne haar aangetrek het.

Sy het haar besluit gemaak en na Joey geknik. "Ek sal dit neem."

Joey het na haar geglimlag. "Dan begin jou werk nou. Aangesien dit net na middernag op Saterdagaand is, sal ek dit verkies as jy na die vyfde vloer gaan en 'n woonstel kies, as jy in die gebou sou wou bly. Wanneer jy klaar gekies het, is jy van diens af tot more oggend. Eerste ding more, moet jy die Gunthers en die Kings kontak en hulle vertel ons het informasie oor hulle saak en dat hulle asseblief Maandag oggend tienuur by die kantoor moet wees. Jessica sal begin met jou volledige opleiding so ek wil hê jy moet maar net aanhang en kyk. Jy sal so baie so leer." Hy het vir haar geglimlag. "Welkom aanboord, Patti Hoehn."

"Dankie, Joey. Ek sal probeer om julle nie teleur te stel nie."

"Nie 'n kans nie, dame. Nou weg is jy."

Patti het geglimlag, opgestaan en die situasie kamer verlaat en Joey alleen gelos.

Joey het stil gesit en gedink. Hy en sy vriende het 'n lang pad saam geloop vandat hulle hierdie maatskappy gestig het. Vandat hy die idee gekry het van 'n sekuriteit firma, het sy vriende aangedring om dit na hom te vernoem en hom die titulêre hoof van die maatskappy gemaak. Hulle het begin met 'n gehuurde kantoor met net die vier van hulle en as gevolg van harde werk en baie geluk, het hulle uitgebrei tot by hierdie groot maatskappy, met amper vyfhonderd kliënte op enige gegewe tyd. Die draaipunt was die bekendstelling van Staats kontrakte en hulle het regtig goeies gekry. Blykbaar was hulle goed genoeg vir die CIA en twee presidente het hulle gekies om klandestiene operasies te doen wat bewys is as winsgewend.

Hulle verantwoordelikhede was oorweldigend en die tyd het aangebreek om meer vennote te kry om te deel in die toesighouding van die werkslading. Jessica was 'n goeie keuse, aangesien sy alreeds soveel ervaring het met die neem van moeilike en korrekte sake besluite. Megan is ook 'n goeie idee. Sy kan oorvat met die rekenaar sekuriteit en elektroniese monitering en Dexter aflos met sommige van daardie spesifieke kopsere. Megan het al veld take gedoen voor vanaand en dit was net slegte geluk dat sy 'n koeël moes trotseer.

Die omstandighede van Megan se wond het Joey gelei na vandag se gebeure. Hulle het almal geweet dat dit onvermydelik is om 'n vyand uit Fernandez te maak. Hulle was regtig baie gelukkig... as hulle nie vir Fernandez dood gemaak het toe hulle het nie, sou niemand van hulle veilig gewees het vir lang tydperk nie.

Hy het sy hande oor sy gesig gevee. Goeiste, hy is moeg. Hy het gewonder waar sy vriende was en was bekommerd oor hulle veiligheid. Hy was die meeste oor Misty bekommerd en hoe hy sou reageer as sy seer gekry het in plaas van Megan. Sou hy kon konsentreer om vrae te beantwoord so vertroulik en kalm soos Dexter? Hy het nie die innerlike vrede en beheer wat Dexter regdenkend hou nie...

Joey het opgestaan en begin op en af loop. Waar was Misty? Sy moes teen hierdie tyd al terug gewees het. Gaan Louie oukei wees Dinsdag aand? Hoe gaan Dexter reageer oor die nuus van Jessica se aanvaarding op hulle aanbod van die vennootskap en sal hy oukei wees daarmee as hulle een aanbied aan Megan? Het Jessica goed gevaar met die probleem by die honde skou?

Hy het soos 'n moeder hen gevoel. Hy het vir homself gelag. Sy vriende is almal goed opgelei en is baie goed met wat hulle doen. Hy behoort nie bekommerd te wees nie.

Maar hoekom kan hy nie die gevoel afskud dat iets nie heeltemal reg is nie?

LOUIE HET BY DIE FBI gebou gearriveer net toe Megan aangetrek het om huis toe te gaan. Dexter was altyd 'n heer en het vir haar in die mediese wagkamer gewag.

"Louie, dankie dat jy gekom het," het Dexter gesê. "Sy gaan orraait wees."

"Daai's goeie nuus, ou pellie," het Louie geantwoord. "Jammer dat ek so lank gevat het om hie' uit te kom. Ek moe' jou vertel wa' alles aangaan." Louie het gaan sit. "Marcus het al ons informasie gevat en Washington toe vertrek. Hy sal terug wees Dinsdag. Charlie Lie het gebel en gesê dat daar 'n probleem was by die honde skou ... het gesê dat sommige van die honde vermoor is. Jessica het daai een gevat en die vennootskap wat ons haar aangebied het 'n ruk terug aanvaar. Ons ga' die papiere Maandag laat optrek. En ons het Patti bevorder na Jessica se ou werk."

"Dis fantasties! Ons het definitief Jessica se hulp nodig."

"Daai's nie al nie, Dex." Louie het 'n oomblik asem geskep. "Nou wil ek hê jy moet kalm wees met hierdie een, 'kei?"

"Hoekom, Louie?"

Louie het diep asem ingetrek en dit uitgeblaas. "Joey wil ook vir Megan 'n vennoot maak."

"Regtig?" het Megan agter hulle gesê. "Ek?"

Beide mans het geskrik en het na Megan gekyk. Sy het op haar eie geloop maar Dr. Bishop het langs haar geloop, reg om haar te vang as sy dit nodig het. Haar arm was in 'n slinger maar dit was duidelik dat die skouer seer was, maar die opgewondenheid op haar gesig was ook heel duidelik.

Dexter het na Louie gekyk met 'n gevoellose gesig. *Los dit vir Joey*, het Dexter gedink. *Kom deur wanneer dit nodig is maar nooit wanneer mens dit verwag nie. Reken my sorge begin nou eers.*

"Jy was nog nie veronderstel om dit nou al te hoor nie, meisie," het Louie gesê. "Ek wou eers met Dex daaroor gepraat het."

"Dexter, dis God gegewe!" het Megan gesê. "Jou bekommernis oor ons saam sal nou verby wees! En ek is meer as gereed om nog slegte ouens se gaaie te skop!"

"Ek dink jy wil dalk eers 'n bietjie gesond word, Megan," het Dr. Bishop gesê. "As jy jouself ooreis sal jy komplikasies kry. Om nie te praat van die pyn waardeur jy sal moet gaan wanneer die medikasie uitgewerk is."

Megan het stemmig na die vloer gekyk en gesê, "Ja, Dokter." Toe het sy skaam opgekyk na Dexter en haar oog geknip.

Dexter het vir Louie gesê terwyl hy na Megan wys. "Kyk hierna! Sy word geskiet en word Rambo!"

Louie het geglimlag en sy kop geskud. "Sy is *jou* meisie. Sterkte daarmee." Sy het opgestaan. "Sal julle oukei wees? Ek het nodig om in die bed te kom. Ek ga' more en Maandag heeldag spandeer aan ernstige oefening." Hy het na Dexter gekyk. "Dink jy jy kan my dalk help daarmee? En dink jy dat jy en Turk saam met my in my hoek kan wees?"

"Seker, grote," het Dexter gesê. "Ek sal jou more kry en dan raak ons intensief."

"Kan ek ook kom?" het Megan gevra.

Dexter en Louie het na haar gekyk, toe na mekaar. Louie het sy skouers opgehaal.

"Ek het geen probleem nie, as Dexter nie een het nie."

"As jy daarna voel, Megan. Ek wil net nie komplikasies hê nie, soos Dr. Bishop gesê het."

Haar gesig het begin straal. "Ek belowe ek sal versigtig wees, Dex."

Dexter het sy kop in erkenning geskud. "Kom ons gaan huis toe, ouens."

DIE SLUITKAS KAMER het na bloed en ontlasting geruik. Stukkies van honde was reg rondom die sluitkas kamer gestrooi asof die kamer 'n slagplaas was. Kleiner honde soos poedeltjies en chihuahuas het gelyk asof hulle in die helfte deur gebyt is en weer in die helfte. Groter rasse se mae is oop geskeur of kele uit geruk. Bloed en binnegoed was oral.

Ses honde het nog gelewe, vreesbevange en kermend in hulle honde hokke. Twee poedels, 'n kollie, 'n Duitse herdershond, 'n Engelse bulhond (die een wat voorheen teen Dexter se been geürineer het), en 'n massiewe bull mastiff was die ses honde in hulle hokke. Die hokke het eenvoudige hefbome wat ontgrendel en oopmaak wanneer die klein hefboompie af gedruk word. Al die hokke het slotte aan die hefbome met die uitsondering van die bull mastiff se hok.

Jessica het die drang om te wil opgooi beveg. Sy het haar neus en mond toe gehou met haar hand om haar maag te weerhou van ongevraagde styging tot in haar keel. Sy het 'n paar keer diep asem gehaal om weer beheer te kry. Toe sy dit gedoen het, het sy begin kyk oor die slagting. Sy het opgelet dat baie van die diere gelyk het asof hulle uitmekaar gebyt is, sommiges stadig, ander vinnig. Die sterftes was wreed en sinneloos.

Terwyl sy die toneel inspekteer het, het sy opgelet na die slotte aan die hokke van die lewendige honde. Sy het ook opgelet dat geeneen van die ander honde slotte gehad het nie.

"Ek wonder hoekom die mastiff nie aangeval is nie?" het sy aan haarself gemompel. "Miskien was hy te groot vir die aanvaller..." Sy het haarself forseer om 'n versigtige tree vorentoe te gee. "Charlie, hierdie lyk na 'n dierlike aanval."

"Ja. Dit lyk so."

"Maar niks lyk of dit opgeëet is nie, net dood gemaak. Watter soort dier is so wreed dat dit nie eet wat dit dood maak nie?" het sy hardop gewonder. *En is dit nog hier binne?*

Jessica het skielik omgedraai na die twee mans. "Ek het genoeg gesien. Mnr. Ladd, enige opinies?"

Ladd se gesig was wit maar sy oë gedetermineerd. "Mevrou, dit lyk vir ook my soos 'n dierlike aanval. Maar moenie my vra watter soort nie, want ek het nie 'n idee nie."

Jessie het gekink, asof sy haar besluit maak. "Dan stem ons almal saam. Mnr. Ladd, bly asseblief hier. Pas die lewendige diere op, maar bly *waaksaam*! Totdat ons weet wat hierdie diere dood gemaak het, en hoe dit hier binne gekom het, is ons almal in gevaar. Charlie en ek sal gaan kyk na die sekuriteit video. Bly in kontak met ons met jou radio."

Ladd het sy geweer getrek en geknik. "Ja, mevrou. Ek sal hulle lewend hou."

"Dit geld vir jouself ook." Sy het na Charlie gedraai. "Reg?"

Charlie het geknik.

Hulle het die sluitkas kamer verlaat.

"Waar hou julle die video opneem masjiene?" het Jessica gevra.

"Hulle is in die skool se sentrale kantoor," het Charlie geantwoord. Hy het haar in die gang af beduie. "Dis hierdie kant toe."

"Het jy al na enige van die opnames gekyk?"

"Nee, Me. Queen. Ek het gebel toe ons die honde gekry het en het dadelik Ladd uitgevat buite toe. Ek het gevoel dat om te wag vir rugsteun was raadsaam."

"Het jy al die kliënt gebel?"

"Burt Oakley? Nee."

Jessica het geknik en haar selfoon uitgehaal terwyl hulle loop. Toe hulle die skool se sentrale kantoor bereik het, het Charlie die deur vir haar oopgemaak. Sy het ingestap en Charlie het haar gelei na 'n geslote kas. Hy het die deur oopgesluit. Die kas het verskeie rakke gehad wat vier monitors en vier opneem masjiene gehad het. Die opneem masjiene was almal op die onderste rak wat omtrent heup hoogte was. Een monitor was op die rak bo die opnemers, twee monitors op die rak bo dit en die vierde monitor was op die boonste rak.

Terwyl Charlie die opnames reggekry het om na te kyk, het Jessica Oakley se nommer geskakel. Na 'n paar luie, het 'n slaperige stem geantwoord.

"Hallo?"

"Mnr. Oakley?"

"Dit is Burt Oakley."

"Mnr. Oakley, dis Jessica Queen van Justice Sekuriteit."

"Justice ... wat de hel? Dis tien oor drie in die oggend!"

"Ek besef dit, Mnr. Oakley. Daar is 'n ernstige probleem hier by die skool en ek wou u laat weet daarvan. Ek glo u het nodig om hierheen te kom."

"Probleem? Wat gaan aan? Waar is Beck?"

"Mnr. Beck is nie beskikbaar nie. Ek sal die probleem van hier af hanteer. Ek het ongelukkig u teenwoordigheid dadelik hier nodig. As vervoer 'n probleem is vir u op hierdie uur, kan ek personeel van die firma kry om u te vervoer. Hoe ook al, u moet hierheen kom."

"Wat is die probleem, Me. Queen? Kan dit nie wag tot later nie? Die verdomde honde skou is vandag om nege!"

"Mnr. Oakley, daar sal nie 'n skou vandag wees nie."

"Wat? Wat de hel praat jy van?" Oakley het geïrriteerd en luid geraak.

"Mnr. Oakley, ek wil dit nie oor die foon bespreek nie. Wanneer kan ek u verwag, meneer?"

Oakley was stil vir 'n oomblik. "Halfuur. En dit beter 'n baie goeie rede wees, dame."

Hy het neergesit.

Jessica het haar foon toegemaak en aan Charlie gesê, "Hy klink nie na 'n aangename man nie."

Charlie het gelag. "Mnr. Oakley is nie die geduldigste of koöperatiefste kliënt wat ons al gehad het nie."

"Hy sal hier wees oor 'n halfuur. Is jy gereed?"

"Als reg."

Die onderste monitor het begin lewe. Die beeld het die hondehokke gewys in die sluitkas kamer, die kamera het afwaarts gefokus en is duidelik teen die plafon gemonteer. Die verskeie honde was almal veilig in hulle hokke, etend, slapend, hygend of kouend aan rou leer stokkies en spelend met speelgoed deur die organiseerders verskaf. Alles was vreedsaam.

Na twee minute wat hulle kyk na vreedsame honde, het Jessica gesê, "Charlie kan ons effens vorentoe spring?"

"Natuurlik." Charlie het met die kontrole gepeuter op die opnemer. "Ons spring na twee ure terug, rondom eenuur die oggend."

Toe die monitor weer tot lewe flikker, was die baan wat hulle vroeër gesien het amper klaar. Die honde wat hulle vroeër lewend gesien het was of vreesbevange of blaffend, gestaan met stywe bene in hulle hokke. 'n Bloeiende Dobermann het in sig ingegly in die sentrale gang so asof dit gegooi is. Diep krapmerke en byt merke kon gesien word teen sy lyf. Dit het stadig ditself bymekaar gekry en sy kop geskud asof hy probeer het om dit skoon te maak. Toe het dit gegrom, ore af en tande oop, en na iets ander kant die kamera na links.

"Ms. Queen, kyk!" Charlie het na een van die groot hokke gewys. "Die mastiff is nie daar nie!"

Op die skerm, asof geroep, het die groot bull mastiff wat hulle vroeër in sy hok gesien het, stadig in sig ingeloop. Sy kop was laag en sy oë gefokus op die Dobermann. Die honde het na mekaar gestaar vir 'n oomblik terwyl die Dobermann grom. Toe het die Dobermann gespring na die mastiff. Die mastiff, asof hy die Dobermann se sprong meet, het sy kragtige kake oopgemaak en die Dobermann se kop gevang en hard af gebyt. Die Dobermann se oë het uit gepop van die druk, met bloed wat uit stroom by die ore en mond. Die kop het sigbaar ineengestort. Die mastiff het die Dobermann se lyf neergegooi en wreed begin om die dooie hond uitmekaar te ruk, al kop skuddend om die vlees van die ander hond se lyf af te skeur en die stukke oor die sluitkas kamer te strooi.

Jessica het weer gevoel hoe haar maag in haar keel opkom terwyl sy kyk hoe die mastiff se waansin kalmeer. Toe het dit gaan sit, sonder enige seer plekke, en het begin om die bloed van homself af te lek in 'n poging om te bad. Toe die hond te vrede was dat hy skoon is, het die opgestaan, in sy hok ingegaan, die deur agter hom toe gemaak met sy poot.

Jessica het hard gesluk, twee keer, en het 'n paar keer diep asemgehaal om haarself te beheer. Toe het sy Charlie gevra, "Hoe het hy uit sy hok gekom?"

Charlie, met 'n bleek gesig, het die digitale opnemer terug laat draai. Hy het die horlosie gestop toe die skerm elf dertig gewys het.

Alles was stil in die sluitkas kamer. Hulle oë was vasgegom op die mastiff in sy hok. Dit het gelê met sy kop op sy pote en het so bly lê vir 'n paar minute. Terwyl hulle kyk, het die mastiff sy ore gelig, toe sy kop gelig en het skelm na die ander honde gekyk. Dit het een van die rouvel stokkies opgetel en gedraai na die agterkant van die hok, met die stokkie in sy mond asof dit 'n sigaar is. Dit het die stokke deur die tralies gemanipuleer, die slot hefboom gekry en dit afgedruk met die stokkie. Die hokdeur het oopgegaan. Toe het die hond na die hok langs sy eie gegaan, sy poot uitgestrek en die deur oopgemaak. Die hok se inwoner, 'n klein poedel, het na die groot hond geblaf. Die mastiff het in die hok ingeleun, die poedel in sy mond opgetel en dit maklik in twee gebyt.

"Ek glo dit nie," het Jessica verwonderd gesê. "Dit het gereedskap gebruik om sy hok oop te maak!"

"Dit verklaar hoekom die ander vyf honde nog leef," het Charlie gesê. "Dit kan nie die hokke oopmaak wat slotte aan het nie."

"Maar, bull mastiffs is kalm honde, selfs goed met kinders," het Jessica geantwoord. "Hoekom is díe een so aggressief?" Toe slaan 'n gedagte haar wat haar koue rilling gegee het. Sy het Charlie se arm gegryp. "Het ons nog regstreekse toevoer uit die sluitkas kamer?"

Charlie se oë het paniekerig wyd gerek. "Ladd!" Hy het die krag knop vir die monitor op die boonste rek gedruk. Dit het tot lewe geblom.

Ladd het op 'n bankie gesit in die tydelike hondeherberg, sy radio in stukke, geweer op die bankie langs hom, en sy rug teen die hokke. Die mastiff se hok was leeg.

TWEE MANS HET OP DIE hoek van Derde Straat en Derrinton gestaan, in die hart van Hooker Hollow. Die gebou waar voor hulle gestaan het was eens 'n mooi hotel, maar nou was die fasade gekraak en verf het afgeskilfer, die vensters was toegespyker en graffiti was op die mure, en nou het dit net tikkoppe en crack gebruikers gehuisves. Die manne het lang, stof oorjasse gedra en het onderlangs gesoek na die paar hoere wat nog op straat was, hande in die sakke van hulle jasse. Teen drie-dertig in die oggend was die aktiwiteit in die Hollow besig om af te neem, al sou dit nie heeltemal stil wees voor dagbreek nie.

'n Hoer het die twee mans begin nader, maar een van hulle het haar gewaarsku om weg te gaan. Sy het hom 'n naam genoem en weggedraai. Een van die manne het na sy polshorlosie gekyk en iets saggies vir die ander man gesê. Hulle het begin kyk na die paar mense rondom hulle asof hulle iemand gesoek het.

Vanuit die deur by die hotel agter hulle, het 'n stem gepraat.

"Pablo. Jesus."

Die mans het omgedraai na die klank. Felix Juarez het uit die donkerte getree en vir die mans gewys om hom te volg. Die twee mans het Felix gevolg binne in die gebou in, en in 'n kamer in op die eerste vloer. Felix het die deur agter hom toe gemaak.

"Waar is Pepino?" het Felix gevra.

Jesus, die man aan die regterkant, het geantwoord, "Hy is gevang, *Senor* Juarez. Ons het pas gehoor."

"Gevang? Wie het hom gevang?"

"Ons is vertel dat dit 'n vrou was," het Pablo gesê. "Die kroegmeisie onder in die straat het gesê die vrou se naam was Misty Wilhite."

"Hy is gevang deur 'n vrou?" het Felix ongelowig gesê. "'n *Vrou?*"

Beide mans het geknik.

"Wanneer het dit gebeur?" het Felix geantwoord.

"Omtrent twee ure terug, *Senor.*"

"Dis orraait, Felix," het Esteban Fernandez gesê en die kamer binnegeloop. Die ander mans het geskrik en vreesbevange en ongemaklik gelyk. "Dit wakker net my aptyt net nog meer aan om hulle te vernietig." Hy het na die twee mans gedraai. "Ons het baie werk om te doen, my vriende. Die kampioenskap geveg is Dinsdag aand by die konvensie sentrum in hierdie stad. Al Justice Sekuriteit se mense sal daar wees. Hier is wat ons gaan doen ... en dit met foutloos gedoen word!"

JEFF LADD HET OP DIE bankie in die sluitkas kamer gesit en probeer om sy radio aan die werk te kry. Dit het opgehou oorsein so hy het dit uitmekaar gehaal om te kyk vir enige sigbare probleme. Hy het dit nie aan Charlie of daai Queen vrou genoem nie, want hy het nie gedink hy sou dit nodig kry nie, en dit was nie 'n groot storie nie. Wat ook al hierdie honde vermoor het is lankal weg en hy was gegrief dat hy hier in hierdie honde lykshuis moes wag staan.

Terwyl hy na die binne werke van sy radio gekyk het, het sy gedagtes na ander dinge gedraai. Daai Queen vrou, dit was erg genoeg toe sy besluite geneem het as die firma se vennote nie naby was nie, maar nou is *sy* 'n vennoot! Hy het nie gedink hy kon haar sarkasme hanteer nie en sy het hom altyd laat voel asof hy nie slim genoeg was om sy werk te doen nie met haar klein stekies soos vroeër. Hy het voorheen vir Dexter Beck gewerk en saam met Joey Justice ... en nie een van hulle het hom ooit soos 'n idioot laat voel nie. Miskien is dit tyd om die werksaanbod by Jim Dandy Sekuriteit te vat...

Ladd het 'n klein geluidjie gehoor maar het nie daaraan aandag gegee nie. Het geklink of een van die honde ditself gemaklik maak in sy hok. Hy het terug gedraai na sy radio. Wat was *fout* met die verdomde ding?

'n Beweging het hom laat opkyk. Die bull mastiff het omtrent drie voet van hom af gestaan, sy stert geswaai en gehyg. Die hond was enorm maar Ladd het nog altyd van honde gehou.

"Haai, seun," het hy gesê. "Hoe het jy uit jou hok gekom?"

Die hond het aangehou hyg en spelerig op sy agterpote gaan sit. Ladd het sy radio neergesit op die bankie langs hom en sy hand uitgesteek met die palm na onder.

"Kom hier, seun," het Ladd gesê. "Kom hier, brakkie,"

Die mastiff het daadwerklik gegrinnik toe hy na Ladd spring en sy keel uit ruk.

CHARLIE HET DIE KALMEERGEWEER gegryp en Jessica het Justice Sekuriteit se nommer op haar selfoon gebel toe hulle uit die kantoor uit hardloop.

"Justice Sekuriteit, Tony Armstrong."

"Tony, dis Jessica Queen. Ons is by die honde skou. Ons het rugsteun nodig *nou*. En polisie...baie polisie!" Sy het neer gesit. "Charlie, hoe sterk is daai kalmeermiddel?"

"Sterk genoeg om daai monster plat te trek."

"Nie goed genoeg nie. Wees gereed om te vermoor as ons moet."

"Ja, Me. Queen."

Jessica het haar geweer getrek en Charlie het tot 'n halt gegly voor die sluitkas kamer. Die deur het oopgemaak na binne, so hulle was nie bekommerd dat die mastiff sou kon wegkom nie ... al het die hond gereedskap gebruik om sy hok oop te maak, was die rouleer stokkie nie sterk genoeg om die handvatsel die deur oop te maak nie.

Hulle het elke kant van die deur gestaan.

"Charlie, jy het die haelgeweer. Jy wat hoog en ek vat laat. Skiet as jy dit sien. As ons moet ingaan, gaan ons rug teen rug sodat ons reg rondom ons kan sien," het Jessica gesê.

"Ek is nie skaam om te sê dat hierdie hond my bang maak nie, Me. Queen. Dit wys intelligensie verby 'n normale dier."

Jessica het geknik. "Ek stem saam met jou, Charlie. Kom ons tree op soos een persoon. Wees gereed vir enigiets."

Charlie het geknik.

"Reg?" het Jessica gevra.

Charlie het weer geknik. "Laat ons dit doen."

Jessica het gaan sit, die geweer opwaarts in 'n twee-hand greep. Charlie het die sluitkas kamer deur oop geëlmboog, met die haelgeweer na binne gemik. Jessica het haar geweer laat sak en ook na binne gemik. Die mastiff was nie in sig nie. Ladd het op die vloer gelê omtrent tien voet van hulle af. Sy keel was weg en sy binnegoed het rondom hom gelê. Hy het gelê in sy eie plas bloed.

Jessica het haar oë toegeknyp en diep asem gehaal, en 'n sagte gebed opgeskiet vir die verslane man. Sy het weer die gevoel om op te gooi geveg. Nog 'n man dood as gevolg van haar ... sy sou later daaroor dink.

"Enigiets gesien?" het sy Charlie gevra.

"Nee."

Jessica het opgestaan. "Oukei, Charlie. Binne, mooi en stadig. Bly waaksaam, my vriend."

"Jy ook, mejuffrou."

Hulle het begin om binne te gaan, rug teen rug en sywaarts geloop.

DIE MASTIFF HET HULLE dopgehou van sy wegkruip plek. Hy het saggies deur sy neus asem gehaal sodat hy nie homself weggee nie. Hy sal die vrou eerste vat. Die man sal moeiliker wees.

SOOS WAT HULLE IN DIE kamer sywaarts inloop en probeer om oral gelyk te kyk, het hulle Ladd se liggaam genader.

"Oukei, Charlie, wie moet kyk of Ladd nog leef?"

"Normaalweg die senior aan diens, maar ek sal dit doen."

"Dankie. *Waar is daai monster?*"

"Ek weet nie, maar ek hurk om 'n pols te probeer kry." Charlie het die kalmeergeweer vasgehou in sy arms terwyl hy kniel langs Ladd.

Jessica het langs hom gestaan en desperaat oral probeer soek na die groot dier. Sy het gevries. 'n Klein geluidjie, amper te sag om te registreer, het haar laat opkyk.

Die mastiff was bo-op die ry van agt lang sluitkaste. Net toe Jessica se oë die hond s'n vang, het die groot dier na haar gespring oor 'n afstand van net 'n paar voet. Jessica het gaan sit, vinnig. Die mastiff wat vir haar bolyf gemik het, het haar gemis met net 'n paar duim. Dit het oor Charlie geseil, wat nog langs Ladd kniel, en het op die vloer geland. Toe dit land, het dit deur die bloed gegly en liggies teen die sluitkaste vas gestamp aan die anderkant van die kamer.

Jessica het uitgeroep, "Pas op, Charlie! Skiet dit!" net toe Charlie skree, "Wat de hel?" Die mastiff het sy balans herwin, maar voor dit kom omdraai en weer na hulle aankom, het Charlie gemik en die kalmeermiddel pyl in die dier ingeskiet. Die pyl het die dier in die skouer getref, maar die hond was so groot dat die nie gelyk het om die kalmeermiddel enige effek het nie. Jessica het haar pistool gemik na die hond se kop. Die hond het omgespring, sy kop laat sak en na die twee van hulle gestaar. Jessica het die intellek in die hond se oë gesien.

"Gaan slaap, hond," het Charlie gesê.

"Ek gaan dit moet skiet, Charlie," het Jessica gesê.

Charlie het geknik. "Maak dan hierdie seun van 'n teef dood, Me. Queen."

Die hond, asof dit die woorde verstaan het, het sy kop na Charlie gedraai, op sy hurke gaan sit en na hom gespring. Net toe die hond spring, het die deur oopgegaan en Burt Oakley het Jessica sien mik met haar geweer na die mastiff en geskree "Nee-Nee!" Jessica het die mastiff tussen die oë geskiet net toe die klank van sirenes harder word oor 'n afstand.

"VERSTAAN JULLE WAT julle moet doen?" het Fernandez gevra.

Jesus, Pablo en selfs Felix het geknik.

"Goed so. Ek moet 'n paar oproepe maak. Pablo, jy en Jesus sal 'n man ontmoet hier in die Hollow om elfuur vanoggend. Hy sal die goedere wat ons benodig hê. Julle sal dit vir eers terugbring hiernatoe." Hy het na Felix gedraai. "Jy, my vriend, sal ons man uit by die Stad Saal ontmoet en die bloudrukke van die konvensie sentrum by hom kry." Fernandez se gesig het weer soos 'n haai s'n begin lyk. "Ons sal twee dinge doen Dinsdagaand. Ons sal ons vyande vermoor en ons sal die stad wys hoe om waarlik fees te vier!"

TOE JOEY BY DIE HOËRSKOOL arriveer, het hy ten minste sewe polisie karre getel met flitsende ligte. Barrikades was opgestel en poliesmanne het oral agter die barrikades rond gemaal. Omdat dit so vroeg in die oggend was, was daar nie enige omstanders wat die poliesmanne moes wegkeer nie.

Joey het sy kar parkeer en na die barrikade gestap. Hy het ID gewys en die patrollieman het hom laat inkom Hy het die skool binne gegaan en 'n gewone drag poliesman gesien wat hy geken het. Hy het gevra waar sy mense is en was vertel dat hulle in die sentrale kantoor is. Die poliesman het die rigting aangedui.

Toe hy by die kantoor aankom, het daar verskeie gewone drag offisiere rond gestaan. Charlie het hulle 'n paar van die sekuriteit video's gewys terwyl Jessica en die res van die offisiere rondom 'n man gestaan het wat op 'n stoel sit. Jessica het Joey gesien en hom driftig gedruk. Hy het haar terug gedruk en sy het begin huil. Een van die offisiere het na Joey geknik en na die sittende man gedraai.

"Mnr. Oakley, kan jy vir ons sê aan wie die mastiff behoort het?" het die poliesman gevra.

Burt Oakley het in die stoel gesit en na niks gestaar. Hy het geknik op die vraag en gesê, "Aan my."

"Mnr. Oakley, jy het die reg om stil te bly. Enigiets wat u sê kan teen u gebruik word in die hof. Jy het die reg tot 'n prokureur. As jy nie een kan bekostig nie, sal die staat een vir u aanwys teen geen koste vir u nie. Jy het die reg om 'n prokureur teenwoordig te hê tydens ondervraging. Jy het die reg om hierdie gesprek te beëindig deur eenvoudig so te sê. Verstaan jy hierdie regte soos ek dit verduidelik het?"

Oakley het geknik.

"Sal u enige vrae beantwoord?"

Weer het Oakley geknik.

"Hoekom was u hond hier, Mnr. Oakley?"

Oakley het nog steeds na niks gestaar en gesê, "Ek het hom ingeskryf vir die hondeskou."

"Het u geweet hy is gewelddadig?"

"Nee. Ek het gedink ... nee."

"Het jy gedink hy kan gewelddadig raak?"

Oakley het stil gebly.

"Mnr. Oakley? Verstaan jy die vraag?"

Oakley het geknik

"'n Man is dood, Mnr. Oakley, vermoor deur u hond. Weereens, het u gedink die hond kon gewelddadig raak?"

Joey het na Charlie gekyk, omdat hy nie geweet het iemand is dood nie. Charlie het geknik, en die naam "Ladd" met sy mond gevorm vir Joey. Joey het sy kop geskud. *Geen wonder Jessica is so geskud nie.*

"Ek het gedink hy was die veilige een," het Oakley gesê.

"Die veilige een? Wat beteken dit?" het die poliesman gevra.

Oakley het nie beweeg nie, behalwe om sy kop te knik. Hy het vooroor gesit in sy stoel, met een stil traan wat oor sy wang rol. Sy stem het geen buigings gehad terwyl hy praat nie. *Besef dalk dat sy lewe verwoes is*, het Joey gedink.

Oakley het begin praat.

"Ek is my hele lewe geassosieer met honde skoue, deur of by te woon of organisering daarvan of om diere in te skryf. Dit is 'n moordende besigheid. Honde word eenvoudig geteel vir profyt. Hulle moet die beste lyk, die beste gedrag toon, die slimste wees ... ek het nooit 'n hond gehad wat enigiets gewen het nie, jy weet?"

Die poliesman het wyslik geknik, omdat hy aangevoel het dat Oakley nou praat en dalk sal ophou.

"Ek het vir baie jare probeer om 'n hond te teel wat slim genoeg is om aanwysings te volg, ditself skoon te hou en wat ditself kan gedra. Geen geluk. Jare!"

"Toe eendag, het ek 'n sosiale byeenkoms bygewoon by 'n matrone se huis. Ek het gehoop om kontribusies te kry vir 'n plaaslike hoofstuk van die telers se nasionale organisasie. Ek het met 'n ander gas begin praat. Hy was 'n genetikus. Hy het gesê dat selektiewe teling nie die antwoord was nie. Hy sweer dat hy die gene in 'n alreeds intelligente ras genoeg kan verander sodat dit alles kan wees wat ek wil hê in 'n hond. Die sleutel, het hy gesê, was om die intelligensie te verbeter. En hy was reg, want hoe hoër die intelligensie vleg, hoe beter kan dit verstaan wat dit moet doen en hoekom.

"Ek het nog 'n klomp vrae gevra en hulle was bevredigend beantwoord. Uiteindelik het ons by 'n bedrag uitgekom en die bedrag wat hy genoem het sou amper my lewens besparings opeet, maar dit sal maklik terugbetaal wees as die honde presteer. Ons het ooreengekom op 'n verbeterde werpsel van vyf bull mastiff baba hondjies. Ek het die bull mastiff gekies omdat hulle van nature intelligent is. 'n Verbeterde mastiff sou maklik enige kompetisie wen. Ek het betaling georganiseer met die genetikus, en hy het gesê hy sou met my in kontak wees wanneer hy die taak voltooi het.

"Verskeie maande later het verby gegaan en ek was bekommerd oor my belegging, omdat ek nooit weer van hom gehoor het nie. Ek het 'n paar telefoon oproepe gemaak maar dit was nooit beantwoord nie. Uiteindelik het hy my gebel. Hy het suksesvol die gene wat ek nodig het geïsoleer en het sy toorwerk gedoen. Ons het 'n werpsel van ses bull mastiff baba hondjies, ses weke oud. Die genetikus het een gehou en die ander vyf vir my gegee. Hulle het bewys hulle is uiters intelligent. Hulle het al die dinge vinnig geleer, selfs tot op die punt dat hulle gesprekke verstaan. Alle honde kan 'n paar woorde verstaan, soos 'sit', 'bly', 'speel' of hulle name. Hierdie hondjies het almal aandag gegee aan gesprekke, en het selfs daaraan deelgeneem! Dit het gelyk asof hulle intelligensie my wildste drome oortref het!

"Toe, eendag het ek gelees dat die genetikus deur sy hond verskeur is en was in 'n kritieke toestand. Die hond is uitgesit. Ek het uitgevind in watter hospitaal die genetikus was en het vir hom gaan kuier. Hy het my vertel dat alles goed gegaan het met die hond wat hy gehou het totdat hy 'n telefoon gesprek gehad het met 'n veearts om die mastiff reg te maak. Die hond het hom aangeval die oomblik toe hy die foon neergesit het. Die enigste ding wat hom gered het om vermoor te wees deur die hond, was die feit dat sy vrou ingekom het om te sien waaroor die kommosie gaan en die hond verby haar by die agterdeur uitgehardloop het. Die Dierebeskerming mense het die hond gekry en dit dadelik uitgesit.

"Die genetikus het my al hierdie goed vertel en toe gespekuleer dat iets verkeerd gegaan het. Hy was bang dat deur hulle intelligensie te verhoog, het hy per ongeluk die mastiff se barbaarsheid ook verhoog."

"Ek onthou daardie aanval," het die poliesman gesê. "Ons het die saak gesluit nadat die hond uitgesit is. Ons het nooit geweet van die genetiese faktor nie."

Oakley het geknik. "Hy het nooit iets gesê daaroor nie. Hy was bang dat hy afgemaak sou word as 'n kranksinnige." Oakley het asem geskep. "Ek het een mastiff gehou en die ander vier verkoop."

Almal was stil vir 'n oomblik terwyl Oakley se woorde insink.

Uiteindelik het die poliesman die stilte verbreek. "Jy het daardie honde verkoop terwyl jy *geweet* het dat hulle barbaars kan word?"

Oakley het gesluk. "Ek *weet* nie of hulle het nie, of of hulle nog sal nie."

Die poliesman het sy hand op sy knie geklap. "Jy het twee voorbeelde waarvan jy weet en jy weet nog steeds nie of hulle barbaars sal word nie? Aan wie het jy die honde verkoop?"

"Ek weet nie. Ek het hulle na 'n winkel sentrum geneem en uit die parkeer blok verkoop aan mense wat verby loop. Ek het driehonderd doller per hond gekry."

"O, my hemel," het Jessica gesê. "Hopelik nie kinders nie."

Oakley het oor haar gekyk. "Twee van die kopers was ouers."

Jessica het probeer praat maar kon nie. Sy het twee tree geneem en Oakley oor sy gesig geklap so hard as wat sy kon. Hy het dit nie verwag nie, en sy kop het geruk van die krag daaragter. Die poliesman wat Oakley ondervra het, het vinnig opgestaan, maar Joey was alreeds daar.

"Jess, dis oukei. Die polisie sal hulle almal opspoor en die honde kry. As hulle nie kan nie, sal ons. Dit sal orraait wees."

"*Kinders* Joey!" het sy vir hom gesê. "Hy het hulle aan kinders verkoop! Wat sal gebeur as die barbaarse gene inskop by die kinders?" Haar woede het haar vuiste so styf laat opkrul, dat haar kneukels wit uitgeslaan het. "Ek moet hier uitkom, of ek sal daai bliksem so erg seermaak dat hy wens sy monster hond het hom dood gemaak.!"

Joey het na die poliesman gekyk. "Speurder, mag ek en my mense met jou praat in die gang?"

"Seker."

Joey het vir Charlie gewys om ook te volg.

"Het jy nog my mense hier nodig?" het Joey die poliesman gevra.

Die poliesman het 'n oomblik gedink. "Wel, ons het verklarings nodig. En die kamera opnames."

Joey het na Charlie gedraai. "Kan jy vinnig kopieë maak van die opnames vir ons rekords?"

"Ja meneer, maklik," het Charlie gesê.

"Doen dit dan." Terwyl hy terugdraai na die poliesman het Joey gesê, "Hulle sal beskikbaar wees wanneer jy hulle verklarings nodig het, Speurder. Ek wil baie graag hier wegkom, as jy nie omgee nie."

"Goed genoeg vir my, Justice. Die opnames sal dit baie makliker maak vir ons. Oakley sal aangekla word vir manslag. Dis verseker. Of dit vrywillig is of onvrywillig sal deur die die Vervolgingsgesag bepaal word. Kan jy ons 'n naasbestaande van jou man gee?"

Jessica het saggies begin huil. Charlie het haar hand gevat.

"Me. Queen, moet asseblief nie huil oor Ladd nie," het hy gesê. "As jy my taal sal verskoon, Ladd was 'n fokop van die begin af. Die enigste rede hoekom ek hom saam met my gebring het was omdat hy die enigste ou was wat ek kon kry wat nie op die oomblik besig was met iets nie. Ek het al voorheen met hom gewerk en hy het altyd oor iets gekla. Sy radio het nie gewerk nie en hy het nie vir ons vertel nie. Sy dood is sy eie skuld ... of daai bliksem van 'n Oakley s'n. Jy kon dit nie verhoed het nie. En jy het my lewe gered." Hy het haar hand gedruk. "Dankie. Ek is trots om saam met jou te werk, enige tyd, en in enige situasie."

Jessica het merkbaar verkleur deur Charlie se woorde. Joey het dit opgelet. Dit *het* regtig gelyk of sy beter voel.

Joey het Charlie gevra, "Dankie dat jy klaarmaak, Charlie. Ek neem Jessica nou terug in my kar. Kan jy iemand kry om haar kar terug te bring?"

Charlie het geknik.

"Dan is ons weg. Mooi bly, Speurder."

"Me. Queen," het die poliesman gesê, "ek wil sekondeer wat jou man gesê het. Ladd se dood was onafwendbaar onder die omstandighede. Jy het goeie werk gedoen vanaand. Jy behoort trots te wees. Ek sal in kontak wees, Justice."

Buite het die dag gebreek. Jessica het langs Joey se kar gestop en eenvoudig na die begin van 'n pragtige Sondag oggend gekyk. Joey het langs haar gestaan en ook gekyk hoe die dag breek.

"Die hartseerste deel, Joey, is dat Ladd nooit weer 'n dagbreek sal sien nie. Ek kan nie help om myself te blameer vir sy dood nie."

Joey was stil vir 'n oomblik. "Spring in die kar, Jessica, en ek sal 'n storie met jou deel."

Hy het die deur oopgemaak en Jessica het ingeklim, toe het hy om die kar geloop en ook ingeklim. Hy het die kar aangesluit en begin om terug kantoor toe te ry.

"'n Klompie jare terug, voor jy by ons begin het, was ons besig met ons eerste Staats kontrak taak. 'n Bank roof het plaasgevind hier in die stad en Marcus het ons gebel om dit uit te sorteer. Hy wou nie die polisie betrokke maak nie, ek onthou nie meer hoekom nie, en daar was nie genoeg FBI agente om die situasie te ontlont nie .. Ek dink hulle was meestal uitgeroep na een of ander vorm van opleiding in Quantico. Louie was iewers op 'n ander taak en Misty het die sekretariële werk gedoen, so dit het Dexter en ek gelos vir die taak." Hy was stil vir 'n oomblik. "Ons het 'n totaal van tien mense gehad wat by ons gewerk het op daardie tydstip. Elk van ons het 'n drie man span gehad." Stadig het hy sy kop geskud. "Dexter en ek het ons manne vertel om posisies in te neem rondom die bank en het voorberei om in te gaan op ons sein. Dexter se mense het gedoen wat hy hulle gevra het om te doen. Myne, het ongelukkig nie." Hy het 'n oomblik stil geraak terwyl hy ry. "Ek het my groep gevra om 'n posisie in te neem by die agterdeur, maar nie die bank in te gaan totdat ek so gesê het nie. Die groep leier was 'n warmpatat met die naam Greg James. Greg het gedink hy weet alles beter as ek en het my bevel verontagsaam. Dit was die laaste keer wat hy my instruksies verontagsaam het. Toe sy groep in posisie gekom het, het hy agtergekom die deur was nie gesluit nie ... die rowers sou dit gebruik het as hulle ontsnaproete. In plaas daarvan om te wag en 'n lokval te stel, het hy ingegaan. Die deur was opgepas deur twee van die rowers en Greg se groep was vasgevang in kruisvuur. Hulle het nie geweet wat hulle tref nie." Hy het na Jessica geloer. "Hy het my bevele verontagsaam, en opgetree sonder om aan sy veiligheid te dink. Hy het daarvoor betaal met sy lewe. Ladd het dieselfde ding gedoen."

Jessica het stil gesit vir 'n oomblik en toe gepraat. "Maar ek kan nie help om skuldig te voel daaroor nie, Joey. Hy is dood terwyl hy 'n taak uitgevoer het wat ek hom gegee het."

Joey het by die firma se straat ingedraai, toe in die oprit opgedraai wat na die ondergrondse parkeer area lei. Toe die deure oopgaan, het twee gewapende firma wagte uitgekom. Joey het hulle die hand sein gegee dat alles oukei was, en die wagte het weg getree terwyl Joey ingery en parkeer het. Hy het na Jessica gedraai.

"Ons sit mense in gevaarlike situasies elke dag, Jess. Dis ons werk. Ja, Ladd is dood terwyl hy besig was met jou opdrag. Greg James is dood op myne. In beide situasies, sou mense nog steeds gesterf het al het hulle instruksies gevolg. Maar hulle het gekies om dit nie te volg nie. Dexter, filosoof wat hy is, het dit in perspektief vir my geplaas op daardie dag lank gelede. Hy het gesê, "Joey, jy kan mense net adviseer. Wat hulle kies is nie jou verantwoordelikheid nie." Ek leef daarvolgens elke dag daarna. Ladd het nie vir jou gesê sy radio werk nie. Selfs al het dit gewerk, sou hy nog steeds dalk gesterf het. Maar dit het nie gewerk nie, *en hy het nie vir jou vertel nie.* Sonder daardie kennis kon jy nie ander besluite geneem het nie. Die fout vir sy dood lê by sy eie arrogansie. Dis nie jou skuld nie."

Jessica het agtergekom dat sy *wel* beter voel. Sy het na Joey gekyk.

"Raak dit ooit makliker? Ek bedoel, om mense onder jou bevel te verloor?" het sy gevra.

Joey het sy kop geskud. "Nee. Al wat jy kan doen is rou en aan beweeg. En 'n manier vind om dit te aanvaar."

Jessie het weer afgekyk, diep ingedagte. Uiteindelik, asof sy 'n besluit neem, het sy geknik en weer na Joey gekyk.

"Dankie," het sy stil gesê.

"Nie te danke, Jess," het hy geantwoord. "Dis seweuur ... vennoot vergadering oor twee ure. Kan net sowel wakker bly tot dan. Ons kan oor Patti se opleiding praat."

"Sy het my ou werk geneem?"

"Entoesiasties."

"Mooi. Sy sal goed wees daarmee, solank as wat sy weet hoe om met 'n klomp onvolwasse mense te werk."

"Dit dek vir jou, maar van die res van ons?"

DIE FBI FORENSIESE span was nog besig om die plaashuis toneel te katalogiseer. Om deur die oorblyfsels van die skuur en die hoofhuis te sif was die grootste werk en die forensiese dokter, Dr. Brent Holland, het besluit om dit eerste af te handel.

Toe die span die kelder bereik, het die oorblyfsels van die DEA agente wat Fernandez so wreed vermoor het, die minder ervare lede van die span siek gemaak. Die oorblyfsels was in drie groot plastiek sakke gedruk, met geen onderskeid oor watter liggaamsdeel aan watter agent behoort het nie. Die sortering sal die lykskouer se nagmerrie word. Die dienste sal definitief in toe kiste gehanteer moet word.

So ver het Dr. Holland se span dertien dooies van Fernandez se mense gedokumenteer en die twee DEA agente. Die enigste ding wat oor was om na te kyk was die limousine met Fernandez en Juarez se liggame, wat op die punt was om oop gemaak te word nadat dit deeglik gefotografeer is.

Toe die fotograaf die foto's van die verbrande limo klaar geneem het uit elke moontlike hoek, het Dr. Holland geknik dat een van die span lede die agter deur aan bestuurskant kan oopmaak. Toe die deur oop is, het Holland eenvoudig na die leë effens verbrande binnekant gestaar. Sy gesig het verbleek toe die besef van wat die leë binnekant beteken hom tref.

"O, my liewe Here," het hy gemompel en sy selfoon uitgehaal. "Iemand is behoorlik *geskroef*!"

DIE GEWONE NEGEUUR vergadering van die Justice Sekuriteit Vennote was gereeld uitgestel op Sondae, maar vandag was anders. Die vennote het besigheid om te bespreek.

Dexter was weer laaste om te arriveer. Hy het verskriklik moeg gelyk terwyl hy 'n koppie koffie en 'n konfyt oliebol geneem het.

"Oukei, vandag se vergadering sal kort en kragtig wees aangesien Louie moet gaan oefen vir Dinsdag aand en almal anders heeltemal uitgeput is," het Joey gesê. "Neem asseblief kennis dat Jessica hier is, Dexter. Sy het uiteindelik die vennootskap wat ons haar aangebied het, aanvaar."

Dexter het geknik en toe gegrinnik. "Louie het my vertel gistraand. Omtrent tyd, Jessica."

Louie het gekreun. "Jaa, jy beter haar mooi behandel, klein pellie. Sy is amper gistraand vermoor omdat sy na jou besigheid gaan omsien het."

Dexter het verward gelyk. "By die *honde skou*?" het hy ongelowig gevra.

Joey het geknik. "Vertel hom daarvan, Jess."

Jessica het hom alles vertel wat gebeur het, insluitend Ladd se dood en Joey se storie oor die bank rowery. Dexter se oë het wyer gerek met elke deel van die storie. Toe Jessica klaar is, het hy sy koffie neergesit en na haar toe gedraai.

"Ek is so jammer, Jess. Ek het nie geweet nie. As ek geweet het, sou ek gegaan het."

Jessica het haar kop geskud. "Jy kon nie, Dexter. Jy moes by Megan wees."

"Jammer om te onderbreek, maar ons het nog besigheid om oor te praat waaroor ons moet stem," het Joey gesê. "Ek stel voor ons bied ook 'n vennootskap vir Megan aan. Sy is nou al 'n rukkie hier by ons en sy is amper so goed soos Dexter met die IT take, en sy kan meer veld take aanvat ook. Om die waarheid te sê mense, ek dink ons het hulp nodig. Sy het haarself oor en oor bewys. Enigiemand wat dit wil bespreek?" Daar was geen kommentaar van die ander vier vennote nie. "Eenvoudig hande in die lug. Meeste hande geld. Die vir die aanbod vir Megan se vennootskap, lig jou hand." Joey het sy hand gelig, gevolg deur Misty.

Dexter het na sy vriende om die tafel gekyk. "Ouens, ek kan nie hiervoor stem nie. Ek is te naby. Ek sal buite stemming bly, maar ek sal gaan met die meeste hande. As dit gelyk is, dan sal ek stem."

Louie het opgekyk, maar na niemand spesifiek nie. "Ek stem nee. Ek kan dit nie help nie – ek dink net nie sy is gereed nie. Ek wil nie 'n simpatie vernootskap aanbied nie en ek is bang dis wat dit is. Sy's goed, maar sy het nog ervaring nodig." Hy het na Dexter gedraai. "Geen aanstoot bedoel nie, klein pellie."

Dexter het sy kop geskud. "Geen aanstoot geneem nie. Ek is nie in die stemming nie, onthou?"

Joey het na Jessica gedraai. "Jess, jou beurt. Dink jy sy is gereed?"

Jessica het 'n oomblik gedink. Sy het geknik en toe haar hand gelig. "Sy's so gereed soos ek is."

Joey het geknik. "Mosie in gestem. Megan Fisk gaan 'n volledige vernootskap aangebied word in hierdie firma. Dexter, voel sy reg om hierna toe te kom?"

Dexter het geknik. "Sy wou alreeds saam met my hiernatoe gekom het. Ek sal haar bel."

DR. HOLLAND HET MARCUS Moore se kantoor gebel by die FBI gebou. Hy het Marcus se stempos gekry. "Dis Marcus Moore. Ek is of weg van my tafel of uit die kantoor. Los asseblief 'n boodskap met jou naam, tyd van jou oproep, 'n telefoon nommer en 'n kort boodskap. Dankie."

Na die biep het Dr. Holland gepraat. "Agent Moore, ek is Dr. Brent Holland. Ek hanteer die forensiese ondersoek by die Fernandez plaashuis. Ons het nounet die limousine oopgemaak en die liggame van Fernandez en Juarez is nie, ek herhaal, is *nie* binne nie. Ons het nie hulle liggame enige ander plek op die plaas gekry nie. Dit beteken dat die twee mans dalk die aanval oorleef het. Jy sal Justice Sekuriteit moet waarsku. Ek sal beskikbaar wees indien jy vrae het."

Hy het sy selfoon nommer gelos. "Sterkte, Agent Moore." Hy het neergesit in die hoop dat hy genoeg gedoen het om lewens te red.

MEGAN HET DIE SITUASIE kamer binne gestap met 'n bietjie huiwering. Toe Dexter haar gebel het, het sy eenvoudig gesê, "Kom na die situasie kamer. Nou." Sy het nie geweet wat om te verwag nie, aangesien sy oproep so vinnig en tot die punt was.

Vyf pare oë was op haar toe sy ingeloop het. Dit was baie stil.

Joey het gewys sy moet op die stoel langs Dexter sit en het gesê, "Sit asseblief, Megan." Sy het gaan sit.

"Hoe voel jy?"

"Ek is effens styf en seer, maar ek is oukei," het sy geantwoord.

Joey het geglimlag. "Ek is bly. Ons was almal bekommerd. En ons almal was al deur iets soortgelyks, so jy is nie alleen nie." Hy het om die tafel geloer en weer na haar gekyk. "Megan, ons het vanoggend gestem. Die resultaat was dat ons jou 'n volledige vennootskap aanbied in hierdie firma. Sal jy geïnteresseerd wees?"

Megan se mond het oopgeval en toe in 'n groot glimlag verander. Sy het haarself in Dexter se arms gegooi en hom 'n groot druk gegee en geskree, "Woo-Hoo!" Sy het Dexter se gesig gesoen, tot sy ergernis en tussen die soene deur gesê, "Dankie liefie!"

Dexter het haar terug gedruk en gesê, "Dit was nie ek nie, liefie. Dit was Joey se idee."

Megan het terug gesit en haarself reggeruk. Almal het vir haar geglimlag.

"Ek neem aan dis 'n ja," het Joey gesê.

Hoofstuk 10

DIE RES VAN DIE SONDAG was stil. Joey, Misty, Louie en Dexter het die vennootskap reëls aan Jessica en Megan verduidelik en die kontrakte sou opgetrek word vir handtekeninge die Maandag oggend. Patti Hoehn was geroep na die situasie kamer en Misty het begin om Patti te leer, aangesien almal anders nog nie veel slaap gehad het nie. Joey en Jessica het elk na hulle woonstelle gegaan en 'n paar uur gaan slaap. Louie en Dexter, met Megan wat volg om te kyk, het na die firma gimnasium toe gegaan vir intense oefening vir Dinsdag aand se boksgeveg.

Later daardie middag het Joey na Caleb Mitchel se kantoor toe gegaan. Nadat hy die psigiater vertel het wat hy wil hê, het Joey die hysbak geneem na die aanhoudings selle.

Knikkend na die twee mans op diens, het Joey na die aanhouding sel met Misty se Meksikaanse gevangene toe gestap. Hy het die deur oopgesluit en ingestap. Die man het op sy bed gesit. Hy het 'n kneusplek onder sy linker oog gehad en 'n sny op sy ken. Hy het Joey agterdogtig en vol haat beloer.

"*Buenos dias, Senor*," het Joey gesê. "My naam is Joey Justice."

Die man se oë het effens gerek. Hy het op die vloer gespoeg van minagting.

Joey het sy skouers opgehaal en deur die sel gestap om oorkant hom op die ander bed te gaan sit. "Wat is jou naam?"

Die man het na Joey gekyk en toe gepraat, "Pepino Garcia."

"Hallo Pepino. Ek wens ek kon sê dis aangenaam om jou te ontmoet, maar ek sal jok." Joey het terug geleun teen die muur. "More sal ek jou oorgee aan die FBI. Die *Federales*. Hulle sal jou aankla vir moord, dwelm smokkelary en nog 'n klompie ander klagtes. Jy sal moontlik die res van jou lewe binne die mure van 'n Amerikaanse tronk deur bring." Joey het 'n lint van die kussing afgevee. "Voor dit gebeur, wil ek graag 'n paar antwoorde op 'n paar vrae hê."

"Ek sal jou niks vertel nie, *gringo,*" het Papino gesê. "Ek het marteling voorheen deurstaan en ek weet ek sal niks sê nie." Hy het sy arms uitdagend gekruis. "Ek sal eers sterf."

Joey het geknik. "Ek het geen planne om jou te martel nie, *Senor.* En jy sal nie sterf as gevolg van my nie. Ook nie deur die hand van Esteban Fernandez nie."

Pepino het verward gelyk. "Dan is, wat die *Senorita* gesê het waar? Hy is dood?"

"Ons het hom terug gespoor na die plaashuis. Hy is vermoor in 'n helikopter aanval deur my mense gistraand."

Pepino was merkbaar verlig. Hy het homself 'n kruis getrek en stil gesê, "*Gracias*, Maria, Moeder van God."

Die sel deur het oopgegaan en Dr. Mitchell het ingekom met 'n klein beurs in sy hand. Hy het die beurs op die sel se klein wasbak neergesit en dit oop gerits. Uit die beurs het hy 'n inspuiting en 'n klein botteltjie uitgehaal. Hy het die inspuiting vol gemaak uit die bottel en toe na Joey en die gevangene gedraai.

"Pepino, ontmoet vir Dr. Caleb Mitchell, ons personeel psigiater," het Joey gesê. "Die inspuiting in sy hand bevat Natrium Pentotal. Beter bekend as waarheidserum." Joey het vorentoe geleun terwyl Pepino se oë gerek het. "So jy sien, jy *sal* my vrae beantwoord, en jy sal dit eerlik antwoord, *Senor.*"

LATER, TERWYL CALEB en Joey die sel verlaat en dit sluit, het hulle Misty wagtend by die wag se tafel gekry.

"Enigiets gekry, menere?" het sy die twee manne gevra.

Joey het sy kop geskud. "Niks wat ons nie geweet het nie, met die uitsondering van hoe Fernandez ongemerk in die land in gekom het. Ons sal die opname aan die FBI gee wanneer ons Pepino more oorhandig." Hy het die draagbare opnemer opgelig. "Ek het nodig om 'n paar stukke te formateer, sodat ek dit aan die Kings en die Gunthers kan gee more. Kan nie dat hulle weet van Fernandez nie."

Misty het geknik. "Ten minste sal dit hulle 'n bietjie afsluiting gee."

Die drie het terug gestap na die hysbakke.

"Wil julle hê ek moet more na die vergadering toe kom, Joey?" het Caleb gevra.

Joey het geknik. "Asseblief Caleb. Ek sal dit waardeer. Jy kan selfs planne maak om die kliënte na jou kantoor toe te neem na die vergadering. Hulle sal alles moet bespreek, met jou en met mekaar."

"Ek het 'n voorstel," Het Misty gesê.

LOUIE EN DEXTER WAS in die firma gimnasium. Hulle het 'n paar oefen matte neergelê om 'n bokskryt te vorm. Louie het 'n paar bokshandskoene aan en 'n boks kortbroek. Dexter was kaalvoet en in 'n sweetpakbroek en het voor Louie gestaan.

"Oukei Louie," het Dexter gesê. "Jy het gewerk op die sak, jy het gewigte gelig, jy het tou gespring ... jy het omtrent alles gedoen wat jy kan doen sonder 'n skerm maat. Nou is dit tyd dat jy jou boks bewegings oefen."

Louie het na sy vriend gekyk en driftig gesê, "Net wie dink jy gaan *dit* doen?"

"Ek."

Louie het in ongeloof na sy vriend gekyk. "Klein pellie, ek gaan *nie* appels na jou toe swaai nie. Geen aanstoot nie, maar daar sal niks oorbly nie!"

Dexter het geglimlag. "Laat my daaroor bekommer, oukei. Onthou hoe Swanson nooit 'n hou raak geslaan het nie? Jy sal ook nie. Dis wat ek jou nou gaan leer om te doen ... hoe om te voel waar die houe vandaan gaan kom en om hulle te vermy. Ek het jou alreeds van die tegnieke geleer ... dis tyd vir die volgende vlak."

"Net dat jy weet, ek sal geen houe terug hou nie."

"Ek verwag ook nie jy moet nie. Nou, probeer my slaan. So hard as wat jy kan."

Louie het homself reggekry, toe sy regtervuis reguit na Dexter se kop geslaan. Die hou was amper te vinnig vir die oog om te sien. Dexter het sy kop beweeg om die hou te vermy asof dit geen moeite is nie. Louie het opgevolg met 'n linker. Hy het gedink Dexter gaan die regter vermy en het gemik na die plek waarheen Dexter geskuif het. Tot sy verrassing, was Dexter se kop nie meer op daardie plek nie. Hy het weer gemis.

"Nou weet ek hoe Swanson gevoel het," het Louie gesê en het gemaak of hy met die linker slaan en het toe opgevolg met 'n regter na Dexter se lyf. Die hou het gemis. Dexter het Louie se houe almal vermy met min moeite en net genoeg beweging dat hulle met 'n fraksie van 'n duim mis.

"Man, hoe doen jy dit?" het Louie gevra.

"Hoe doen *jy* dit?" Ernstig.

Louie het 'n oomblik gedink. "Meestal soos jy my geleer het. Jy kyk na die oë. Dis asof hulle mens vertel waar die hou vandaan gaan kom."

Dexter het geknik. "Jy is reg. Wanneer jy weet wat die seine is, kan jy hulle sien, elke keer." Hy het 'n sweetband uit die sak van sy broek gehaal. Dit was twee duim wyd en Dexter het dit oor sy kop en toe oor sy oë getrek. "Maar wat gebeur as jy die seine *nie kan* sien nie?" Hy het sy hande agter sy rug gesit. "Nou, Louie. Slaan my so hard as wat jy kan."

"Nee."

"Jy sal nie aan my raak nie, my vriend. Doen dit."

Louie het sy kop stadig geskud terwyl hy sê, "Dex...jy seker, man?"

Dexter het geknik. "Wat vat so lank? Slaan my!"

Louie het met sy linker geflous en met sy regter vuis so hard en so vinnig as wat jy kon na sy vriend se gesig geslaan. Dexter het weer maklik die hou vermy. Louie het sy linker vuis na Dexter se maag gestoot en die kleiner man het dit ook maklik vermy. Louie het sy hande kwaad in die lug gegooi en geskree, "En hoe doen jy *dit*?"

Dexter het geglimlag terwyl hy die blinddoek afhaal. "Jy moet leer om te sien sonder jou oë. Jy het vier ander sintuie. Gebruik dit. *Voel* die houe aankom. *Hoor* die lug skuif. *Ruik* jou opponent se bewegings. En *proe* jou oorwinning terwyl jy jou opponent ontwyk. Hier," het jy gesê, en die sweetband uitgehou. "Laat ek dit oor jou oë trek, en jou wys hoe jy dit moet doen."

LATER DAARDIE AAND, soos wat meeste mense regmaak om te gaan slaap voor hulle Maandag begin, het Dr. Brent Holland 'n kopie van sy voorlopige verslag by die "in" mandjie van die stad se FBI Assistent Direkteur wat in beheer was van die stad se kantoor in laat gly. Dr. Holland se verslag het sy gevolgtrekking dat Esteban Fernandez en Felix Juarez moontlik nog leef ingesluit.

Het enigeen vir hom gevra, sou Dr. Holland 'n ernstige te kort aan woorde gehad het om sy ongemaklikheid oor sy gevolgtrekking te verduidelik. Hy het 'n diep gevoel gehad dat lewens afhang op die regte mense se optrede op sy verslag.

Hy het sy aksies hersien: hy het die Agent in Beheer, Marcus Moore, gebel. Gegewe hy het 'n stem boodskap gelos, maar hy *het* gebel. Tweedens het jy hy geskrewe voorlopige verskag afgelewer by die A. D. se kantoor so gou as moontlik.

Dr. Holland het alles gedoen wat hy aan kon dink om sy meerderes in kennis te stel van sy gevolgtrekking, gebaseer op die bewyse, dat 'n bloeddorstige mal man nog lewe en 'n groot bedreiging is. Tevrede het hy aan homself geknik en huis toe gegaan om te gaan slaap.

Dr. Holland het geen manier gehad om te weet die die FBI Assistent Direkteur met vakansie was vir die volgende week nie en dat niemand sy geskrewe verslag sou kry totdat alles reeds uitgespeel het nie.

MAANDAG OGGEND SE NEGEUUR vergadering in die situasiekamer was interessant. Aangesien die vennootskap gegroei het na ses lede en al ses lede daardie oggend teenwoordig was, het die kamer eintlik vol gevoel. Natuurlik was Patti Hoehn ook daar en drie lede van die firma se regsfirma wat die vennootskap kontrakte moet aanstel vir beide Jessica en Megan. Dexter was weereens laatste om te arriveer, met Megan agter hom. Beide het skaapagtig geglimlag.

"Jammer mense," het Dexter gesê terwyl hulle albei ontbyt gaan haal.

"Wel, noudat almal teenwoordig is, laat ons begin," het Joey gesê. Hy het na die regsfirma se verteenwoordigers gedraai. "Was daar enige moeilikheid om die vennootskap kontrakte op te trek?"

"Niks hoegenaamd nie," het die dame van die groep geantwoord. Joey het hard probeer maar kon nie haar naam onthou nie. Hy het gereken dit maak nie saak nie, aangesien hulle almal in elk geval verwissel word.

"Fantasties," het Joey geantwoord. "Wie het nodig om te teken en waar?"

Die dame het 'n bladsy oor die tafel na Joey gestoot. "Al ses vennote moet hierdie een teken," het sy gesê, "en hierdie een." Sy het nog 'n bladsy na Joey gestoot.

Toe almal beide bladsye geteken het, het die dame nog twee kontrakte uitgehaal en gesê, "Ek het Me. Queen en Me. Fisk se handtekeninge hier nodig asseblief."

Jessica en Megan het elkeen geteken.

"Nou, sal ons al die vorms parafeer," het die dame gesê. Een van die twee mans wat saam met haar gekom het het het vorentoe beweeg en geteken en geparafeer op al die bladsye. "Dis al wat ons nodig het, Mnr. Justice. Me. Queen en Me. Fisk is nou wettiglik en offisieel volledige vennote in Justice Sekuriteit." Sy het die getekende kontrakte in 'n lêer binne in haar aktetas gesit. "Is daar enigiets anders wat ons vir julle kan doen, Mnr. Justice?"

Joey het geglimlag en sy kop geskud. "Nie vandag nie. Dankie dat julle vanoggend hierheen gekom het."

Die dame het geglimlag. "My plesier, meneer. Sterkte." Sy het opgestaan en die situasie kamer verlaat saam met haar twee trawante. Patti het agter hulle aangeloop om seker te maak dat hulle in die hysbak klim.

Nadat die regsfirma se mense weg is, het Joey na sy vennote gedraai. "Kort en kragtig vandag, ouens. Louie, oefening vir jou – jy is offisieel onbeset tot na die boksgeveg."

Louie het geknik. "Klink goed."

"Dexter, Megan ... julle ouens het die bank sekuriteit sagteware om vandag te installeer. Dex, ek sluit jou in omdat Megan gewond is. Sy sal hulp nodig hê."

Dexter het geknik. "Het jou Joey."

"Jessica," het Joey gesê, "jy moet opvolg met die polisie oor die honde skou. Vat soveel mense saam as wat jy nodig het, insluitend Charlie Li, en vind daardie ander bull mastiff honde. Dit is ons prioriteit op hierdie saak."

"Seker. Oukei. Nog intelligente honde. My lewe is volkome," het Jessica sarkasties gesê. Almal het gelag.

"Misty en ek het die kliënt vergadering om tienuur vandag. Daarna sal ons help waar ons benodig word." Joey het die tafel geklap. "Lekker dag vir julle almal."

DIE KLIËNTE WAS OP tyd daar. Patti het die Gunthers en die Kings in Joey se kantoor ingelei en hulle laat sit. Caleb Mitchell was ook teenwoordig, so wel as Joey en Misty.

"Dankie dat julle mense gekom het," het Joey gesê. "Ons het informasie gekry wat ons vanoggend met julle wil deel. Eerstens, laat ek julle voorstel aan Dr. Caleb Mitchell. Dr. Mitchell is ons personeel psigiater en hy is hier om julle vrae te beantwoord ... of om afsprake te maak indien julle hom sou benodig."

Die dames het na Dr. Mitchell gekyk, wat gewaai het en gesê het, "Hallo." Mnr. Gunter en Mnr. King het net 'n groet geknik.

"Ons het julle gevra om vanoggend hier te wees omdat ons julle saak opgelos het," het Joey aangegaan. "Nie net het ons uitgevind wie julle kinders uitgemoor het nie, maar ons het een van hulle in aanhouding, en ons sal hom aan die FBI oorhandig oor 'n halfuur."

Beide Mevroue Gunther en King het saggies begin huil. Mnr. Gunter het geskok gelyk terwyl Mnr. King gesê het, "Alreeds? Ons het julle pas gehuur!"

Misty het geknik. "Ons mors nie tyd op sake soos hierdie nie, Mnr. King. Julle en julle families het ons nodig gehad en ons wou julle nie los met onopgeloste smart nie."

"Voor ons begin, ek wil hê julle moet weet dat ons wel die saak opgelos het deur 'n paar wette te breek ... en 'n paar mense is dood," het Joey gesê.

Met hierdie opmerking het beide paartjies verras gelyk. Joey het aangegaan.

"Het enigeen van julle die dekking oor die groot vuur by Pinky se Limousine Diens gesien?" het hy gevra. Al vier kliënte het geknik. "Dit was ons. Of eerder. Misty en ek. Allen Pinkersley was verantwoordelik vir die dood van die mense in daardie woonstel ... en, as gevolg daarvan, julle kinders. Hy het probeer oorvat op grond gebied in 'n dwelm geveg. Sommige van die mense daar het vir die opposisie gewerk. Pinkersley en vier ander het hulle uit gehaal om enige kompetisie te ontmoedig. Julle kinders .. al drie van hulle ... was op die verkeerde plek op die verkeerde tyd."

"So ver as wat ons kan agterkom, die twee kinders – Chris en Amanda – sou nog gelewe het as hulle net vyf minute later opgedaag het," het Misty gesê.

"Dit was niks anders as slegte tydsberekening nie ... maar hulle het nie geweet wat aan gaan nie."

Joey het geknik. "Pinkersley en een van die skieters is dood in die vuur. Ons het 'n ander skieter in aanhouding. Ons het nie ander twee gevang nie, maar ons sal nie opgee nie. Ons sal hulle kry ... op een of ander manier."

Mnr. Gunther het gepraat "Die een wat julle in aanhouding het ... sal ons 'n kans hê om hom te sien voor julle hom aan die FBI oorhandig? Sal ons iets vir hom kan sê?" Hy het na sy vrou gekyk. "Sal ons hom die smart wat hy veroorsaak het kan wys?"

Dr. Mitchell het geantwoord, "Ja, julle sal. Op my aanvraag het Joey ingestem om die oorhandiging uit te stel vir hierdie rede. Julle sal 'n kans hê om enigiets wat julle wil sê te kan sê."

Gunther het geknik. "Julle mense is fantasties. Ons kan julle nie genoeg bedank vir wat julle gedoen het nie."

Die Kings het instemmend geknik, net soos Mev. Gunther.

"Nou, met die vang van die gevangene, hier is wat gebeur het," het Joey gesê. "Ons het 'n wenk gekry dat 'n man wat die beskrywing wat ons uitgesit het by McFeely's se kroeg was Saterdagaand. Misty het na die kroeg gery en die verdagte gevang. Ons het gister bepaal, met die hulp van Dr. Mitchell, dat hy wel een van die skieters was. Ons het sy belydenis opgeneem .... gekry nadat Dr. Mitchell Natrium Pentotal, of waarheidserum, ingespuit het. Joey het 'n knoppie langs sy lessenaar gedruk. 'n Monitor het wakker geword teen een van die mure. "Wat julle nou sal sien is die opgeneemde belydenis." Hy het die regte knoppie gedruk om die opname te speel. *Geformateer vir publieke gebruik*, het Joey gedink terwyl die kliënte kyk.

Die kliënte was in vervoering met die gebeure op skerm. Hulle het gekyk hoe Dr. Mitchell die waarheidserum inspuit en het aangehou kyk hoe Joey hom vrae vra oor Pepino se betrokkenheid by die skietery en wie dit beveel het. Die Gunthers en die Kings wat in afgryse kyk na die gemaklike houding wat die gevangene oor die moorde het. Mnr. King het net kwater geword. In die opname, het Pepino behoorlike beskrywings van die ander skieters gegee met volle name van die betrokkenes. Geen woord is gesê, in die geformateerde weergawe, van Esteban Fernandez of Felix Juarez nie omdat hulle betrokkenheid geklassifiseer is as "Hoogs Geheim".

Toe die opname eindig, het Joey die knoppie gedruk om die skerm weer te versteek. Hy het na die kliënte toe gedraai, "Het enige van julle enige vrae?"

Hulle het almal hulle koppe geskud.

Joey het gesê, "Baie goed. As julle Misty sal volg, sal julle die gevangene sien voor ons hom transporteer na die FBI. Sê wat julle wil vir hom maar moet asseblief nie aan hom raak nie."

Die kliënte het opgestaan en Misty het die weg gelei na die hysbak. Almal het ingeklim en die hysbak het sy reis na die grond vloer begin. Dr. Mitchell het in die agterste hoek gestaan en die kliënte geobserveer. Hy het 'n denkende uitdrukking op sy gesig gehad.

Soos die hysbak oopgemaak het op die grond vloer het twee van die firma se mense naby die sentrale lessenaar gestaan. Tony Armstrong, die hoof lessenaar persoon het ook gestaan. Pepino Garcia het nors tussen hulle gestaan en na die vloer gekyk.

Mr. King was die eerste om uit die hysbak te wees. Hy het vinnig en beslis na die lessenaar gestap. Dr. Mitchell het probeer om Mr. King te bereik maar hy was buite bereik. Toe King by die tafel aankom het hy sy regter vuis terug getrek en Pepino in die gesig geslaan. Pipino se neus het ontplof met 'n stort bloed en sy hande het gelig na die voorkant van sy gesit. King het sy vuis terug getrek om Pepino weer te tref, maar hierdie keer was Joey en Dr. Mitchell daar om hom te keer. Die twee mans wat Pepino op gepas het, het hulle wapens getrek en dit gemik na die plafon gehou. Tony Armstrong het sy hande op sy holster gesit, maar het nie getrek nie.

"Mnr. King," het Dr. Mitchell gesê terwyl hy die man se vuis in sy hand hou. "Asseblief. Dit gaan nie jou kinders terugbring nie."

King het 'n oomblik gesukkel, toe ontspan en met uitdrukking van volslae smart op sy gesig. Sy oë het vol trane geword terwyl hy sy kinders onthou, en die geluk wat sy dogter gedeel het op haar laaste lewende aand. Soos die man ontspan het, het Tony Armstrong ook ontspan ... en sy arms gevou.

Pepino, wat kortstondig deur almal vergeet is, het nog steeds gebloei deur sy geruïneerde neus. Hy was nog wakker genoeg om te besef dat Armstrong se wapen binne bereik was. Hy het Armstrong se rewolwer gegryp en die twee mans wat hom oppas geskiet. Die mans het geval en Pepino het gehardloop vir die voordeur. Joey en Misty het begin agtervolg, maar was geforseer om dekking te soek toe Pepino 'n skoot na hulle afvuur. Tony Armstrong het agter die ontsnapte gevangene begin aan hardloop maar daar was niemand by die voordeur nie en niemand het die sypaadjies van die gebou gepatrolleer nie. Toe die baie vinnige Meksikaanse man die voordeur tref en dit oopgooi het almal geweet hy gaan nie gevang kan word nie. Hy was te vinnig en te ver voor vir enige verrassings agtervolging.

Joey het na die kliënte gekyk, maar Caleb Mitchell het in aksies getree, en die kliënte weggeneem uit seerkry se pad. Joey het probeer om bevele te skree, maar niemand was daar om te help nie. Misty het gekyk na die twee gewonde mans en het Dr. Mitchell geroep om haar te assisteer. Joey het met frustrasie gekyk hoe Tony verniet probeer om die prisonier te vang.

Pepino Garcia het ontsnap.

MARILYN HIMES, DIE president van die City Region Bank, het mooi gekyk hoe Dexter en Megan die nuwe sekuriteit sagteware installeer. Ontwerp om veilig te wees maar onobstruktief, het die sagteware begin werk met absoluut geen probleme nie.

"En, daarsy, Me. Himes," het Megan gesê terwyl Dexter die veranderinge maak soos benodig in "regstreekse" bedryf van die sagteware. "Een spesiaal ontwerpte sekuriteit program, ontwerp en geprogrammeer tot u spesifikasies. Die program sal elke sleutelpons van elke terminaal in hierdie bank sisteem stoor vir 'n periode van een maand ... en langer wanneer die sagteware iets ongewoons optel of iets plek uit optel. Dit sal aandag gee aan enigiets buite die normale, eerste na u persoonlike terminaal, dan na die bank se sekuriteit departement as u nie aandag gee binne 24 uur nie. As laaste uitweg, sal die program Justice Sekuriteit laat weet."

"Dit vereis ook drie wagwoorde om te deaktiveer. Joune, jou sekuriteit hoof s'n en iemand s'n by Justice Sekuriteit. Hulle kan nie afstandelik in getik word nie ... dit beteken dit kan nie by die huis op 'n rekenaar in getik word nie. Die drie wagwoorde moet hier binne die bank gebou in getik word, anders sal dit die opdrag ignoreer," het Dexter gesê.

Me. Himes het geknik terwyl die verduidelikings gemaak is. Megan het Me. Himes gewys hoe om haar wagwoord te skep en toe 'n paar tree weg getree sodat die bank president haar wagwoord kon intik. Die bank se sekuriteit hoof was ingeroep en Megan het die sisteem se ontwerp aan hom verduidelik. Die sekuriteit hoof het ook sy wagwoord opgestel en die program was opgestel.

Dexter het Me. Himes 'n faktuur gegee vir die sisteem ontwikkeling, en sy het beide verseker dat dit ten volle betaal sal wees binne die volgende 30 dae. Hande was geskud en die twee vennote het die bank verlaat.

Terwyl hulle na hulle motor stap, het Megan gestop. Dexter het na 'n paar tree ook gestop en na haar gekyk. Sy het 'n verwonderde uitdrukking op haar gesig gehad.

"Wat's fout, Megan?" het Dexter bekommerd gevra.

"Ek het nounet besef," het sy geantwoord. "Daardie faktuur wat ons Marilyn Himes nou net gegee het ... dit verteenwoordig inkomste vir beide die firma en vir my persoonlik."

Dexter het geknik. "Dis reg, lief. Dit betaal nie net ons salarisse nie, maar die salarisse van al die werkers ook."

Sy het in sy oë gekyk. "Sjoe. Ek is verantwoordelik daarvoor. Of, ten minste, gedeeltelik." Sy het diep asem gehaal. "Wat 'n verantwoordelikheid, Dexter!"

TONY ARMSTRONG HET vreeslik om verskoning gevra.

Joey het na Tony gekyk en gesê, "Nie jou skuld nie. Almal se aandag was afgelei deur Mnr. King. Ten minste is niemand dood nie." Hy het Tony se skouer geklop en toe na die gewonde mans op die vloer gestap.

Misty het Caleb geassisteer, wie met Joey gepraat het sonder om op te kyk. "Hulle sal oukei wees, Joey. Skoon wonde, baie min verlore bloed en niks belangrik is getref nie. Hulle was gelukkig. Druk hier, Misty, asseblief. Ek sal antibiotika voorskryf en matige pynstillers vir albei van hulle."

King het in Joey se oë gekyk. Hy het determinasie en bietjie woede gesien. Hy het geknik na Joey en sy hand uitgesteek. Joey het daarna gekyk, geknik en King se hand geskud.

"Dankie," het King gesê.

Joey het na King geknik, sy lippe nog styf op mekaar. Hy het hande geskud met Mev. King en die Gunthers. Hulle almal het hulle dank gemompel en die gebou verlaat deur die voordeur.

Joey het hulle agterna gekyk totdat hulle karre weggetrek het. Toe het hy na die groep agter hom gedraai en gesê, "Oukei hulle is weg. Goeie werk almal!"

Caleb en Misty het opgestaan en hulle hande uitgehou om die twee gewonde mans op te help. Tony Armstrong het gelag en agter sy lessenaar gaan sit en die monitor aangeskakel. Joey het na Tony se lessenaar gestap en vir almal gewys om by hom aan te sluit.

"Het dit gewerk?" het Misty gevra.

Tony, wat na die monitor kyk, het gesê, "Soos 'n bom!"

"WAAR IS HY?" HET JOEY gevra.

"Omtrent vyf blokke wes van hier af. Lyk of hy reguit na die Hollow toe is," het Tony geantwoord.

Misty het skouers opgehaal. "Om 'n sender onder Garcia se vel te sit was maklik, as ons hom wil volg sodat ons die ander twee skieters ook kan kry. Om met 'n loofwaardige scenario op te kom sodat hy kan ontsnap was die moeilike deel." Sy het na Caleb gekyk. "Hoe het jy geweet dat King sal doen wat hy gedoen het?"

Caleb het gelag en sy kop geskud. "Ek het nie. Ek het gehoop dat een van hulle iets fisies sal doen om die wagte 'n verskoning te gee om weg te draai van Garcia. Ek het nie geweet dit sal King wees nie."

"En ons was nie seker dat Garcia Tony se geweer sal gryp nie," het Joey gesê. "As hy nie het nie, sou ons vinnig met 'n plan B moes opkom. Garcia moes 'n geloofwaardige ontsnapping hê, anders sou hy weet iets is aan die gang. Net omdat hy 'n dwelm toepasser is beteken dit nie dat hy nie slim is nie. Ons kon nie enigeen onderskat nie."

"Ek is net bly hy het nie meer as drie skote gevuur nie," het Tony gesê. "Dit was al die blanko koeëls wat ek reggehad het en ek wou nie regte koeëls laai in daai rewolwer nie." Hy het gewys na die twee sekuriteit manne. "Hulle is die ware akteurs. Hulle moes net val en voorgee om geskiet te wees. Paar hamme, as jy my vra."

Almal het gelag.

"Oukei," het Joey gesê. "Ons weet ons kan die man naspoor. Ons sal bekommerd wees oor hom na die geveg more aand. Tony, volg hom van tyd tot tyd, asseblief? Maak seker hy verlaat nie die stad nie."

Tony het geknik. "Geen probleem nie, meneer."

Joey het gesê, "Goed genoeg. Oukei, weereens mense, goeie werk. Laat ons hoop hierdie klein oëverblindery werk."

LATER DAARDIE MIDDAG het Jessica die situasie kamer binne gestorm, met Charlie Li agter haar. Misty, Dexter en Megan was daar besig om met Patti te praat.

"As mense moet weet hoe bekrompe en heeltemal *vertraag* meeste poliesmanne is, sal hulle onder hulle beddens wegkruip en ineenkrimp!" Sy het in 'n stoel in geval by die tafel. Charlie het agter haar gestaan. "Jeez, Charlie, sit *man*! Het jy 'n uitnodiging nodig vir alles?"

Charlie het gaan sit.

"Wat het gebeur?" het Dexter geantwoord.

Jessica het diep asem gehaal. "Ons het ons verklarings gaan gee en dit geteken. Toe ons klaar is, het ons die speurder gevra of hy enige idee het by watter winkel sentrum daai Oakley die monster hondjies verkoop het." Sy het na Dexter gegluur. "Hy het gesê hulle gaan dit nie opvolg nie. Niks het gebeur met daardie honde om enige paniek te veroorsaak nie en hulle wil nie gebruik maak van 'beperkte hulpbronne' op 'n hekse jag nie." Sy het met hande hakkies gemaak om 'beperkte hulpbronne' te beklemtoon. "Ek het toe gevra of ek weer met Oakley mag praat, sodat ek hom kan vra en ten minste 'n begin punt kan kry. Die speurder het gesê dat aangesien dit 'n deurlopende ondersoek was, is toegang tot Oakley beperk. Ons kon hom nie sien nie. Toe het ons gevra of die speurder Oakley vir ons sal vra. Hy het gesê hy sal nie. Toe het hy geglimlag en ons bedank dat ons ingekom het." Sy het haar kop geskud. "Ek wens amper daai speurder het een van daai honde Einsteins gekoop."

"Jessica, ek is jammer dat jy my werk oorgeërf het," het Dexter gesê. "Wil jy my hulp daarmee hê? Megan en ek kan dalk in hulle rekenaar sisteem in gaan en kyk of hulle alreeds daardie informasie uitgevind het."

Jessica se gesig het verhelder. "Sal jy Dex? Ek *sal* dit waardeer."

Dexter het geglimlag. "Gedoen vennoot. Gee my 'n paar minute, oukei?" hy het na 'n terminaal gedraai en begin tik.

Terwyl hy gewerk het, het Jessica gevra, "Patti, hoe gaan dit met die opleiding?"

Patti het entoesiasties geknik. "Ek dink dit gaan goed. Daar is baie aan hierdie werk wat ek nooit besef het bestaan nie."

"En dis nou dalk erger vir jou … jy het nou Megan en ek ook by om te versorg sowel as die ander vier." Jessica het 'n oomblik gedink en toe na Misty gekyk. "Dalk moet jy later aan Joey voorstel dat 'n tweede persoonlike assistent nodig sal wees, as dit uitdraai om te veel te wees vir een persoon. Ek het my hande vol gehad met net julle vier."

"Alreeds in die werke, Jessie," het Misty geantwoord.

"Is jy al daar, Dextertjie?" het Megan gevra. "Ek sal al twee minute terug in daai ou gehawende sisteem gewees het."

"Besig om die speurder se notas te lees op die saak, my lief," het Dexter geantwoord. "Jess, het jy regtig die speurder gevra of sy pa sy ma enige indikasie gegee het van wat sy naam moet wees op die aand wat hy by haar spandeer het?"

Jessica het onskuldig probeer lyk. "Ek kon dalk. Ek onthou nie regtig nie."

"Het hy ooit agtergekom jy noem hom 'n bliksem?"

Jessica het gegrinnik. "Hy het nooit."

Almal het begin lag.

"Die notas dui daarop dat die speurder enige hoop om die honde kry laat vaar het," het Dexter ingedagte gesê. Daar kan nie so veel bull mastiffs in die stad wees nie. Haai, Charlie, vat twintig dollars by Patti uit die Kleinkas en sit 'n advertensie in die advertensie blad van die koerante. Dit moet sê dat enigiemand wat 'n bull mastiff hondjie gekoop het by 'n man by 'n winkelsentrum, moet asseblief inbel … en kies een van ons se nommer. Dit sal lui by Patti se lessenaar en sy sal boodskappe neem. Jessica kan dan enige reaksies ondersoek." Hy het 'n oomblik gedink en gesê, "Om die waarheid te sê, sit 'n advertensie in elke klein koerant in die stad. Miskien sal een van hulle die regte mense bereik."

Charlie het geknik, opgestaan en geloop.

Jessica het hom agterna gekyk. "Wel, ek is klaar vir die dag. Ek het dinge om te doen … soos in by my woonstel in trek." Sy het opgestaan. "Daar's nou 'n skrikwekkende gedagte. Daar was dae, toe ek nog Patti se werk gehad het, dat ek nie kon wag om hier uit te kom nie. Nou *bly* ek hier." Sy het haar kop geskud en begin uitstap. "Dis God se manier om my in die gesig te klap en te sê 'Raai wie?'"

Hoofstuk 11

Die geveg was geskeduleer vir agtuur Dinsdagaand. Teen vieruur Dinsdagmiddag, het Louie reggemaak om te vertrek na die konvensie sentrum. Hy het 'n duffel sak gehad met alles wat hy nodig het: kortbroek, skoene, sokkies, boks handskoene, water bottels, smeer alkohol en skeer lemme.

Dexter het saam met hom vertrek. Turk sal hulle by die sentrum ontmoet.

Die ander vier vennote het op by vierde vloer ontvangs bymekaar gekom om Louie 'n behoorlike totsiens te gee.

Joey het plegtig sy hand geskud en gesê, "Ek sal daar wees om omtrent vyf-dertig of so, Louie. Moet my vriend gaan help om hul dood te slaan."

Louie het gesê, "Wil hom nie dood slaan nie, Joe. Net uit."

Joey het gelag en weg getree. Misty het nader beweeg.

Misty het op haar tone gestaan en Louie op die wang gesoen. "Wees versigtig, Percival."

Louie het gebloos. "Ek sal, Misty."

Misty het in sy oë gekyk, geknik en hom op sy bors geklop en toe langs Joey gaan staan.

Megan het nader beweeg en aan iets probeer dink om te sê. Sy kon nie en het hom impulsief 'n druk gegee met haar goeie arm en een kant gaan staan.

Jessica het nader gekom. "Louie Washington, dis een van die breinlooste aktiwiteite want ek jou nog sien jouself in begewe het, en ek dink dit sal jou goed doen om vanaand te verloor." Sy het diep asemgehaal. "Maar, siende dat jy ingestem het hiermee ... doen dit behoorlik en veg om te wen." Sy het sy hand gevat. "En doen dit so vinnig as moontlik asseblief. Ek wil nie heelaand na 'n bloedbad kyk nie." Sy het vir hom geglimlag. "Die kampioen se bloed, natuurlik. Jy sal dit kan doen. Ek het genoeg vertroue in jou dat jy sal seëvier."

Louie was verras oor haar praatjie. Met wyd gerekte oë het hy gesê, "Dankie Jess!"

Terwyl sy wegloop na die situasie kamer, het Jessica gesê, "Want as jy *nie* wen nie, gaan ek jou verseker aan hierdie malligheid herinner elke liewe dag vir die res van jou natuurlike lewe."

Almal het gelag.

Misty het gesê, "Louie, Joey gaan daar wees omtrent vyf-dertig, maar ons dames gaan eers so 'n uur later daar wees." Sy het haar hare met haar vingers gekam en het hoogmoedig gesê, "Na alles, *moet* ons eenvoudig ons beste lyk, of hoe?"

Louie het sy kop laggend geskud. "Dexter, laat ons gaan voor dit nog dieper raak, man."

LATER HET MISTY NA Patti se lessenaar toe gekom en gesê, "Jy kom saam met ons, nè?"

Patti het verras gelyk. "Ek het nie geweet ek is uitgenooi nie!"

Misty het haar oë gerol. "Wel, *natuurlik* is jy uitgenooi! Jy is ons sekretaresse, nè? Komaan, laat jy gaan aantrek. En bring jou kamera. Mens weet nooit wanneer 'n foto geleentheid kan uitspring nie!"

PEPINO GARCIA HET UITEINDELIK kontak gemaak met Jesus en Pablo. Nadat hy ontsnap het van die *gringos*, het hy deur verskeie steë en agter strate gehardloop. Hy het die rewolwer in die naaste storm mangat gegooi en gaan soek vir 'n tiekieboks. Aangesien tiekiebokse meestal in die verlede hoort in die Verenigde State, kon hy nie een kry nie. Hy het uiteindelik 'n Meksikaanse geriefswinkel klerk oortuig om hom te laat bel op die winkelfoon. Hy het Pablo se selfoonnommer gebel.

Pablo was baie bly om van Pepino te hoor. Hy het Pepino aangesê om hom en Jesus by die konvensie sentrum om vieruur die volgende dag te ontmoet. Hulle het werk om te doen. Pablo wou nie uitbrei nie, en het Pepino gelos om sy eie weg te vind.

Peipno het daardie nag agter 'n asdrom geslaap by die winkel. Hy het nie goed geslaap nie. Toe hy wakker word, het hy ingegaan en gaan was in die winkel se badkamer. Hy het die stoor klerk gesmeek vir 'n stuk wors en 'n koekie en het sy ontbyt stadig geëet. Hy het gewens hy het daaraan gedink om geld by die *gringos* te steel wat hom gevange gehou het.

Die res van die dag het Pepino tyd omgekry in die park deur na vroue wat speel met klein kindertjies te kyk. Die vroue het almal 'n wye draai om hom geloop en 'n agterdogtige oog op hom gehou terwyl hulle kyk hoe hulle kinders speel. Hy het gereeld die vroue gevra hoe laat dit is en toe dit drie-dertig word het hy die park verlaat en het sentrum toe gegaan.

Toe Pepino twee blokke van die konvensie sentrum af was het hy begin rond kyk vir Pablo of Jesus. Hy het begin om die laaste straat oor te steek toe hy 'n man op die hoek raaksien voor hom. Toe Pepino nader kom het die man omgedraai. Dit was Felix Juarez!

Pepino het begin sweet. Die *gringo* Joey het gesê dat beide Fernandez *en* Juarez dood is in die aanval op die plaashuis. As Juarez lewe, het dit beteken ...?

"*Senor* Juarez!" het Pepino gesê. "Jy lewe!"

Felix het geknik. "Dan dink Joey nog ons is dood?"

"*Si Senor*," het Pepino geantwoord. Sy oë het wyd gerek toe hy besef wat Felix gesê het.

"En ... *Senor* Fernandez? Hy leef ook?"

Weereens het Felix geknik.

Pepino het homself forseer om te glimlag. "Dis is *muy bueno, Senor*."

"Ons is vertel dat jy gevang is deur 'n vrou, Pepino."

Pepino het gesluk. "*Si*."

"Wil jy jouself los koop?"

Pepino het geknik.

Juarez het geglimlag. "Laat ek jou dan vertel wat ons planne is, *amigo*." Juarez het hulle planne stap vir stap uitgelê. "Jy sal jouself posisioneer oorkant die straat van die hoof ingang. Wanneer jy *Senorita* Wilhite sien, mag jy probeer om haar te vermoor as jy 'n skoon skoot het. Of, jy kan haar wond sodat ons haar kan vang en saam met ons kan vat wanneer ons huis toe gaan. *Senor* Fernandez sal verkies dat ons haar saam met ons vat, maar hy verstaan dat dit dalk nie moontlik kan wees nie."

"En as ek nie 'n skoon skoot kry nie?"

Felix het sy skouers opgehaal en geantwoord. "Dis sal nie saak maak nie, Pepino. Sy sal in elk geval dood gaan."

EEN VAN DIE DINGE WAAROOR Justice Sekuriteit ooreengekom het om te dek vir die kampioenskap geveg, was parkeer lakeie. Bo Lockhart het eers hardop gehuiwer oor die voorstel, maar later ingestem nadat Louie en Joey verduidelik het dat baie sekuriteit bedreigings geneutraliseer kon word voor hulle gebeur as sekuriteit personeel in plek was voor die gaste arriveer. Voertuie kon deursoek word deur die "parkeer lakeie" terwyl hulle die voertuie in die kelder parkeer, as die parkeer lakei dink daar was rede om dit te deursoek. Toe die rede verduidelik was, was Lockhart ingenome. Om die waarheid te sê, hy was so ingenome dat hy Louie 'n volledige aantrek kamer aangebied het sonder om daarvoor 'n tarief te hef.

Toe Louie en Dexter by die konvensie sentrum arriveer, het hulle twee van hul eie manne by die voorste ingang gekry. Met 'n handsein het Louie beduie dat hulle nie uit karakter moet tree nie. Hulle moet deurgaan as gewone parkeer lakeie.

Toe Louie en Dexter die fasiliteit binnegaan, het Bo Lockhart hulle ingewag saam met 'n man wat hulle nie geken het nie. Lockhart het die man voorgestel.

"Washington, hierdie is Randy Hooper van die Boks Kommissie. Hy het nodig om jou boks lisensie te sien." Hy het in Louie se oë gekyk. "Jy *het* onthou om een te kry, nè?

"Lockhart, ek sal my linker bal gee om *jou* net vyf minute in die kryt te kry," het Louie geantwoord. "Jy sal nie die grond raak tot die vyf minute verby is nie, dit belowe ek jou." Lockhart het verbleek met die aanhoor van daardie voorstel. "*Natuurlik* het ek dit gekry." Eintlik het *Joey* dit vir hom gekry ... deur 'n paar toutjies te trek by die burgermeester. Hy het die lisensie uit sy beursie gehaal en dit vir Hooper gegee. Hooper het sy bril opgesit en die lisensie behoorlik geïnspekteer, asof dit dalk vervals is. Na 'n paar minute van nabye observasie, het Hooper na Louie gekyk.

"Ek moet 'n kopie maak van hierdie lisensie, Mnr. Washington."

"Geen probleem, Mnr. Hooper," het Louie geantwoord. *Opdringerige klein doos*, het hy gedink.

MARCUS MOOR HET GEDINK hy gaan opgooi tot sy binnegoed buite was. Hy was oppad terug na die stad op 'n kommersiële lugdiens en hulle het direk deur 'n donderstorm gevlieg. Die storm was groot en, volgens die kaptein kon hulle nie hoog genoeg vlieg om bo dit te kom nie. Die rede was gemompel, soos meeste van wat die kaptein gesê het. Marcus het genoeg opgegooi om twee lugsakkies vol te maak en het gewerk aan 'n derde een. Hy het nie van vlieg gehou nie.

Die enigste goeie ding van vlug was dat hulle oor omtrent dertig minute in die stad sal land om vyf-dertig. Marcus wou nie wag nie. Hy gaan direk na die konvensie sentrum toe om Louie die geveg te sien wen.

Die vliegtuig het weer geruk en 'n paar voet gesak. Marcus het sy maag voel ruk soos die vliegtuig en gewens hy was op die grond.

Die reis na Washington was fantasties. Die regte mense in beheer, was beïndruk met die video wat Justice Sekuriteit vir hulle verskaf het wat die dood Fernandez van gedokumenteer het. Hulle het 'n internet opname ook gekyk en die algemene konsensus was dat die sekuriteit firma goed geregverdig was in hulle aksies. Marcus het gevra vir goedkeuring vir die uitreiking van 'n bonus aan die firma en dit gekry, vir die dienste gelewer bo en behalwe plig. Joey sal nie omgee oor die geld nie, maar hy sal die toekennings wat Marcus vir hulle terug gebring het waardeer. Natuurlik was baie mense in die intelligensie kringe in groot moeilikheid as gevolg van die feit dat Fernandez in die land was en dat niemand geweet het nie. 'n Paar mense is oorgeplaas na Alaska en ander is oorgeplaas na die Midde Ooste brandpunte as gevolg van hierdie storie.

Marcus het uitgesien na vanaand se kampioenskap geveg. Die kampioen het geen idee wat Louie kan doen nie en Marcus wou daar wees om dit te sien. Intussen het Marcus nog 'n keer opgegooi ... net nog vir oulaas.

TERWYL JOEY DIE GEBOU verlaat, het hy aangegaan by Tony se lessenaar in die ontvangs area. "So waar is ons klein ontsnapper, Tony?" het Joey gevra.

Tony het die knoppie op die rekenaar monitor gedruk en gekyk na die kaart op die skerm. "Hy is nog steeds 'n blok weg van die konvensie sentrum af, Joey. Het nog nie weer beweeg die afgelope uur nie."

Joey het die ruimte in gestaar, verlore in sy gedagtes. Hoekom sal Pepino, wat veronderstel is om van sy vriende afgesny te wees, by die konvensie sentrum wees? En hoekom vanaand van alle aande?

Tony het sy gedagtes onderbreek. "Sal daar enigiets anders wees, Joey?"

Joey het sy kop geskud. "Nee dankie Tony." Terwyl Joey met die trappe afstap na die motorhuis, was hy nog steeds verlore in sy gedagtes. Hoekom daar? En hoekom vanaand? Dit het net nie sin gemaak nie.

Terwyl hy na die sentrum bestuur het Joey sy radio geaktiveer om uit te saai na alle aktiewe agente. "Ek weet nie of dit iets is om oor bekommerd te wees nie, maar almal by die konvensie sentrum moet waaksaam bly vir enige suspisieuse aktiwiteite deur enige Meksikaanse individuele. Ek weet dit klink rassisties, maar ons klein ontsnapper is omtrent 'n blok weg van die sentrum af en ek kan nie dink hoekom nie. 'n Klein bietjie ekstra bewustheid by almal sal dalk enige geweld wegkeer van die geveg af. Bly asseblief op julle hoede. Ek sal binnekort daar wees." Hy het sy radio na monitor gestel.

Terwyl hy by die sentrum aankom het hy 'n handsein gebruik om die "parkeer lakeie" te laat weet om nie te wys hulle ken hom nie. Nadat hy die sleutels aan die wag gegee het, het hy na die ingang begin beweeg.

"Mnr. Justice!" het 'n bekende stem uitgeroep. "Mnr. Justice!"

Joey het omgedraai om Miriam Apple van Kanaal Sewe Nuus te sien hardloop om hom te ontmoet met 'n kameraman agterna. Hy het gestop. 'n Klein bietjie publieke skakelwerk kan nie skade doen nie.

"Stadig, Me. Apple," het Joey geroep. "Ek sal vir jou wag."

Die verslaggewer het by Joey aan gekom en dadelik begin hyg. "Ek is (*asem*) so on*fiks* (*asem*)!" Haar kameraman het bygekom en het nie naastenby so moeg gelyk nie. Sy het na hom gekyk terwyl haar asemhaling stabiliseer en het haar kop geskud. "Spogkop," het sy gemompel.

Joey het vir haar geglimlag. "Hoekom hardloop jy? Ek het dan vir jou gewag."

Sy het 'n finale diep asemteug geneem. "Ek is 'n verslaggewer. Ek vat geen kanse nie." Sy het haar hare reguit gekam met haar vingers en na haar kameraman gedraai. "Reg Steve?"

Steve het geknik en sy kamera opgelig. Hy het deur die lens gekyk en duim gelig.

Miriam Apple het haar mikrofoon gelig en begin praat. "Ek praat nou met Joey Justice." Sy het na Joey gedraai. "Mnr. Justice, wat dink jy gaan in vanaand se geveg gebeur?"

"Wel, Miriam, ek hoop dat Louie wen. Maar of hy wen of verloor, die aanhangers gaan 'n geveg kry om oor te praat vir 'n lang tyd."

"Sommiges sê dat die geveg net 'n publisiteit poging is vir Justice Sekuriteit. Wat is jou kommentaar daaroor, Mnr. Justice?"

"Ek sou sê dat sommige mense te veel tyd op hande het. Ons het 'n probleem vir ons kliënt veroorsaak en ons maak dit reg op die beste manier waaraan ons kon dink. Die feit dat hier 'n baie hoë profiel probleem is, is egter buite ons beheer. Dit is *nie* hoe ons publisiteit soek nie."

"Praatjies doen die rondte dat u firma tans besig is met 'n enorme Staats kriminele saak. Wat is u kommentaar?"

Joey het geglimlag. "Justice Sekuriteit het verskeie Staats sekuriteit kontrakte. Meeste is vertroulik en sommiges Hoogs Geheim. Ek kan nie daarop kommentaar lewer nie of enige bevestigings of besonderhede verskaf nie. Jammer, Miriam."

Miriam het terug geglimlag na Joey. "Praatjies doen ook die rondte dat julle 'n groot dwelm saak opgelos het hier in die stad. Vandat Pinky se Limousine Diens bewys het dat dit 'n distribusie punt van die Fernandez kartel was, kan jy bevestig dat u firma betrokke was by die ontdekking van daardie feit?"

Joey het sy kop geskud. "Pinky's was 'n dwelm verspreider?" het Joey haar ongelowig gevra. "Ongelooflik!"

Miriam het geglimlag. "Dit was Joey Justice se kommentaar hier by die konvensie sentrum."

Steve het die kamera weggedraai van sy oog en geknik.

Miriam het na Joey gedraai. "Dankie Mnr. Justice." Sy het skaam geglimlag. "U *weet* iets oor Pinky's. Ek kan sien. En u laaste antwoord was nie ontkenning of bevestiging nie. Dit was 'n ontwyking. Hoekom, wonder ek?"

"Miriam, al wat ek kan sê is ... geniet die geveg," het Joey geantwoord, verby haar gedruk en binne gegaan.

TEEN SES-VYFTIEN WAS Misty, Megan en Patti reeds in die ontvangs area in die ingangsportaal. Hulle het vir Jessica gewag om by hulle aan te sluit.

Patti het haar kamera uit haar handsak gehaal. "Oukei dames. Foto tyd. Ek wil hê julle twee moet saam staan en glimlag!"

Misty het haar arm by Megan se gesonde arm ingehaak. Hulle het hulle koppe naby mekaar gedraai en geglimlag terwyl Patti die digitale foto geneem het.

Jessica het uit die hysbak geklim agter Patti... "Neem vinnig daai foto, Patti ... die manlike werkers van Justice Sekuriteit sal nie kan werk as ons al vier in die voorportaal is nie."

Die dames het gelag terwyl Tony gebloos het. Jessica het na hom gewys. "Sien meisies? Tony se kleur wys dat ek reg is!"

Patti het na Tony se lessenaar gestap. "Tony sal jy 'n liefie wees en 'n foto van ons al vier neem?"

Tony het geknik. "Seker, Patti. Sal bly wees." Hy het die kamera geneem en sy het hom vinnig gewys hoe om dit te gebruik. Hy het mooi geluister na wat sy sê. "Gee jy om as ek dit eers net op jou uitprobeer?" het hy haar gevra terwyl hy vir haar geglimlag het.

Patti het terug geglimlag na Tony. "Natuurlik."

Jessica het Misty en Megan geëlmboog en na die twee geknik terwyl hulle die neem van haar foto bespreek. Al drie vroue het geheimsinnig geglimlag.

Jessica het wel 'n rilling oor haar ruggraat gekry toe Patti sê, "Nee Tony, probeer weer, jy het my kop af gesny!"

JOEY HET LOUIE EN DEXTER in Louie se aantrekkamer gekry. Louie het gelê op die masseer tafel en Turk het Louie se rug gevryf. Dexter het 'n video van een van die kampioen se vorige gevegte gekyk.

"Haai, ouens," het hy gesê.

"Haai, Joey," het Dexter gesê sonder om op te kyk. "Welkom by oefening."

"Hallo baas," het Turk gesê.

Louie het sy kop gedraai om sy vriend te sien. "Ek ken daai kyk, Joe. Wat pla jou?" het hy gevra.

"Miskien niks, miskien iets," het hy geantwoord. "Miskien *twee* ietse. Het enigeen van julle met Miriam Apple gepraat?"

Turk en Dexter het albei hulle koppe geskud. Louie het gesê, "Ek het. Dit was nou die aand tydens die perskonferensie. Hoekom?"

"Sy het my hier buite gevang en my in soveel woorde vertel sy weet ons was betrokke by Pinky se uitvang parade. Ek wonder nou hoe sy uitgevind het."

Dexter het die video gevries en na Joey gedraai. "Die kliënte, dink jy ook so?"

"Moontlik," het Joey gesê. "Maar dit kon ook spekulasie gewees het."

"Soos 'n visvang ekspedisie," het Turk gesê. "Baas, ek het dit altyd gedoen met my ou Ouma as ek wou weet wat sy vir my vir Kersfees gekry het. Ek het haar vertel dat Oupa my vertel het wat my ouers gekry het en dan sou ek iets algemeen genoem het... soos ek sal sê Oupa het gesê dat hulle vir my DVD's gekry het ... en sy het dan kwaad geword en gesê dat sy daai ou meerkat se gaai gaan slaat. Dit het elke keer gewerk. Dit was dalk wat daai Apple dame probeer doen het met jou – visvang vir informasie deur jou te laat dink sy weet alreeds."

"Daai's 'n goeie idee, Turk," het Louie gesê. "Hy kan reg wees, Joey."

Joey het geknik. "Kan wees. O, wel, ek sal nie bekommer daaroor nie tot iets gebeur nie. Is jy reg Louie?"

"So reg soos wat ek kan wees, dink ek," het Louie geantwoord.

"Hy is reg," het Dexter gesê. Hy het spekulatief na Louie gekyk. "Jy weet, Joey, ek het na van die ou gevegte van die kampioen gekyk. Ek dink Louie kan hom aanvat. Ek sê dit nie sommer net nie. Ek dink regtig hy kan hom wen, en redelik vinnig ook."

"Hoe vinniger hy die kampioen wen, hoe vinniger kan ons almal huis toe gaan," het Joey gesê. "Die ander ding wat ek wou noem is dat ons klein ontsnapper net 'n blok weg is van die sentrum. Ek kan nie dink hoekom nie."

"Hm. Kan ook niks wees," het Louie gesê. "Hy kan dalk in 'n asblik wees. Die ander skieters het dalk rot geruik en hom afgemaak."

"Nee, hy beweeg nog rond," het Joey gesê. "Hy het van een blok weg beweeg na twee blokke weg en weer terug na een blok weg ... Ek wens net ek kon weet wat hy wil doen."

"Jaa, ek het jou uitsending vroeër gehoor," het Dexter gesê. "Ek het niks aan Louie genoem nie. Ek wou nie sy aandag aftrek nie."

Joey het geglimlag. "Reg. Moenie enigsins daaroor bekommerd wees nie, Percy, ou man. Ons sal die klein Pepino dophou. Jy moet net die kampioen wen."

"Julle ouens dink nie," het Louie gesê. "Daai kampoen kan *my* dalk wen!"

Die donder van donderweer kon gehoor word.

"Is dit veronderstel om te reën vanaand?" het Joey gevra.

"Karige kans, het die weerman gesê," het Dexter geantwoord.

"Wonderlik. Reën. Net wat ons nodig het. Is die lewe nie goed nie?" het Joey gesê.

DERTIG DUISEND VOET bo hulle koppe het Marcus Moore nie gedink die lewe is goed nie. Hy het die Wright broers gevloek, vlieëniers oor die algemeen, weermanne en almal anders waaraan hy kon dink. Die vlieënier van sy vlug het gesê hulle kon nie nou dadelik land nie omdat die donderstorm waarin hulle vasgevang was hulle na die stad toe gevolg het. Die huidige voorspelling is dat die storm sal verby trek oor die stad binne die volgende dertig minute of so, maar totdat dit gebeur, sal hulle in die lug bly.

Marcus het nou al so baie opgegooi dat die lug turbulensie hom nie meer pla nie. Op hierdie oomblik was hy net gefrustreerd. Hy wou op die grond kom en hy wou na die konvensie sentrum toe gaan sodat hy Louie se geveg teen die kampioen kan kyk.

Die vliegtuig het uiteindelik geland teen ses vyf en dertig. Marcus het sy kenteken gebruik om seker te maak dat een van die eerste passasiers is wat uit die vliegtuig klim. Hy het na die bagasie area gehardloop, sy tas gekry en was op pad na die konvensie sentrum teen ses vyftig. Hy sal daar wees teen sewe vyftien, as die verkeer aan sy kant was.

Marcus het nie daaraan gedink om sy stempos te bel tot sewe uur nie. Toe hy geluister het na sy boodskappe het sy gesig verbleek ... en hy het gedink hy gaan weer opgooi.

DIE JUSTICE SEKURITEIT dames het by die konvensie sentrum gearriveer om ses vyf en dertig namiddag. Misty het bestuur en sy het beweging aan haar linkerkant gesien. Toe sy soontoe kyk, het sy Pepino gesien ... en kon nie haar oë glo nie. Hoekom het die klein Meksikaan hier rondgehang by die konvensie sentrum?

Natuurlik wag hy vir haar.

Die "parkeer lakeie" is alreeds ingelig om nie die dames te herken wanneer hulle arriveer nie, maar Misty het daardie instruksies gebreek en met haar "parkeer lakei" gekonsulteer om 'n manier te vind om Pepino weer te vang. Sy wou regtig, regtig baie graag weet hoekom daardie grillerige klein mannetjie hier rondhang, en hoekom hy dink sy is 'n maklike teiken. Sy het iets nodig gehad om sy aandag af te lei, sodat sy op hom kon afsluip ... maar niks het opgekom wat nie die klein Meksikaan sal laat hardloop nie.

Niks het opgekom deur haar gedagtes nie ... totdat 'n wit Chrysler Sebring reg agter haar gestop het nie.

PEPINO KON NIE DINK wat die *senorita* nou doen nie. Sy het voor die ingang stil gehou, die ander drie *senoritas* laat uitklim, met die parkeer lakei gepraat ... en toe onverklaarbaar weggery! Hy kon nie sy oë glo nie! Hy het gesien, maar kon nie die feit registreer dat die man in die wit kar agter Misty met die parkeer lakei gepraat het, in sy rigting gekyk het, geknik het vir die parkeer lakei en toe oor die pad begin geloop het nie. Pepino se gedagtes het begin ronddraai.

Senor Juarez was heel duidelik. Vang indien moontlik, maar haar dood indien nie. Pepino het totaal vergeet dat Felix gesê het dat sy in elk geval sou sterf as hy nie kans gekry het nie. Maar die *gringo* teef het weg gery! Pipino het nie geweet wat om te doen nie.

Een ding was glashelder. Pepino moes *iets* doen, of *Senor* Fernandez sou 'n middag se vermaak hê met hom. Maar, wat kon hy doen?

Voor Pepino verder kon dink, het hy 'n iets op sy skouer gevoel.

MARCUS HET BEGIN OM sy vaardighede te gebruik wat hy lank terug in verdediging klasse geleer het by Quantico. Hy het gejaag, met die spoedmeter in die rooi bokant vyf-en-tagtig myl per uur. Met sy regterhand het hy sy foon uit stempos gehaal en begin soek deur sy kontaklys na Joey se selnommer. Hy het een oog op die snelweg gehad en een oog op die foon. Toe hy na sy foon kyk, het die skerm begin flikker. *O, my hemel!* Het hy gedink. *Ek het nie my verdomde foon herlaai vandat ek uit Washington is nie!*

"FOK!" het hy geskree, met 'n sagte apologie aan Nicholas Turner se dogter. Hy het sy foon laat val en begin konsentreer om deur die verkeer te vleg.

Dit was tien oor sewe namiddag.

PEPINO, VERLORE IN sy gedagtes, het omgedraai om te sien wie aan sy skouer vat. Hy moes opkyk om die man se gesig te sien.

"Haai," het die man aan Pepino gesê. "My naam is Jim Dandy. Wat is joune?"

Pepino het geantwoord sonder om te dink. "Pepino Garcia."

Jim het sy regterhand uitgehou om te skud. "Lekker om jou te ontmoet, Pepino. Sit dit daar!"

Pepino het hand geskud met die *gringo*. Jim het nie Pepino se hand laat gaan nie.

"Ek het 'n vraag vir jou, Pepino," het Jim gesê.

"*Si, senor*," het Pepino geantwoord. "Wat is dit?"

"Hoe het dit gevoel om deur 'n vrou gevang te word?"

Pepino se oë het wyd oop gerek en het begin om sy hand te probeer wegtrek uit Jim s'n, maar hy het nie die krag gehad nie. Hy het 'n klop op sy regter skouer gevoel en het omgedraai om te sien wie dit is.

Misty het gesê, "Hallo weer, jou klein drol." Toe slaan sy hom teen sy regter slaap met die hak kant van haar regterhand. Pepino se oë het gerol en toe val hy in Jim Dandy se arms, bewusteloos.

"Wat doen ek met hom, Misty?" het Jim gevra.

Misty het gesug. "Kan jy hom in die sentrum inbring, Jim?"

"Seker."

Sy het haar kop geskud terwyl hulle die straat oorgesteek het, terwyl elkeen van hulle elke kant van die Pepino ondersteun. "Ek weet nie wat Joey die meeste gaan ontstel nie .... om Pepino te sien of om jou te sien."

MARCUS HET 'N SPOED kaartjie gekry.

Die motorfiets poliesman het hom afgetrek en na sy kenteken gekyk, geluister na sy storie en gesê, "Lisensie en registrasie, asseblief."

Marcus het na die poliesman gestaar met wye oë en 'n oop mond. Hy kon dit nie glo nie. Stil het hy sy lisensie en registrasie uitgehaal.

Die poliesman het stil 'n spoed kaartjie uitgeskryf, dit afskeur en aan Marcus oorhandig.

"Stadig nou en lekker dag, meneer."

Marcus het die kaartjie gevat, daarna gekyk en gesê, "Kan ek jou naam en kenteken nommer kry? Ek wil absoluut seker maak dat ek die regte persoon 'n voet skof aansê in Hooker Hollow."

JOEY HET PEPINO IN die metaal stoel ingegooi. Hy was nog steeds bewusteloos, maar het stadig begin bykom. Joey het gesoek en kleefband gekry. Hy het dit na Dexter gegooi en gesê, "Sal jy asseblief die seun-van-'n-teef vas bind aan daardie stoel, Dex?" Toe het hy na Misty en Jim gedraai en gesê, "Hoekom is ons weer met hierdie klein poephol geseën?"

Jim het sy hande in die lug gegooi met 'wag 'n bietjie' sein. "Al wat ek gedoen het is om hom te help dra. Wat is aan die gang?"

"Jy is reg Jim," het Joey gesê. "Jy verdien 'n verduideliking hieroor, of hoe?." Joey het verduidelik wat die hele situasie is. Hy het hom vertel van Louie se penarie, Dexter se honde skou en oor Fernandez. Hy het verduidelik oor Pepino se ontsnapping en die opspoor toestel wat hy en Caleb Mitchell onder Pepino se vel geplant het en dat Pepino al heel middag om die sentrum rond hang.

"Ek stem saam met jou Joey," het Jim gesê. "Hierdie ou voer iets in die mou. Misty was reg om hom in te bring."

Joey het geknik. "Ek weet. Ek haat dit net om hierdie klein moordenaar weer te sien."

Dexter het die kleefband aan Joey gegee. "Hy is so vas soos wat ek hom kan maak, Joey. Jy wil dalk kleefband reghou vir sy mond, tensy jy wil hê hy moet praat."

Joey het gelag. "Ek hê hy moet praat, ja."

"Ek weet een ding," het Misty gesê. "Hy gaan regtig kwaad wees vir my." Sy het gegiggel. "Ek wed ek het sy ego gekneus."

Jessica, Megan en Patti het toe by die aantrek kamer aangekom. Met agt mense daar, het dit nogal beknop geraak.

"Sjoe," het Megan gesê. "Ons het regtig gesien Misty dra hierdie klein granaatpit, of hoe?"

"Hallo, James," het Jessica Jim Dandy gegroet.

Jim het na haar geknik. "Jess, Hoe gaan dit?"

"'n Volledige vennoot nou, en so is Megan."

"Sjoe. Dit lyk of Joey baie uitgelaat het," het Jim gesê.

"Binne werke, Jim. Nie jou besigheid nie," het Joey geantwoord.

"Joey dis sewe vyf en dertig," het Dexter gesê. "Louie en ek moet by die verhoog area kom. Ons gaan kryt toe oor omtrent vyftien minute."

Joey het na die twee van hulle gewaai. "Gaan. Ons sal uitvind wat aan die gebeur is en dan binnekort daar bo wees. Slaan hom uit Louie. Moenie rond slomp nie. Ek wil huis toe gaan."

Louie en Dexter het die vertrek verlaat. Megan het saam met hulle getap tot by die deur. Toe die deur agter hulle toe slaan, het Pepino gekreun en sy oë oopgemaak. Hy het na die gesigte om hom gekyk.

"*Madre de Dios*," het hy aan homself gemompel.

"Pepino," het Joey gesê. "Vertel my hoekom ek jou nie nou moet doodmaak nie."

Voor Pepino kon antwoord, het die deur oopgebars en Marcus het ingestorm.

"Ons het groot probleme," het hy gesê. "Fernandez leef nog!"

Hoofstuk 12

Die kamer was stil. Die enigste klanke wat gehoor kon word was die skare se geraas oor 'n afstand. Alle oë was op Marcus.

"Marcus," het Joey stadig gesê, "as dit 'n grap is, is dit nie snaaks nie."

"Geen grap, Joey," het Marcus geantwoord. "Ek wens dit was."

Joey se oë het na Pepino gedraai. "Nou is jou teenwoordigheid hier verduidelik. Wat doen Fernandez hier?"

Marcus het na die klein Meksikaan wat aan die stoel vas gebind was gekyk. "Wie is die?"

"Sy naam is Pepino Garcia," het Joey geantwoord. "Hy was een van Pinkersley se skieters. Hy het die mense in daardie woonstel slagting help vermoor in Vierde Straat. Misty het hom Saterdagaand by McFeelme's gaan vang, en ons het hom laat ontsnap Maandag oggend, met 'n opspoor toestel geplant onder sy vel. Ons het gehoop hy lei ons na die ander twee skieters. Ons het nie geweet hy sou ons na Fernandez toe lei nie."

"O, ek sien," het Marcus gesê.

Joey se oë het Pepino nooit verlaat nie. Hy het na die klein Meksikaan gestaar met 'n koue, berekende en baie intense staar. "Marcus, kan jy ons vertel hoe Fernandez oorleef het?"

"Blykbaar, volgens die forensiese verslag vanaf Dr. Holland, was Fernandez en Felex Juarez binne die limousine toe die RPG dit getref het," het Marcus geantwoord. "Latere ondersoek het laat blyk dat die limo gepantser was. Toetse het bewys dat die manne net 'n bietjie rook in sou geasem het en miskien effens met roet besmeer sou wees." Hy het sy kop geskud. "Maar hulle het genoeg oorleef om die plaashuis te ontsnap. Dit is die skrikwekkende deel."

"Dit beteken hy is nou regtig baie kwaad vir ons," het Jessica gesê.

"Nie net dit nie," het Misty gesê. "Hy sal kom vir ons met alles wat hy het."

"En dit sal 'n publieke waarskuwing wees, sodat hy self oor sy gekneusde ego kan smeer," het Megan bygevoeg.

"Publiek," het Joey gesê, in 'n amper onhoorbare stem. "Iewers waar *alles* seker sal wees ... soos 'n boks geveg." Hy het nog steeds na Pepino gestaar. "jy het skielik die middel van my aandag geword, jou miserabele klein fokker." Joey het sy kneukels geknak. "Jim," het Joey gesê, "sal jy my 'n guns doen?"

Jim het geknik. "Natuurlik, Joey."

"Sal jy gou buite toe tree vir 'n oomblik saam met Marcus?"

Jim Dandy het betekenisvol na Pepino gekyk, wat vreeslik begin sweet het. "Ek sal bly wees. Marcus? Sal jy gou saam met my gang toe gaan?"

Marcus het na Joey gekyk, wat in kaste en laaie gesoek het.

"Oukei. Joey?"

"Ja, Marcus?"

Marcus het na Pepino gekyk en weer na Joey. "Moet hom nie doodmaak nie."

"Ek hoor jou."

Marcus het die sin beklemtoon toe hy dit herhaal het . "*Moet hom nie doodmaak nie.*"

Jim Dandy het na die deur gestap, dit oopgemaak en oopgehou vir Marcus.

Marcus het diep in Joey se oë gekyk, geknik en by die deur uitgestap. Jim het hom gevolg en die deur behoorlik toegemaak agter hom.

Joey het sy aandag na Pepino gedraai, wie so oë gerek het. Die man het nog steeds emmers vol gesweet.

"Patti," het Joey gesê.

"Ja, meneer," het sy geantwoord.

"Ek wil hê jy moet jou kamera vat en jou telefoto lens gebruik om alles rondom die omliggende geboue goed dop te hou. As jy Fernandez deur jou lens sien, neem hom af. Kom soek dan vir een van ons."

Patti het na Joey gekyk asof sy hom nog nooit voorheen gesien het nie. Hy het gelyk asof 'n donker sluier oor sy oë en kop getrek is. Die uitdrukking in sy oë was nie die uitdrukking van 'n besigheid eienaar nie. Sy oë het wreed en berekend geword. Sy het nie beweeg nie.

"Patti? Tyd is hier die kern van die saak, asseblief," het Joey gesê.

Sy het gespring. "Ja, meneer. Op pad." Patti het die vertrek verlaat.

"Misty, ek wil hê jy en Jessica moet ons klein gas in plek hou asseblief," het Joey gesê. Die dames het dit gedoen, elkeen so dat hulle vinnig enige dele kan regskuif sou dit nodig wees. Joey het nog na Pepino gestaar. "Jy het een kans om te praat, Garcia. Waar is Fernandez, en wat wil hy doen?"

"Ek vertel jou niks, *gringo*," het Pepino geantwoord. Sy stem was baie wankelrig.

Joey het geknik en toe 'n tang opgehou wat hy in die laaikas gekry het. "Soos jy wil. Jy het twee balle, Garcia. Oor 'n minuut sal jy net een hê. Of jy daai een sal behou sal afhang of jy ons gaan vertel wat ek wil weet."

MARCUS HET SY STYF oë toegeknyp toe hy gille uit die kamer hoor kom. Hy kon nie dit wat Joey doen kwytskeld nie maar hy het dit verstaan. Fernandez het iets beplan vir vanaand en sy teiken was Justice Sekuriteit. Hulle moet uitvind wat beplan was en dit probeer keer voordat mense sterf. Deur hom te vra om die kamer te verlaat, het Joey Marcus se reputasie gespaar.

Alles in ag geneem het Marcus gewens hy was iewers anders.

Marcus het vinnig na Jim Dandy geloer. Jim se gesig was streng, amper gelate. Toe Marcus wegkyk, kon hy stemme uit die sluitkas kamer hoor. Joey het geskreeu, Misty het geskreeu en die klein Meksikaan het gepraat met 'n wankelrige stem. Marcus kon nie hoor wat gesê word nie.

Skielik het die deur oopgevlieg en Joey het uitgekom, gevolg deur die dames. Jessica se gesig was wit, Misty was onbewoë en Megan het 'n glimlag op haar gesig gehad.

Jesus Christus, het sy geniet *wat Joey ook al so pas gedoen het?* het Marcus gedink.

Joey het na Jim en Marcus gekyk. "Fernandez het die hele konvensie sentrum met plofstof gekabel. Hy gaan die hele sentrum laat ontplof en almal binne in vermoor sodra die wenner van die geveg aangekondig word. Ek moet *vinnig* by Louie uitkom!"

BO, OP DIE HOOF VLOERVLAK van die konvensie sentrum, was Louie nou net voorgestel oor die luidsprekers en omtrent helfte van die skare het begin klap, skreeu en gefluit. Hy het sy weg na die kryt gebaan met Dexter en Turk reg agter hom. Al was hy hoog in die versoeking het hy hom weerhou om sy arms bo sy kop te strek in 'n oorwinning saluut en om in die gangetjie af te dans in plaas van loop.

Toe hulle Louie se hoek van die kryt bereik, het Turk deur die toue geklim en 'n hoë, liggewig stoel in die hoek neergesit. Dexter het die toue gelig sodat Louie kon inklim. Dexter het sy vriend die kryt in gevolg.

So gou as wat al drie hulle bestemde hoek bereik het, het die aankondiger die litanie weer begin, hierdie keer vir die kampioen.

"En nou, sonder enige verdere vertraging, hier is hy. Ingeweeg teen 254 pond, is dit die swaargewig kampioen van die wêreld! Dames en Here, Walter Pyle!"

Die kampioen het geen bedenkinge gehad teen afwys en pronk vir die skare nie. Deur die onstuimige applous het Pyle in die gangetjie af gedans na die kryt met albei arms in die lug terwyl hy houe slaan na die dak. Sy tweede en derde het gevolg met groot glimlagte op hulle gesigte en groot salaris tjeks in hulle drome. Pyle het vorentoe en agtertoe gevleg oor die gang terwyl hy gedans het en 'n groot druk vir een van die dames aanhangers gegee. Hy het die gang weer oorgesteek en gelyk of hy 'n ander dames aanhanger spyker. Die gehoor was blykbaar mal oor Pyle se manewales want hulle het dit selfs harder toegejuig.

Louie het met vernoude oë toegekyk. Dit was die enigste uitdrukking wat op sy gesig was. Hy het Dexter nader gewaai. "Ek ga' sy gat wen net omdat hy so optree!" het hy in Dexter se oor gesê.

Dexter het gelag en dit aan Turk herhaal. Hy het ook gelag.

Uiteindelik het die kampioen by sy eie hoek van die kryt uitgekom. Hy het gaan sit op die stoel en na Louie gestaar in die oorkanste hoek.

Die applous het begin bedaar toe die skeidsregter in die kryt klim. Dit het weer begin, al was dit nie so uitbundig nie. 'n Paar boe's en jouery kon ook gehoor word. Die skeidsregter het na die middel van die kryt beweeg. Hy het beide Louie en die kampioen na die middel geroep. Baie het gehoorsaam. Toe hulle weerskante van die skeidsregter staan, het die skeidsregter die knoppie onder die koordlose mikrofoon gedruk wat aan sy hemp vas is.

"Pyle, Washington, ek soek 'n goeie, skoon geveg. Geen houe onder die belt, geen gebyt nie, geen trap op tone nie. Wanneer ek sê breek, dan breek julle en gaan na 'n neutrale hoek. Is dit duidelik, manne?" Beide mans het geknik. "Gaan dan na julle hoeke. Wanneer die klok lui, kom uit en veg!"

Pyle het 'n paar duim lengte voordeel bo Louie. Hy het nader getree tot in Louie se gesig. "Ek ga' jou opfok, *wag*. Dan gaan ga' ek jou meisie soek en haar fok tot sy nie kan loop nie. *Dan* ga' ek jou mamma soek en *haar* fok tot sy ook nie ka' loop nie, kleinjan."

Percival "King Louie" Washington het sy oë vernou en geantwoord die met afgemete presiese praat patroon wat hy gebruik wanneer hy verskriklik kwaad is. "Dan laat hierdie spel begin. *Champ.*"

Pyle het 'n oomblik gestaar. Louie het terug gestaar. 'n Klein sweet druppel het op die kampioen se voorkop verskyn en hy het geoogknip. Louie het geglimlag, gedraai en terug gegaan na sy hoek. Sy glimlag het verander na verwarring toe hy Joey by Turk en Dexter sien staan.

"Joey," het Louie gesê. "Ek ga' daai grapmaker se kop vir hom gee op 'n skinkbord, man."

Joey het sy kop geskud. "Jy kan nie Louie. Jy moet die spel so lank moontlik laat aanhou .... vir ons tyd koop."

Louie hê sy vriend 'n geamuseerde kyk gegee. "Waarvan praat jy? Ek sal hierdie bliksem in die eerste ronde wen, Joey!"

"Fernandez leef nog," het Joey geantwoord. "Hy gaan die konvensie sentrum opblaas so gou as wat die wenner aangekondig is. Aangesien ons nie weet waar die plofstof is nie, het ons nie tyd om die fasiliteit te ontruim nie, so jy moet vir ons tyd koop deur die geveg uit te rek."

Louie was stomgeslaan oor die informasie dat Fernandez nog leef. Hy het na Dexter gekyk wie 'n selfs meer verbaasde uitdrukking op sy gesig gehad het. "Speel jy Joey? Want as jy speel, is dit nie die regte tyd nie, man."

Joey het sy kop geskud. "Geen grap, Percy. Marcus het ons pas vertel oor Fernandez, en Pepino het ons vertel wat gedoen is. Jim Dandy en die dames is reeds besig om te soek in die laer vloervlakke na daai plofstof. Ek het elke agent op die perseel, met gesê uitsondering van die ingang wagte, wat die plek van buite af fynkam. Ek vat Turk saam met my." Hy het om die lokaal gekyk. "Daar is oor die dertig duisend mense hier vir die geveg ... en hulle weet nie eers hulle lewens hang af van jou om nie die kampioen uit te slaan nie totdat ons die plofstof kan ontlont nie."

"Of die kampioen my Louie uitslaan nie," het Dexter bygevoeg.

"Dit kan ook nie gebeur nie," het Joey gesê.

Louie het die nuus aanvaar maar iets anders het hom gepla. Hy het sy gehandskoende hand uitgesteek en Joey nader getrek. "Jy weet hoe jy is met goed wat ontplof, Joey ... Belowe my jy sal dit nie opfok nie!"

Joey het sy vriend in die oë gekyk. "Percy, as jy vir my die tyd koop wat ek nodig het, sal ek toesien dat niks opblaas nie. Dit belowe ek jou."

Louie het na Joey gekyk vir 'n oomblik en hom laat gaan met 'n geknik. "Goed genoeg. Ek doen my deel. Moet my net nie opblaas nie, man."

Joey het sy vriend op die skouer geklop net die klok lui vir die eerste ronde. "Ek sal my bes doen. Kom Turk." Hulle het die lokaal verlaat op 'n vinnige draffie terwyl Louie na die middel van die kryt beweeg om die toon merk te los.

MIRIAM APPLE, WAT IN die voorste ry sit terwyl Steve, haar kameraman, sy kamera rig op die geveg, het gesien toe Joey Justice na Louie se hoek toe kom. Sy het die kort maar intense gesprek gesien. Toe kyk sy hoe Joey terug hardloop met die gang op met die groot man uit Louie se hoek. Sy het vinnig na Dexter geloer terwyl Louie na die middel van die kryt beweeg het. Hy het verskriklik bekommerd gelyk. Sy het 'n besluit gemaak gebaseer op jare se ervaring en na Steve gedraai. "Skroef die geveg, Steve! Iets is aan die gang en ek wed dis groter as hierdie simpel geveg! Volg my!"

Toe, gevolg deur haar kameraman, het Miriam met die gang op gehardloop en probeer om Joey in sig te hou.

MARCUS HET ALMAL LAAT wag by die voet van die kelder totdat Joey teruggekom het. Hy het vrae gehad wat hy beantwoord wou hê en Misty was die een na wie hy gedraai het.

"Oukei, so ons het nie tyd om te ontruim nie. Hoekom?" het hy gevra.

"Pepino het Joey vertel dat Fernandez die plek sal vroeër opblaas as hy 'n groot hoeveelheid mense die plek sien verlaat," het Misty geantwoord.

"Hoekom hier? Ek bedoel, hoekom al hierdie mense doodmaak?"

"Fernandez is nie die enigste persoon wat ons wil dood maak nie, maar hy wil hê mense in hierdie stad moet hom vrees. Hy wil hulle laat bewe wanneer sy naam gehoor word. Hy dink dat as hy vanaand die plek opblaas, sal niemand hom ooit pla terwyl hy sy 'besigheid' doen in die stad nie."

"As hy dertig duisend mense vermoor, sal die Verenigde State Goewerment hom volg met alles wat hulle het! Hy sal nêrens kan wegkruip nie. Ons sal hom vang, maak nie saak waar hy gaan nie."

"Jy bedoel, soos ons gemaak het met Bin Laden?"

Marcus was stomgeslaan oor Misty se kommentaar.

"Kyk daarna uit sy oë, Marcus. Osama bin Laden het vliegtuie deur die World Trade Centre torings gevlieg en deur die Pentagon, en nog een laat val in Pennsylvanië. Dit was moontlik ook op pad na of die Capitol of die Wit Huis. Toe ons uitvind wie daarvoor verantwoordelik was, het ons kwansuis 'alles probeer' om hom te vang. Soveel jare later het ons hom nog nie gevang nie *... en ons weet waar hy is!* Fernandez dink dat hierdie land nie Meksiko sal inval nie want dit is te naby aan ons en hy dink nie *ons sal hom ooit weer kry nie!* En die hartseer deel? Hy is heel moontlik reg! Dit sal 'n privaat organisasie vat om in te gaan agter hom aan en hom of dood maak of om hom te vang en terug te bring VS toe vir vervolging. 'n Privaat organisasie *net ... soos ... ons!*

Laat ek jou van een ding verseker, Marcus Moore: Na hierdie storie, sal Joey of vir Fernandez vermoor of vermoor word. En ons gaan almal saam met hom wees!"

Marcus was uit die veld geslaan deur Misty se uitbarsting. Hy het nog nooit gesien dat sy haarself so heftig uitdruk nie. Hy het haar beide bewonder daaroor maar dit het hom ook kwaad gemaak. Hy het ook besef, en was eintlik nogal omgekrap oor die feit, dat hy nie in beheer is van hierdie situasie nie, maar Joey wel. Dit het nogal in sy krop gesteek, maar hy sou doen wat hy ook al kan om hierdie potensiële katastrofe te keer.

LOUIE HET DIE MERK in die kring met sy toon gemerk, maar sy kop was by sy vriende. Hy het gehoop dat hy hulle genoeg tyd kan gee om die plofstof te vind en te ontlont.

Pyle het 'n regter na Louie se neus gegee wat hom amper gevang het. Louie het die hou gekoes maar dit was naby. As Pyle verras was, het hy dit nie gewys nie. Hy het die piston tipe regter opgevolg met 'n linker opper wat ook net-net Louie se ken gemis het. Maar die Kampioen het 'n opening gelos en Louie het dit geneem. Hy het Pyle met 'n regter teen die kant van sy kop geslaan. Hard.

Pyle het sy kop geskud. Die hou het hom geskud tot op die grond. Hy het begin dink dat jy dalk meer aangevat het as waarop hy gereken het toe hy ingestem het dat hierdie sekuriteit wag instaan as uitdager.

Aan sy kant, het Louie weer gedink dat hy versigtig moet wees hoe en waar hy die man slaan. As hy Pyle slaan met alles wat hy het, is die geveg verby. As hy die kampioen op seker plekke slaan, sal die geveg ook verby wees.

O, ma..a..a..a..an! het hy gedink terwyl hy weer vir 'n hou koes. *Dit sou so..o...o.. eenvoudig gewees het! Nou het Fernandez* dit *ook opgefok! Joey beter daai plofstof kry, man!*

TOE JOEY EN TURK BY die trappe af kom, was die eerste ding wat Joey raaksien dat Marcus kwaad en verleë lyk. Maar hy het tyd gehad om die FBI agent te ondervra nie. Hy het 'n bom om te vind.

Misty het gekyk hoe die twee mans by trappe af kom. Uit die hoek van haar oog, sou sy kon sweer sy het iets gesien maar toe sy daarop fokus het niks by die bopunt van die trap beweeg nie. Sy het haarself gemaan om altyd agter toe ook te kyk.

"Oukei mense ... ons het 'n paar minute om 'n bom te vind," het Joey gesê. "Ons weet dat daar genoeg C4 plofstof in die plek geplant is om dit gelyk te maak met die grond. Dit klink skrikwekkend maar dit is nie. Die C4 kan nie ontplof sonder 'n beheer toestel wat dit laat ontplof nie. Esteban Fernandez leef nog en hy het die plofstof geplant met die doel om ons te vermoor. Hy gee nie om dat dertig duisend ander mense ook sal sterf in die proses nie. Ons het ontdek dat Fernandez 'n beheer toestel geplant het wat aan 'n selfoon gekoppel is wat die ontploffing sal bewerkstellig sodra die wenner daarbo aangekondig word. Louie probeer die geveg uitrek om ons tyd te gee sodat ons die toestel kan vind. Daar is omtrent vyf-en-twintig van ons. Verdeel in spanne van twee en laat ons begin soek. Moenie alarm maak as julle net C4 kry nie ... maar skreeu hard

as julle 'n elektroniese toestel kry. Weg is ons, mense!" Hy het sy hande geklap
en almal het uitmekaar gespat.

BY DIE BOPUNT VAN DIE trappe het Miriam se oë wyd gerek terwyl sy
luister na Joey se toespraak. Sy was beide vreesbevange dat sy dalk vanaand
verskriklik gaan sterf en opgewonde dat haar voorgevoel reg was. Die
eenvoudige teenwoordigheid van die FBI agent, en die hoof van Justice
Sekuriteit se hoof mededinger, Jim Dandy, is al genoeg om alarms te laat afgaan
by enige verslaggewer!

Sy het na Steve gekyk met op getrekte wenkbroue en het na die mikrofoon
gewys op sy kamera. Hy het sy kop geskud. Die was eenvoudig te ver weg vir
die kamera se mikrofoon om die toespraak op te neem. *Dammit!* het sy gedink.
Kan iemand my net 'n kans gee?

Sy het vinnig by die trap af geloer. Niemand was in sig by die eindpunt van
die trap nie. Sy het vir Steve gewys om haar te volg en het begin om by die trap
af te sluip.

Toe sy die eindpunt van die trap bereik, het sy en Steve gevries toe 'n stem
vra, "Miriam, hoekom volg jy my?"

DIE KLOK HET GELUI vir die eerste ronde. Die enigste hou wat raak
geslaan is, was Louie s'n. Hy het na sy hoek toe gestap en gaan sit op die stoel
wat Dexter daar gesit het.

"Jy vaar goed, Louie," het Dexter gesê. "Ek het gesien hoe geskud hy was
met daai hou wat jy hom gegee het. Ek is seker jy kan Pyle aanvat met net een
of twee houe."

"Bly stil man," het Louie hom gewip. "Ek *weet* dit! En ek raak regtig
gefrustreerd. Joey beter daai bom vinnig vind, want Pyle ga' homself vinnig
moeg maak met al die houe wat hy mis."

"Is jy bekommerd dat hy nie lank genoeg gaan hou as jy hom begin slaan
nie?"

"Ne-e-e-. Ek is bekommer dat hy homself sal moeg mis voor ek hom kan *uitslaan!*"

FELIX JUAREZ HET DIE hotel kamer wat hulle vroeër die dag gehuur het binnegekom. Die kamer was op die grond vloer, direk oorkant die gang van die uitgang deur, wat lei na 'n klein parkeer kelder gereserveer vir hotel gaste. Die hotel self was twee blokke weg van die konvensie sentrum af.

Binne die kamer, het Esteban Fernandez op die rand van die bed gesit, met sy oë gegom op die betaal-vir-kyk geveg op die kamer televisie.

Felix het langs Fernandez gaan staan. Hy het na die skerm gekyk en gevra. "Het die kampioen die geveg al gewen?"

"Ba," het Fernandez geantwoord. "Hulle het net om mekaar gedans terwyl Washington houe koes." Hy het na Felix se gesig gekyk. "Is alles reg vir ons ontsnapping?"

"*Si*, Esteban. Alles is reg."

"Wat sal ek doen sonder jou, Felix?" het Fernandez joviaal gesê. Hy het sy selfoon gelig in sy hand. "Oor 'n paar minute sal ek my vyand vermoor en hierdie stad en land sal notisie neem van my. Hulle sal my vrees!" Sy gesig het wyer geraak soos hy glimlag. Hy het met die hand wat die selfoon vashou gewys. "En ek dank jou vir die bonus wat jy vir my gebring het. Ek sal dit geweldig geniet," het hy gesê terwyl kyk na die vreesbevange uitdrukking in Patti Hoehn se oë waar sy vasgemaak en mond toegeplak veilig op die hotel kamer vloer lê.

JOEY HET MET MISTY aan sy regterkant gestaan en Marcus aan die linkerkant. Hy het sy arms gevou en het na Miriam Apple gegluur. Miriam en Steve het gestaan en terug gegluur.

"Jy het nog steeds nie my vraag beantwoord nie, Miriam," het Joey gesê. "Hoekom volg jy my?"

"Ek het geweet daar was 'n storie toe ek sien jy verlaat die hoofsaal," het sy gesê. "As dit nie belangrik was nie, sou jy gebly het by jou vennoot." Sy het Steve geëlmboog in die hoop dat hy ver genoeg dink om die konfrontasie te verfilm.

Joey het sy kop geskud. "Goeie instinkte, maar verkeerd, Miriam. Daar is geen storie hier nie."

"Regtig?" het sy geantwoord. "Esteban Fernandez probeer jou doodmaak is nie nuus nie? 'n Bom in die stad konvensie sentrum gestel om af te gaan wanneer die wenner aangekondig word van die kampioenskap geveg hierbo is nie nuus nie? Doelbewus 'n sport gebeurtenis uitrek om tyd te koop is nie nuus nie? Niks hiervan is nuus nie, Mnr. Justice?" Sy het na Marcus gewys. "En hoekom het jy jou FBI troetel agent by jou? Kan dit wees dat die Verenigde State Goewerment belangstel in Fernandez? Lyk my jy is die een wat die vrae moet antwoord."

Marcus het begin stotter. "Kyk hier, Me. Apple! Dit is 'n Nasionale Sekuriteit aangeleentheid, en ek sal nie toelaat..." Joey het Marcus se arm gegryp om hom te onderbreek. "*Wat* Joey?"

"Marcus, jy is 'n goeie vriend," het Joey gesê. "Veral vir Miriam. As sy bevestiging wou hê, het jy dit nou net vir haar gegee!" Hy het sy kop geskud. "Eers Louie, nou jy ... wanneer gaan julle ouens leer om julle humeure in toom te hou?"

"Wat bedoel jy, Joey?" het Marcus gesê.

"Jy is nou al hoe lank by die FBI en jy kan dit nog steeds nie uitreken nie?" Joey het sy kop geskud. "As ons toegeklap het en niks gesê het nie, sou Miriam nie haar storie kon uitsaai nie. Een wat groot bevestiging nodig het en as ons niks sê nie, *sal sy dit nie hê nie!* Nou, omdat jy 'Nasionale Sekuriteit' ingegooi het, weet sy wat sy het is werklik." Joey het sy duim na Steve gewys. "En hy het daai kamera aan vandat ons hulle gestop het. Hulle het bewyse dat jy dit gesê het."

"O," het Marcus gedwee gesê.

Joey het na Misty gekyk wie geknik het. Toe draai hy na Miriam en Steve. "Oukei, Miriam. Hier is die ooreenkoms. Jy en Steve het so pas deel geword van die storie. Julle twee gaan ons help om die bom te vind. Sodra ons dit gekry en gedeaktiveer het, sal jy die eksklusiewe storie kry. As dit aanvaarbaar is vir jou, kom laat ons gaan. As dit nie is nie, sal Marcus julle arresteer vir dwarsboming van die gereg en julle toesluit vir 'n paar uur. Jy sal nie die eksklusiewe storie kry nie en julle sal regtig agter tralies sit terwyl elke ander joernalis in die stad die storie kry. Het ons 'n ooreenkoms?"

"*Natuurlik* het ons 'n ooreenkoms!" het sy geantwoord.

"Dan, jy en Steve saam met my. Misty en Marcus, weg is julle. Tyd is die kern hier, mense."

DEXTER HET LOUIE OP die skouer geklop toe die tweede rondte begin. "Tref 'n paar ligte houe, Louie. Laat dit werklik lyk. Jy kan dalk daaraan dink dat hy jou 'n paar keer tref. As jy dink jy kan dit vat, natuurlik."

Louie het na sy vriend oor sy skouer gekyk. Toe hy terugkyk na die kryt was Pyle daar en het 'n hou teen Louie se gesig getref. Pyle het dit opgevolg met een-twee houe in Louie se niere. Toe Louie omdraai om die kampioen in die gesig te kyk, het Pyle hom hard aan die regterkant van sy kop geslaan. Louie het effens gesteier, en toe op die vloer van die kryt geval, gesig na onder en skaars by sy bewuste.

"JOEY! HIER ONDER!" het Jim Dandy geskree. "Ons het dit gekry!"

Joey, Miriam en Steve het in die gang af gehardloop. Marcus en Misty het uit 'n ander rigting aangekom. Joey kon hoor almal anders het na mekaar geskree en begin beweeg na Jim Dandy se proklamasie. Hulle het tot 'n halt gekom voor 'n stowwerige, ou ongebruikte besemkas.

Jim was effens bleek. "Ons is in die moeilikheid," het hy eenvoudig gesê.

Joey en Marcus het in die kas ingegaan. Dit kon hulle amper nie huisves nie, want binne was Jessica en Jim Dandy was agter haar.

Die beheer toestel was 'n eenvoudige elektroniese radio pols toestel, geplak teen die muur agter die deur met wat gelyk het soos supergom. Die toestel sal die C4 plofstof laat ontplof deur 'n radio pols golf wanneer dit geaktiveer word deur 'n kragstuwing, wat toelaat dat al die C4 ontplof tegelykertyd ontplof, wat weer die hele gebou sal inplof as al die plofstof behoorlik geplant is. Dis nie wat Jim bang gemaak het nie. Die skrikwekkende deel was dat die kragstuwing gekontroleer sou word deur 'n selfoon ... waaraan vyf drade aan gekoppel is. Die vyf drade was vas aan nog 'n toestel tussen die selfoon en die pols toestel.

"Sien daai?" het Jim gesê, terwyl hy na die toestel kyk. "Kyk of ek verkeerd is, maar is dit nie 'n faal-veilig nie?"

"Dit is," het Marcus gesê met 'n klein stemmetjie.

"Verskoon my dat ek dig klink," het Jessica gesê. "Wat is 'n faal-veilig?"

Joey het na die toestel gewys en gesê, "Die ding hou 'n aanhoudende klein stroom tussen die selfoon en ditself en werk amper soos 'n stroombreker. Vier van hierdie drade het 'n elektriese stroom wat daardeur vloei. Ontkoppel een en die toestel stuur die elektriese pols na die beheerder, wat die ontploffing sneller. Maar as jy kan uitvind watter een is die hoof draad, kan jy dit veilig ontkoppel en die toestel deaktiveer."

Marcus het aangegaan met die lesing. "Die probleem met hierdie opstelling is dat al vyf drade dieselfde kleur is – wit. Ons kan nie begin raai watter een is die wenner nie."

"Dit beteken ons het 'n tagtig persent kans kom verkeerd te wees," het Joey gesê.

"Maar 'n twintig persent kans om reg te wees," het Jessica laat hoor. "Moenie nou opgee nie, Joey Justice! Te veel mense maak staat op jou op hierdie oomblik!"

"En hulle weet dit nie," het Miriam gesê, buite in die gang. "Maar ek belowe jou dat hulle dit sal weet ... so gou as wat ek my storie op die lug kan kry. Mense gaan weet presies hoe jy hulle gered het."

"Julle mense vlei my, maar julle is ook effens voorbarig," het Joey geantwoord. Hy het van naby na die selfoon konneksies en toestel gekyk. "Ons kan ook nie die beheerder ontkoppel nie. Kyk hierna – dit het ook 'n faal-veilig!" Hy het na die beheerder gewys. Dit het 'n ingeboude borrel meter, soos wat 'n persoon sal sien op 'n gebou vlak.

Jim het geknik. "As jy die beheerder skuif, raak die borrel van balans af..."

"En blaas ons almal die ewigheid in," het Marcus klaar gemaak.

"So, dit kom alles neer op die kies van die regte draad," het Joey gesê.

Megan het haar weg na die deur gedruk. "Joey, Louie het op die vloer geval... en die skeidsregter het begin tel!"

"O fok," het Joey saggies gesê terwyl hy 'n klein skroewedraaier uit sy sak haal. *Hoe het dit op hierdie punt gekom? Tyd hardloop uit … watter draad? Watter draad?*

ESTEBAN FERNANDEZ HET sy vinger oor die spoedbel knoppie op die selfoon gehou.

"Felix," het hy stil gesê.

"*Si*, Esteban."

"Vat my prys na die kar toe en berei voor vir ons ontsnapping. Dit sal nie meer lank wees nie."

Felix het Patti opgetel van die vloer af en het haar na die bagasiebak van die wagtende kar gedra.

TOE DIE SKEIDSREGTER drie bereik, het Louie homself op sy hande en knieë gedruk. Hy het die woede binne hom gevoel. Teen die tyd dat die skeidsregter by ses gekom het, het Louie gestaan. Hy het na die skeidsregter geknik wat Pyle terug na die geveg gewaai het. Louie het na Pyle gegluur met oë wat nie knip nie, onder laag getrekte wenkbroue, en het sy woede laat oorneem.

Louie het 'n fop hou na regs geslaan en dit opgevolg met 'n piston tipe hou na die linkerkant van sy gesig. Die kampioen het effens gekoes sodat hy nie die volle impak van die hou kry nie maar dit het Pyle nog steeds in die kern van sy lyf geskud. Toe Louie opvolg met 'n harde regter in die maag, het Pyle geweet hy was op die punt om die kampioenskap belt te verloor. Pyle het effens gebuig van die maag hou maar Louie het nie laat gaan nie. Hy het op dieselfde plek op Pyle se maag geslaan met sy linker. Pyle het nog laer oorgeleun. Louie het terug getrek met sy regter arm en het die kant van Pyle se gesig met alles wat hy gehad het getref, net soos wat hy vir Mike Swanson uit geslaan het verlede week. Die hou het vir Pyle van die vloer af gelig, hom om getol en hom toe teen die toue gegooi. Hy het stadig teen die toue afgegly tot op die kryt se vloer vir 'n telling van tien.

Percival "King Louie" Washington het net daar die Swaargewig Kampioen van die Wêreld geword.

En die skare het mal gegaan.

En Joey het sy oë toegemaak en sy arms oor sy kop gehou.

ESTEBAN FERNANDEZ HET die spoedbel knoppie gedruk op sy selfoon. Die nommer vir die selfoon in die besemkas in die konvensie sentrum het begin bel. Fernandez het geglimlag asof hy mal was.

"*STERF, JOEY JUSTICE! BASTARDO! STERF!*"

JOEY HET MOOI GEKYK na die vierde draad. "Jim, kan jy bietjie hiernatoe skuif en my help asseblief? Ek dink dis hierdie draad wat ons moet uittrek, maar ek wil jou opinie hoor."

Jim het die deur 'n bietjie toe gemaak sodat hy sodoende nader aan die toestel kon kom. Hy het sy Switserse Weermag mes uitgehaal en die 'n tang uitgegly wat in die mes ingebou is. Hy het na Joey daarmee gewys. "Verlaat nooit die huis sonder dit nie. Watter draad dink jy is dit?"

"Ek dink dis die vierde een hier ... kan jy die derde een effe skuif na links?"

"Jip." Jim het die derde draad met die tangetjie gevat.

Net toe Jim die draad vasknyp met die tangetjie, het Miriam Apple die deur wyer oop geslaan en gesê. "Louie het nou net die geveg gewen!" Toe sy die deur wyer oopmaak het dit Jim getref en hom hard gestamp. Die hand wat die tangetjie vashou het gewankel en hy het dit per ongeluk uit die selfoon gepluk. Almal het gekoes, en Marcus het gemompel, "O, fok," ...

En niks het gebeur nie.

Die derde draad was die een wat nodig was om uit te trek.

Jim Dandy het almal se lewens gered.

En die selfoon het bly lui. En lui. En lui.

FERNANDEZ HET NA DIE televisie skerm gekyk. Hy het geluister vir die massiewe boem wat nooit gekom het nie. En hy het geluister. En gekyk want op die skerm het Louie uiteindelik sy arms laat sak en Dexter Beck het in die ring in gespring. Beide het gelag en mekaar gedruk.

Fernandez se gesig het weer in 'n haai gesig verander toe hy besef dat die bom nie gewerk het nie. Dit was duidelik uit Louie en Dexter se gedrag dat hulle geweet het van die bom en dat dit ontlont is.

Felix het Fernandez se arm gevat. "Kom, Esteban. Ons moet hierdie plek verlaat. Ons sal hom 'n ander dag vermoor."

Fernandez het sy mal kyk na sy enigste ware vriend in die wêreld gedraai. "Ek moet hom vermoor, Felix! Ek moet hom laat ly en hom dan doodmaak!"

Felix Juarez het geknik. "Ons sal hom doodmaak, Esteban. Maar vandag moet ons gaan."

JOEY HET ONGELOWIG na Jim Dandy gekyk. "Ek glo dit nie ... Ek glo dit net nie."

Hoofstuk 13

DIE VOLGENDE OGGEND het die hoofopskrifte in albei die Staats se koerante geskreeu, "JIM DANDY RED DUISENDE!"

In elke storie het die verslaggewers geskryf *hoe* Jim die dag gered het en dat dit eintlik per ongeluk was … maar dit was die hoofopskrif wat in mense se gedagtes gebly het.

Joey en Misty het woord gehou en het Miriam 'n eksklusiewe onderhoud toestaan. Die 'eksklusief' het presies vyftien minute gehou, danksy die 'lek' deur Marcus. Na die 'lek' het dit gevoel of elke joernalis in die stad 'n draai gemaak het en dieselfde vrae gevra het aan al die Justice Sekuriteit personeel. Weer. En Weer. En weer.

Die vennote het niks teruggehou nie. Hulle het verduidelik hoe hulle betrokke geraak het by die saak wat begin het by die woonstel massemoord en die Staat se kommer oor Esteban Fernandez. Hulle het uitgebrei oor Pepino se ontsnapping en hoe dit gelei het na die ontdekking van die bom wat geplant was sodat die konvensie sentrum om hulle almal se ore inmekaar plof en dat die feit dat dertigduisend ander mense ook sou sterf, glad nie vir Fernandez saak gemaak het nie. Marcus het gepraat en dit duidelik gemaak dat Fernandez gevaarlik is en dat elke burger bewus en waaksaam moet bly en dat hulle 'n groot dank gee aan Justice Sekuriteit en Jim Dandy.

Louie het met die boks amptenare gepraat en het die geveg nul en van gener waarde verklaar. "Ek kan nie met goeie sportmanskap die Swaargewig belt neem wetend dat ek doelbewus die geveg uitgerek het nie, ten spyte van die rede agter alles," het hy in 'n geskrewe verklaring gesê.

Dexter en Megan het na die geveg verdwyn. Hulle het die volgende dag gebel en Louie vertel hulle het weggeloop en getrou.

En niemand kon vir Patti kry nie.

OM NEGEUUR DONDERDAGOGGEND het vier van die vennote ontmoet in die situasie kamer. Dexter en Megan was op 'n kort wittebrood. Die eerste bespreking was Patti se verdwyning.

Louie het gesê, "Oukei, Patti het verdwyn. Beteken dit sy is *vermis* verdwyn of het sy miskien gelukkig geraak?"

"Gelukkig?" het Misty gevra.

"Jy weet .... *gelukkig*. Miskien het sy haarself laat optel deur 'n man by die geveg. Sy is nog net weg vir 'n dag en 'n half."

"Ek dink 'n man het haar opgetel, orraait," het Joey ingedagte gesê. "Ek dink Fernandez het haar gevat."

"O Joey, nee," het Misty gesê. "Hoekom dink jy so?"

"Ek het haar alleen uitgestuur. Met 'n kamera. Patti was nooit veronderstel om voetwerk te doen nie."

"Joey Justice," het Jessica kragdadig gesê. "Onthou die toespraak wat jy gegee het minute voor ons die bom opgespoor het? Vat nou jou eie verdomde advies. Sy is 'n groot meisie, en het geweet ... *ken* die risiko's." Sy het haar kop geskud. "Totdat sy terug is, sal Turk instaan by die tafel."

"Goeie more mense! Ek het nuus!" het Marcus gesê by die deur. Hy het in die situasie kamer ingestap en gaan sit. "Ek kan net 'n oomblik bly – Ek het vergaderings oral vandag." Hy het na Joey gekyk. "Hoe voel dit om 'n miljoenêr te wees?"

Joey het verward gelyk. "Wat bedoel jy?"

"Daar word op straat gefluister dat Esteban Fernandez tien miljoen doller op jou kop gesit het. Hy sal vyftien miljoen betaal as jy lewendig afgelewer word." Marcus het om die tafel gekyk. "Die res van julle is net vyf miljoen werd, dood of lewendig." Hy het na Misty gekyk. "Behalwe vir jou. Hy soek jou lewendig, maar hy sal twintig miljoen dollar betaal."

Misty het vir die eerste keer in 'n lang tyd regtig verbleek. "O hemel," het sy gefluister.

"Oukei, ek moet dit sê," het Jessica gesê. "*Eeuw!*"

VRYDAG OGGEND OM TIENUUR het FedEx 'n oornag pakkie by Tony Armstrong se lessenaar afgelewer, geadresseer aan Joey Justice. Soos met meeste pakkies het Tony dit deur die X-straal skandeerder laat gaan in die voorraad kamer agter sy lessenaar. Die skandeerder was soos meeste ander wat gebruik word vir lughawe sekuriteit, maar die beeld was duideliker. Hy het toe persoonlik die pakkie boontoe gevat. Turk het fronsend opgekyk wat normaalweg amper almal die skrik op die lyf sou gejaag het. Hy het geglimlag toe hy sien dit was Tony.

"Haai, koekie," het Turk gesê.

"Haai, waatlemoen man. Het 'n pakkie vir Joey. Lyk soos 'n kamera."

Turk het die pakkie gevat. "Ek sal dit vir hom gee, Tony."

"Dankie Turk. Hoe hou jy van jou nuwe werk?"

Turk het gegrinnik. "Sal orraait wees, as my vingers op die sleutelbord gepas het, man."

Beide mans het gelag. Die hysbak het oopgemaak en Tony het ingeklim.

"Later, Turk."

Turk het gewaai. Terwyl die hysbak deure toemaak het hy opgestaan en na Joey se kantoor toe gestap. Hy het geklop en ingegaan.

"Het 'n FedEx vir jou, baas."

Joey het die oornag verslae gelees van sommige van die firma se kliënte.

"Dankie Turk." Het hy pakkie gevat. Geen terugstuur adres, het hy opgelet.

"Hm...," het hy gesê. "Wonder wat is dit?"

"Tony het gesê dit het gelyk na 'n kamera."

"Joey se oë het gerek. "'n Kamera?" Hy het begin om die boks oop te maak, maar al die etikette gehou vir later. Hy het gestop toe hy deur die pakket materiaal gewerk het. Daar was 'n koevert bo-op die kamera. Dit het sy naam daarop gehad. Hy het dit gelig uit die boks en die kamera oopgevlek.

Dit was Patti s'n.

Joey het die koevert oopgemaak. Die brief was kort en tot die punt.

My liewe vyand, het dit begin.

Ek weet nie hoe jy van my bom by die konvensie sentrum uitgevind het nie. Ek vermoed dit was Pepino. Maar, asseblief ... wees verskeer dat ek nie gekompenseer was met jou persoonlike assistent nie. Sy was nogal ... vermaaklik.

Ek wag vurig vir die aflewering van Misty Wilhite. Miskien sal sy baie langer hou.

Die brief was nie geteken nie, maar dit was nie nodig om geteken te word nie. Dit was van Fernandez.

"Turk," het Joey gesê. "Kry asseblief elke vennoot wat in die gebou is om na my kantoor te vergader. En bel asseblief vir Marcus Moore, en vra hom om dadelik hiernatoe te kom. Vertel hom hoekom."

TERWYL JOEY EN MARCUS saam na die foto's op die kamera se geheueskyf gekyk het, het beide mans merkbaar verbleek. Marcus, het op een punt, weggedraai om nie op te gooi nie.

Joey het stadig die kamera neergesit. "Vriende, Patti is dood."

"Jy seker, Joe?" het Louie gevra.

Joey het geknik. "O ja," het hy in 'n baie klein stem gesê.

Op daardie oomblik het Joey se lessenaar telefoon begin lui. Hy het dit opgetel.

"Joey," het hy gesê.

"Dis Tony, meneer. Jy beter afkom hierna toe. Ons het nounet nog 'n pakkie gekry, privaat afgelewer. Bring Agent Moore saam. Hy sal dit wil sien."

DIE RIT IN DIE HYSBAK was stil. Elkeen van die vyf mense daarbinne het gerou oor Patti op hulle eie manier. Marcus het probeer om sy ontbyt binne te hou. Hulle het almal die blink-oog, glimlaggende, borrelende blonde vrou wat nog tot onlangs toe 'n vol hoop jong vrou was en 'n goeie loopbaan gebou het, gemis.

Misty het Joey se hand gevat. Sy het dit gedruk. Jessica het Joey se skouer gevryf. Louie het Joey se rug gevryf. Elkeen het Joey laat weet hulle verstaan en dat hulle al die pad agter hom staan.

Elke vennoot het geweet wat Joey en Marcus moes gesien het moes so verskriklik pervers en ontstellend gewees het, anders sou die twee die kamera om die tafel aangegee het sodat almal kon sien. Arme Patti het blykbaar 'n verskirklik dood gesterf. En daarvoor, het elke vennoot by homself of haarself gesweer, sal Esteban Fernandez vrek ... of hulle sal.

Toe hulle die grondvloer bereik en die hysbak deure oopmaak, het Tony hulle ontmoet. Hy was bleek.

"Wat's fout Tony?" het Joey gevra.

Tony het diep asemgehaal. "Hierdie tien jarige kind het hierdie pakkie ingebring. Hy het gesê 'n ou het hom twintig doller gegee om dit hiernatoe te bring. So, voor jy vra, ek het die kind laat gaan." Hy het sy voorkop afgevee met 'n snesie. "Toe ek dit gaan skandeer, het ek die verrassing van my lewe gekry." Hy het het die snesie in die asblik gegooi. "Ek het goed gesien in die eerste Golf oorlog, maar hierdie was totaal en al onverwags." Hy het sy kop geskud. "Ek het opgegooi, man. Ek kon dit nie help nie." Hy het gewys na die agterkamer. "Gaan kyk, baas. Maar berei jouself voor."

Die vyf mense het die kamer ingestap. Toe Marcus sien wat op die skandeerder se skerm is, het hy opgegooi. Vertoon, met ongekende besonderheid, was 'n yskis met Patti Hoehn se kop, verewig vertrek in 'n bevreesde, stil gil.

EEN WEEK LATER, BY die daaglikse vergadering in die situasie kamer, het Jessica gesê, "Twee vinnige items van my kant af. Ek het van Megan gehoor. Sy en Dexter sal terug wees Maandag. Nommer twee is dat ek moet gaan. Ek het 'n onderhoud geskeduleer met die laaste van die gesinne wat een van die bull mastiff hondjies aangeneem het."

"Wat's die status op die honde?" het Joey gevra.

Die eienaars was almal nogal uit die veld geslaan. Soos julle weet, een van die honde het gesterf 'n week nadat die gesin hom aangeneem het. Die ander drie het almal vermis geraak vandat ons daardie advertensies geplaas het. Al die eienaars het gebel met die hoop dat ons antwoorde het oor waar hulle troeteldiere is."

"Vreemd," het Misty gesê.

"Oukei, gaan," het Joey gesê. "Hou ons op hoogte. En vat Charlie saam met jou vir veiligheid."

Jessica het die vergadering verlaat. Sy het Charlie Li gaan haal en voorgestel hulle loop die tien blokke om met die hond eienaar te gaan vergader. Charlie het saam gestem aangesien dit 'n pragtige dag is.

Toe hulle by Justice Sekuriteit vertrek, het twee pare oë hulle dopgehou, ongesiens uit die storm drein oorkant die straat.

TEEN DIE EINDE VAN die vergadering, het Joey na sy kantoor toe gestap toe Turk hom voorkeer.

"Jy het mense in jou kantoor, baas."

Joey het gestop. "Regtig? Wie?"

"Kinders."

Joey het geglimlag. "Wel, wat wil hierdie kinders hê, Turk?"

"Hulle wil jou huur."

"Hoekom wil hulle my huur?"

Turk het met sy stoel gepeuter. "Ek sou eerder dat hulle jou vertel, baas …. as jy nie omgee nie."

Joey het verward gelyk en geknik. "Oukei Turk. Ek sal met hulle praat." Hy het sy kantoor binne gegaan.

Misty het om die hoek geloer.

"Het hy geval daarvoor?" het Misty gevra.

"Hy praat met hulle, Misty," het Turk geantwoord.

Binne die kantoor was vyf kinders, drie seuns en twee meisies. Hulle was verskillende ouderdomme van omtrent tien tot omtrent sestien of sewentien. Een van die meisies en twee van die seuns het beenstutte gedra, die meisie het krukke vasgebind aan haar arms en die oudste seun het op die bank langs haar gesit terwyl hy vorentoe en agtertoe wieg. Joey het geraai hy was outisties en die meisie het gelyk soos 'n kwadrupleeg.

"Haai mense. Ek is Joey Justice. Wat kan ek vir julle doen?" het Joey gevra terwyl hy loop na 'n stoel oorkant hulle.

Die meisie in die rolstoel het na hom gekyk. "Mnr. Justice, ons bly in 'n groep huis onder die sorg van ons pleegma, Jacqueline Belew. Sy het nie huis toe gekom vir die afgelope twee aande nie. Ons is baie bang vir haar … en vir ons. Ons wil u huur om haar te vind."

Die outistiese seun, wat sy woorde beklemtoon terwyl wieg, het die woorde geblaf, "Vind Jackie *Blue*! Vind Jackie *Blue!* Vind Jackie *Blue!*"

JY IS GEREED VIR BOEK 2 in die *Justice Sekuriteit* reeks: *Iemand Het My Lewe Gered Vanaand – 'n Justice Sekuriteit Kort Verhaal*.

Dit is binnekort beskikbaar by u gunsteling boekverkoper.

Oor die Skrywer

TM Bilderback is 'n voormalige radio aanbieder met 'n paar stories wat in sy kop rond maal, meeste gebaseer op en geïnspireer deur klassieke liedere. Die outeur woon in Tennessee en skryf koorsagtig sodat hy die stories uit sy kop kan kry en in 'n boekvorm voor hulle hom gillend in die straat af dryf.

www.ingramcontent.com/pod-product-compliance
Lightning Source LLC
Chambersburg PA
CBHW021443150726
47989CB00001B/372